KB234132

천성래 대하소설

正本 **국경의 아침**

천성래 대하소설

正本 국경의 아침

②

제1부 이상한 나라

지우출판

正本

국경의 아침 ②

제1부 이상한 나라

인쇄 / 2022. 9. 25.

발행 / 2022. 10. 5.

지은이 _ 천성래

발행인 _ 김용성

발행처 _ 지우출판

출판등록 _ 2003년 8월 19일

서울시 동대문구 천장산로 11길17. 204-102

TEL: 02-962-9154 / FAX: 02-962-9156

ISBN 978-89-91622-94-4   04810

ISBN 978-89-91622-92-0   04810 세트 전10권

lawnbook@hanmail.net

값 16,000원

차 례

제10장 가스 살포 실험

1

인민학교초등학교 시절부터 참이의 발목을 잡은 동무는 다름 아닌 박상철이었다. 공교롭게 상철은 참이와 같은 학습반이 되었다. 보위부 요원인 박태산의 권력은 아들 상철에게 그대로 적용되고 있었다. 아버지의 힘을 등에 업고 상철은 학급장반장이 되었다. 담임이 학교장한테 추천하는 형식의 학급장의 자리는 단연 상철에게 돌아갔다. 또한 정치 조직인 소년단 조직부위원장 자리 역시 상철에게 돌아갔다. 선출직의 소년단 조직부위원장 역시 학급장이 겸하고 있는 경우가 많아서 인민학교 시절 내내 상철은 동무들에게 강력한 권력을 행사했다. 이런 권력의 길을 열어주는 사람은 바로 담임이었다. 그래서 입학식 날부터 담임은 학생들이나 학부형들에게 관심의 대상이 되었다.

참이는 보이지 않는 권력을 행사하는 상철에게 어떤 것이든지 뒤지고 싶지 않았다. 상철에게 아버지가 보위부원이라는 든든한 버팀목이 있다면 참이에게는 고등중학 교원인 아버지가 있었다. 부모님의 직위로 인해 참이는 결코 상철에게 기죽지 않았다. 따라서 공부나 운동이나 어떤 면에서나 상철에게 뒤지는 것은 참이에게 치욕과도 같은 것이었다. 인민학교 시절 일찍부터 참이는 날아가는 직승기헬리콥터도 떨어뜨린다는 보위부원의 아들애인 상철과 적대관계였던 것이다.

봄철과 가을철에 각각 열리는 소년운동회 때는 학부형들 앞에서 보란 듯이 상철이를 눌렀다. 상철이 역시 소년운동회를 맞이하는 각오는 남달랐던 것 같다. 조를 편성한 시합에서 항상 같은 조를 피해 서로 경쟁 조를 만들었다. 참이 역시 당시 이런 대결의 구도를 바라던 바였다.

씨름에서도 상철이를 눕혔고 눈 가리고 달리기 역시 상철이를 이겼다. 지난 기억이지만 밧줄 당기기는 승리를 주고받고 했다. 무엇보다 '미군 때리기'에서 참이는 적어도 상철이보다 장난감 총을 힘차게 휘둘렀고 몽둥이로 크게 팔매선포물선을 그었다. 무엇보다 두 명씩 장기를 자랑하는 춤추기에서는 평소 동실이와 한 패가 되어 많은 연습을 했기 때문에 상철이와 같은 패가 되어 대결을 벌인 강철이 조를 보기 좋게 눌렀다. 강철이는 도시락을 싸오지 못해 원래 기가 죽은 동무였는데 어느 순간부터 상철이와 동패가 되더니 운동회 때도 보란 듯이 도시락을 싸들고 와서 죽자 살자 대결을 벌였다. 보란 듯이 상철이 패를 꺾고 마신 시원한 물과 얼음과자아이스크림의 맛은 잊을 수 없는 추억이었다. 운동회를 마치고 혁명정신의 승리와 고패치는 충성에의 함성을 들으며 받은 상과 원주필볼펜, 공책 등의 상품을 잊을 수가 없었다.

명호 역시 아들애의 이런 교우관계를 알고 있었지만 적극적으로 간섭을 하지 못했다. 자칫 이들의 대결구도가 이상한 쪽으로 기울어 난감한 상황에 처할 수도 있을 것이기 때문이었다. 먼빛으로 지켜보며 위험수위를 조절할 수 있도록 하는 것이 아들애의 아버지로서의 역할이라고 생각했다. 아침 독보회나 낮뒤오후 총화 시간에도 참이는 상철과 상당한 마찰을 빚었던 모양이었다. 이런 마찰은 상급반이 되면서 더욱 깊어졌는지 참이는 두간두간종종 명호 앞에서도 노골적으로 상철이를 입에 올리며 볼먹은 소리를 해댔다.

  – 아버지, 아무래도 상철이 간나새끼 한판 엎어쳐야 하겠습니다.

  – 머야? 상철이 놈이 손가락총질샷대질을 하는 게지?

  명호는 덩달아 아들애 앞에서 열을 올렸다.

  – 어찌나 고저 사람을 숙보는지업신여기다 모르겠습니다. 할아버지

가 아랫동네 불순한 성분이라고 고저 동무들 있는 데서 변놀이이자놀이 재미 붙이듯 놀려댄다 말이오.

― 나나이 어린 새끼래 지저거릴 말이 따로 있지~ 아버지도 고저 상철이 놈이래 야시꼬운아니꼽다적이 많아.

명호는 언제나 아들애의 편이었다.

― 어망결에얼떨결에 지껄여대는 소리 아닙니다. 한 번만 더 주둥이 놀려대믄 고저 대미처즉시 머리통을 답새기고야세차게 때림 말겠소.

참이에게 힘이 되는 것은 항상 동실이가 곁에 있었기 때문이다. 동실은 언제든지 마치 형제처럼 참이와 같이 행동했다. 상철의 주위에는 강철이처럼 살밭은매우 가까운 동무들이 당연히 많았고 상철이 패가 되어주면 은근히 비빌 잔메언덕가 되어주는 것이지만 동실은 어릴적부터 끈끈히 다져온 동무로서의 의리를 버리지 않았다. 등교시간에도 상학시간에도 귀가 후에도 가족처럼 붙어 있는 동무가 동실이었다. 어쩌다가 참이와 상철이가 말싸움을 벌이면 동실은 그래도 은근히 참이의 편을 들었다. 명호가 보기에 일찍부터 상철이 패들과 참이 패들이 대결의 구도를 하고 있었던 모양이다.

고등중학 고급반이 되면서 참이는 처음으로 상철과 맞대매를 붙었다. 낮전오전 상학시간 이후 점심 중 막간을 이용해서 학교 뒤란에서 결투를 했던 모양이다. 명호는 낮전 상학을 마치고 교원실을 향해 걸어가면서 한 떼의 학생들이 학교의 뒤란으로 움직이는 것을 보았다. 학생들의 움직임이 심상치가 않아 슬며시 뒤를 밟아 보았는데 참이와 상철이가 윗옷까지 벗어던지고 격투를 하고 있었다. 구경꾼들 중에는 동실이도 보였고 강철이도 보였다.

명호는 기가 막힌 모습에 싸움질을 뜯어 말려보려 하였지만 싸움이 너무도 진지해 보였다. 무엇보다 싸움의 열기와 속도가 급박해서 명호가 뛰어들 겨를이 없었다. 둘 사이에 이런 과정을 한 번은 거쳐야 할 필요가 있겠다는 생각이 들었다. 와당탕탕 하더니 주먹들이 거침없이 오가고 발차기에 이어 맞붙어 업어치기까지 하고 있었다. 그런 중에도 명호는 제발 참이가 상철에게만은 패하지 않기를 바랐다. 명호가 자라면서 태산이와 격투를 했던 적은 별로 없었다. 다만 공부와 근위대 야영소 훈련에서 정당한 결투를 벌였다. 성분의 열패감을 일찍 알았기에 밤을 패워새워 공부하고 피나는 노력을 하여 학과 공부를 이겼고 근위대 야영소 훈련에서 정숙 동무를 사이에 두고 결투를 벌여 대열, 사격, 실탄 훈련 등 모든 부분에서 태산을 꺾었다.

하지만 태산에게 승리하는 것이 결국 아버지의 한탄을 가져오고 승리라는 것이 상황에 따라 낭패로 작용할 수 있다는 것을 알게 되었다. 아직 나이 어린 참이가 이런 거창한 세상의 법칙을 알 리가 만무했다. 싸움은 한참동안 계속되더니 결국 참이의 승리로 끝났다. 대방상대방이 비등해서 좀체 끝날 것 같지 않은 싸움은 상철의 코에서 들큼한 핏물이 흘러내리면서 참이의 승리가 되었던 것이다.

－ 이크 저거 상철이 코에 피난다야.

동실이가 헐레벌떡 싸움판 쪽으로 튀어나오며 소리쳤다.

－ 맞네~ 상철이 코피 터진 거 맞아~

－ 뭐야? 동무 똑똑히 보라야. 치고 빠지는 게 남조선 간나들 짓거리 아니니?

상철이 편에선 동무가 끼어들었다.

－ 이런 종간나 새끼 봤나. 싸움이래 치고 빠지고 치고 빠지고 하는 거이지 뭐~

- 치고 빠지는 거는 맞지~ 한데 참이 새끼래 먼저 물레걸음뒷걸음
치는 거를 봤지?

상철의 편을 드는 동무를 향해 동실이 끼어들었다.

- 황소 대 황소도 아닌 데 물레걸음뒷걸음이라니~ 이 싸움이래 풍산
개 대 사냥개 싸움이야.

- 야 동글동글 못생긴 동실 동무야, 그라문 누가 이겼단 말이니?

싸움은 끝났는데 어느 쪽도 통쾌하게 눕히지 못했다.

- 네들 눈깔통은 상철이 동무가 사냥개로 보이나 참이 동무가 사냥
개로 보이나?

- 뭐? 고저 상철이 동무래 사냥개로 보이지~

학생들이 상철이가 사냥개로 보인다고 뭇입들을 나부대기 시작했
다. 동실이가 이때를 기다렸다는 듯이 망설이지 않고 소리쳤다.

- 고럼 중앙떼레비죤에서 풍산개하고 사냥개하고 싸움짓거리하는
거 봤지? 어느 놈이 이겼나? 강철이 놈아 한번 대답해보라.

- 그야 뭐 풍산개가 이겼댔지~

강철은 떼레비죤의 결과를 자연스럽게 대답했다.

- 맞아~ 풍산개가 이겼대서. 고럼 참이 동무래 상철이 동무 이겼대
는 걸 동무들이 인정한 거이야. 가자, 참이 동무~

- 뭐야? 이거 동실이 동무래 염통심장이 어드렇게 된 거 아이니?

동실이가 재치 있게 사태를 마무리 짓고 있었다. 상철의 편에 있었던
동무들이 어이없다는 듯이 허리에 손들을 짚어대고 있었다. 명호는 동
실의 재치에 속으로 감탄을 하고 있었다. 동실이 꿈밖에뜻밖에 임기응
변이 뛰어났다. 코는 발딱코들창코에 눈썹이 있는지 까리까리알쏭달쏭
해도 아퀴를 짓는 것은 다부진 데가 있었다. 동실의 아쌀한멋있는 판결

에 제대로 한방을 얻어먹은 듯이 어떤 동무도 눈이 봉우리야 하던잘난척 표정을 짓지 못했다. 명호뿐만 아니라 공화국 인민들이라면 누구나 동물들의 살벌한 싸움질을 중앙TV를 통해 수없이 봤을 것이다. 범과 사자, 불곰과 멧돼지, 개와 독수리, 수달과 큰말똥가리, 여우와 검독수리, 부엉이와 구렁이, 오소리와 사냥개의 결투, 어느 하나 쉽게 대방상대방을 쓰러뜨리지 못하지만 불굴의 투지와 끈질긴 승부욕만이 상대를 쓰러뜨릴 수 있음을 보여주는 동물들의 결투, 동실이가 이런 동물들을 재치 있게 끌어들여 싸움판을 정리하는 것을 보고 명호는 공연히 한쪽 가슴이 아파왔다. 저런 아들의 재치조차 보지 못하고 떠날 것만 같은 기백이 동무가 진정으로 걱정이 되었던 것이다.

2

남쪽의 명진 형님으로부터 전해 받은 남조선의 력사책을 명호는 살펴보지 않았다. 남쪽 책자를 지닌 자체가 불법이며 특히 반쪽 딱지를 안고 살아온 명호에게는 무서운 반동행위에 다름 아니었다. 그래서 명호는 연락책거간꾼에게 받은 꾸러미 그대로 서랍 안에 집어넣어 놨다. 력사를 배워주는 사람으로서 공화국 력사의 날조와 왜곡에 대한 것을 모르는 것은 아니었다. 알면서도 모른 척 공화국의 지시에 따라 배워주어야 하는 것이 교원의 소명이라고 명호는 생각했다. 콩의 성분을 고기로 인식하여 자연스럽게 인조고기밥을 먹는 인민들처럼 스스로 날조와 왜곡된 력사에 세뇌당해야 하는 것이 력사를 가르치는 자의 숙명이었다.

– 봄이 아버지, 남조선 역적패당들의 책 태워버립시다.

– 남쪽 성님 손때 묻은 책이래 어드렇게 태우겠나. 고저 이렇게나마 은밀히 끌어안고 살아가는 거이 반쪽의 숙명이지~

정숙 동무의 염려를 뿌리치고 명호는 북남연락책거간꾼으로부터 받은 역사책을 서랍 안에 숨겨두었다. 명호는 정숙이 무엇 때문에 책을 태우자고 하는지 모르지 않았다. 요즘 들어 불시에 검문을 하는 일들이 많았다. 무엇보다 불순 녹화물들을 장마당에서까지 은밀히 거래하고 있어서 공화국 당국이 잔뜩 긴장하고 있었다. 불순 녹화물들을 불법으로 유통시킨 자들을 색출해 대대적으로 본때를 보여 공개처형하는 일도 심심찮게 일어나고 있었다. 그럼에도 달콤한 자본주의 맛을 음미한 인민들은 목숨을 걸어놓고 은밀히 녹화물들을 시청했다.

명호는 아무래도 남쪽 서적이 마음에 걸려 하루 날을 잡아 은밀히 벽을 뚫어 감쪽같이 책을 숨겨두었다. 바람벽에 숨은 남조선의 력사는 어둠 속에 갇혀 진실을 유폐하고 있었다. 명호는 마음만 먹으면 남쪽 책 속에 숨은 역사의 진실을 들여다볼 수 있을 것이지만 자칫 목숨을 걸어야 했다. 따라서 여전히 바람벽 속에 갇힌 남쪽의 역사는 공화국에서 숨통을 틀어 잡히고 얼굴을 들이밀지 못하고 있었다. 까닭모를 숙명의 벽이 명호의 바람벽에다 다시금 벽을 두르고 있었다. 아버지의 당부처럼 광화문에 대한 약속을 지켜낼 수 있을 때 아마도 바람벽 속의 진실 역시 모습을 드러낼 수 있을 것이라고 생각했다.

조기백 동무의 부음을 받은 것은 문화일토요일 낮뒤오후였다. 사흘 전에 위급하다는 연락을 받고 기백을 찾아갔을 때 가족을 부탁한다는 기백의 유언을 당부 삼아 듣고 나서 사흘 만에 기백이 동무는 눈을 감았다. 마흔 해를 넘게 이웃하며 울고 웃던 동무의 죽음에 명호는 마음이 아려왔다. 간이 굳어 간다는 사실을 알면서도 열악한 생활은 한가하게 검병이나 받고 다닐 만큼 빗장을 열어주지 않았다. 명호는 기백이 동무가 이렇게 젊은 나이에 인생의 종착지에 당도하리라곤 예상하지 못했다.

일찍부터 기백이 동무의 낯바닥은 거칠어 보였다. 사소한 다툼에도 그저 누런 황달 어쩌고 하는 푸념을 뱉을 정도였으니 기백의 죽음은 예견된 것이었다. 그러나 명호에게 기백이 동무의 죽음은 팔 하나를 잃은 듯한 공허함으로 다가왔다. 남겨진 가족들에 대한 안타까운 마음을 당장 살필 겨를도 없이 명호는 동무의 마지막을 준비하느라 분주했다. 이렇게 허무하게 떠날 것을 그저 당증을 하나 매달려고 태산에게 애걸했을 기백의 모습을 생각하니 까닭모를 눈물이 멈추지 않았다.

명호는 마흔 해를 같이 의지하고 버텨오던 동무의 마지막을 몸소 지켜주고 싶었다. 인민반에 참이와 동실을 보내 기백의 부음을 전하고 기백의 직장에도 부음을 전했다. 기백이가 간간이 치료받던 진료실에 덕순이 동무를 보내 사망진단서를 떼어오게 했다. 그리고 리 사무소에 신고를 하고 작으나마 장례를 위한 지원을 받도록 했다. 덕순이 동무가 동실이와 견해를 나누어 사흘장을 치르지 않고 이틀장을 치르기로 했다. 문득 몸이 꺼져들면서도 호탕한 웃음소리와 슬밉지 않으면서 깐죽이던 기백의 모습들이 바람처럼 펄럭이며 뇌리에서 일어섰다.

어둠이 오고 어둑했던 동실의 집에 조등弔燈이 걸렸다. 인민들의 생활이 구차해지면서 죽으면 곧장 달구지나 트럭에 실어 공동묘지에 묻어버리거나 화장을 하는 경우도 있었다. 기백의 주검은 밤이 새고 나면 속절없이 마을 뒤쪽 공동묘지에 묻힐 것이다. 저녁이 되면서 이웃들이 젊은 기백의 넋을 달래주려고 동실네에 들렀다. 울고 싶어도 마음

편히 울지도 못할 세상이란 것을 인민들은 모르지 않기에 겨우 슬픈 표정으로 울음을 대신했다. 명호와 인민학교를 같이 다니던 동무들, 고등중학을 같이 다니던 동무들이 하나둘씩 얼굴을 내밀기 시작했다.

태산이 동무가 얼굴을 내민 것은 조문객들의 발길이 뜸해진 뒤였다. 조문객들에 듣자니 기백의 마지막 길에 그래도 당증을 메어주려고 했던 사람이 바로 태산이라 했다. 마음속에 하루도 걷어내지 못한 태산의 모습을 기백이 동무의 장례에서 보게 되다니 반갑지 않은 일이었다. 호상 마음만 먹으면 언제라도 만날 수도 있고 부딪칠 수도 있었을 터이지만 아마도 태산이 역시 명호를 피해왔던 것인지도 모른다고 명호는 생각했다. 정숙 동무를 헌신짝처럼 내동댕이치고 성분 좋은 당 간부의 딸애의 뱃속에 태를 만들어 아내로 맞은 자신의 죄를 누구보다 태산이 모를 리가 없을 것이기 때문이다.

명호는 태산과 마주치자 의도적으로 눈을 피했다. 태산은 기백이 동무에게 조문을 오면서도 보위부의 빳빳한 군복을 착용하고 있었다. 사적인 활동임에도 태산은 부러 군복을 착용하고 있는 것이라고 명호는 생각했다. 일찍 다녀간 다른 동무들의 입을 통해 태산이 좌급 요직으로 진급했다고 들었다. 좌급이라면 적어도 책임지도원 위에 있는 부과장이거나 과장 정도의 직급이었다. 명호는 재빨리 동실네와 같이 있는 참이와 봄이, 정숙을 집으로 보냈다. 무엇보다 참이가 태산이와 마주치는 것이 솔직히 염려되었다. 정숙은 태산이 동무의 조문을 마음속에 염두하고 있었던지 재깍 명호의 눈치를 알아챘다. 정숙이 참이 등을 데리고 동실네를 떠났을 때 명호는 깊은 한숨을 내쉬며 슬머시 태산이 있는 쪽으로 시선을 돌렸다. 결코 부딪치고 싶지 않은 태산이 동무지만 한번은 마주쳐야 하는 동무이기도 했다. 고등중학 동무들이 서

넛 앉아 있는 데로 명호는 걸어갔다. 그들을 향해 걸어오는 명호의 모습을 보고 태산이 먼저 손을 내밀었다.

– 명호 동무, 오랜만이지 그래.

– 고저 낯바닥이 훤하다이야. 어찌 잘 먹고 지내나?

태산의 어깨에 매달린 휘황한 별들이 눈부셨다. 견대팔에도 윗주머니 위에도 고압적인 벳지와 견장들이 우렁차듯 태산의 떠르르한 풍채를 호위하고 있었다.

– 경애하는 지도자 동지래 결사옹호 하느라 정신없지~

– 흐응 결사옹호 하느라 고저 동무 조의장에 권총집을 매달고 왔나?

명호는 자신도 모르게 손으로 권총 흉내를 내며 태산의 모습에 비아냥을 보내고 있었다. 그동안의 세월의 간극을 너무도 뚜렷하고 고압적으로 메우려 하는 태산이 동무의 실체는 여전히 명호에게 극복할 대상임을 말해주고 있었다.

– 동무, 지금 나에게 손가락총질삿대질을 했대서?

– 그래 동무가 했대문 어쩔 거인데?

갑자기 오고가는 목소리에 가시가 돋쳐 있었다. 호상 맺힌 감정의 절벽에 위태하게 매달려 있다가 치솟는 모습이었다.

– 야야 동무들 이거 오랜만에 만나설라무네 지똥무럽게밉살스럽게 와 이러나?

명호를 향한 태산의 응대가 날카롭게 고막을 울려댄 바람에 인민학교 동무 하나가 벌차게거리낌 없이 끼어들었다. 이런 동무의 간섭이 공연히 패풍방해을 치는 격이 되고 말았다.

– 그하냥여태 명호 동무래 불순분자 딱지 못벗었다야. 아니 감히 김

정은 위원장 동지한테 손가락총질을 했다이야.

　명호는 태산의 말끝에 순간 아차 실수를 했음을 깨달았다. 공화국에서는 인민들 사이에 손가락총질을 하는 것은 자칫 수령을 향해서 삿대질을 하는 격이 되어 있었다. 손가락 끝이 가리키는 곳이 마치 수령이나 지도자 동지의 뱃지를 향하는 순간 이런 행위는 수령에게 손가락질하는 무례한 행위로 낙인찍히는 것이었다. 하지만 까닭모를 분노가 치밀어 올라 명호는 태산이 지껄이는 어이없는 말의 작두질장난질에 뒷일을 생각할 겨를이 없었다.

　－뭐이가? 수령님 뱃지 팔아 하늘에 방망이 달겠다는 심뽀 어제날과거이나 지금이나 영판 다르지 않니. 흐어 참 오새없는철없는 동무 보라지.

　－이런 우다질, 지금 하늘에 방망이라 지껄여댔나? 감히 수령님을 하늘에 방망이~

　일이 이렇게 되고 보니 사태의 심각성을 깨달았던지 덕순 동무가 나서 둘 사이의 트집잡이를 막았다.

　－고저 동무들, 초상집에 춤추는 것도 아니고 동실 아버지 관 속에 눕혀 놓고 우정일부러 싸움질이야요? 동실 아버지 곱게 보내 줍시다.

　하는 덕순의 말에

　－동무들, 기백이 동무 넋이래 태치듯애달프게 하지 말자야.

　하며 어릴 적 동무들이 사태를 진정시키느라 애를 먹고 있었다.

　－고저 보라 태산이 동무, 허리춤에 고 씩씩대는 손 내려놓으라.

　하며 정석이란 동무가 태산이를 비아냥거리듯 진정시키자 태산이 예리하게 정석 동무를 째려보았다.

　－이거 뵈는 게 없구나야. 태산이 네놈이래 째려보면 어쩔 거인데?

이러봬도 이 김정석이 무서울 게 없는 놈이야!

- 이보 정석 동무, 그만하오. 이거 허리춤에 매달린 권총 무서워서리 원~

하며 명호가 인민학교 동무를 거들었다.

- 참이 아버지도 됐으니 돌아가소. 오늘 고저 정숙 동무래 맘이 심난하겠네. 어서 가서 정숙 동무 허한 맘이나 달래주오.

- 허허 참, 호랑이 잡고 볼기 맞는다더니 동실 오마니도 그러는 게 아닙니다.

명호는 정말 이렇게 등을 떠미는 덕순이 동무가 야속했다.

- 참이 아바지, 이러는 거 애들 배워주는 사람답지 않습니다. 고저 동실 아바지 넋을 봐서리 가심패기가슴팍에 맺힌 말들은 잠재우세요. 어서 들어가오, 참이 아바지~

- 흐어, 참이 아버지 같은 소리~

하고 분명 태산이 입에서 궁시렁거리는 소리가 들렸다. 태산이 마음 속에서 이미 참이의 존재를 명호의 아들로 인정하지 않고 있는 태도였다. 명호는 순간 쩌릿한 기운이 명치끝을 치밀고 올라오는 것을 느꼈지만 어금니를 깨물면서 가까스로 참아냈다.

명호는 여기서 더는 말싸움을 하지 않으리라 다짐을 했다. 지금 이 상황은 결코 태산이 동무와 다툴 상황이 아님을 깨달았다. 수령을 운운하는 마당에 싸움판에 휘말려들어서는 안된다는 생각이 들었다. 일의 단초緞綃를 따질 겨를은 보위부의 드센 힘에 밀려 멀찌감치 달아나 버렸다. 명호는 순간순간 가족을 생각했다. 그는 결코 혼자 몸이 아니라 가족의 안위를 자나 깨나 지켜내야 하는 가장이었다.

터덜터덜 기백의 집을 빠져나오는데 마치 기백의 가녀린 넋이 명호의 뒷덜미를 잡고 놓아주지 않는 듯이 다리가 떨어지지 않았다. 찬바람마저 마치 떠도는 혼령처럼 휘적휘적 골목길을 휩쓸고 다니며 지난 시절 기백이 동무와의 순간들을 애타게 갈무리하는 모습이었다. 공화국을 위해 몸이 저렇게 망가지도록 이리 뛰고 저리 뛰었을 기백의 초라한 넋, 이제 남은 것은 골목을 비추는 희미한 조등弔燈뿐이었다. 공화국 인민들의 영광도 당증의 권세도 이제 날이 밝으면 땅속에 묻힐 초라한 공화국의 비애, 명호의 눈가에 뜨거운 눈물이 흘렀다.

명호의 발걸음은 집으로 향하지 않았다. 아버지의 상喪을 치르고 가장 먼저 찾은 곳이 바로 마을 어귀 강가 수세미 방죽이었다. 명호는 저도 모르게 옷깃을 펄럭이는 찬바람을 가로지르며 강가를 향해 걸었다. 칠흑 같은 어둠 속에 조심스레 내딛는 명호의 발길 앞에 마침 기백이 동무의 영혼이 불쑥 나타날 듯 팽팽한 긴장감이 일었다. 깜깜한 어둠 속에서 훤히 눈을 뜨고 있는 것은 오직 김일성 수령과 김정일 위원장의 동상뿐이었다. 공화국이 아무리 암흑 속에 묻혀도 오직 밝게 빛나고 있는 동상, 365일 어느 하루 한순간이라도 불이 꺼져서는 아니 될 성소聖所, 죽어서도 인민들의 목전에 쩌렁쩌렁 살아있는 저들 부자父子의 구리 동상에는 귀에 못 박힌 신화처럼 수령과 지도자 동지의 체온이 흐른다고 인민들은 믿고 있었다. 혼인을 하면 불피코 꽃다발을 바치며 허리 숙여 참배해야 하는 동상, 그래서 매일 동상을 따뜻한 물로 닦아내야 살아남을 수 있는 관리부 동무는 공화국 인민들의 가열찬 참배 뒤에서 어떤 모습으로 바라보고 있을지 궁금하다.

수세미 방죽에 당도했을 때 명호는 품에서 마라초를 꺼내 깊이 빨아들였다. 멀리 강가 뒤쪽 산기슭에서 잠을 이루지 못한 부엉새가 외로움을 울음으로 달래고 있었고, 강둑 너머에서는 풀벌레들이 새벽을 재촉하는 듯 울어대고 있었다.

　— 아버지, 기깟 동상 앞에 수없이 무릎을 꿇어대면 뭐합니까? 훈장이니 메달이니 받아내면 뭐하냔 말입니다.

　명호는 동무들과 들이켰던 몇 순배의 술기운 탓에 감정이 다소 격해지고 있었다. 아버지도 떠나고 이제 모든 것을 스스로 헤쳐나가야 하는 고달픈 삶을 짊어지고 서 있다는 것을 느끼고 있었다. 부모자식간에도 눈치를 보고 이불 속에서도 호상 감시를 해야 하는 세상에서 명호는 대체 무슨 꿈을 꿀 수 있는지 아득할 뿐이었다. 그래도 명호의 너스레를 군소리 없이 들어주는 존재가 아버지였던 것이다.

　— 남쪽 성님이래 고저 한번 만나고 싶습니다. 아버지, 공화국 인민들이래 정말 남쪽에 그래 많이 산답니까?

　명호는 밤길을 더듬어 천천히 수세미 방죽 둑길을 걸으며 혼잣소리로 지껄였다.

　— 국경을 넘어 남쪽에 당도한들 반쪽 딱지 인생 아니냔 말입니다. 피 한 방울 안 섞인 우리 참이야 못난 아버지 만나서 반쪽 딱지 등에 짊어지고 사는 거 이거 말이 안 되는 소리 아닙니까?

　하고 명호는 메아리도 없는 물음을 무시로 던지고 있었다. 그런데 어째서 갑자기 이런 난데없는 물음이 가슴 속에서 튀어 나왔을까? 명호는 길게 한숨을 토해내며 급기야 흐느끼기 시작했다. 아버지가 죽어도 실컷 울지 못하는 세상에서 강가의 수세미 방죽이야말로 아무런 거리낌이 필요 없는 장소였다. 아버지의 낮고 암울한 목소리가 펄럭이는 바람 속에 깃들어 마치 귓결에 들려오는 듯했다. 그 옛날 아버지와 도란도란 얘기를 나누던 시절들이 그리워지며 아버지의 부재不在를 피부로 느끼고 있었다.

그때 정말 아버지의 망령처럼 어둠 속에서 적막을 깨는 목소리가 들려왔다.

― 이런 불망나니 같은 새끼, 머가 어드래?

― 누, 누구?

명호의 몸이 순간적으로 움츠러들었다.

― 누군 누구겠나~ 고저 반동새끼들 색출하는 보위부 그루빠란 말이야.

하는 소리를 듣고서야 태산이 자신의 뒤를 밟았다는 사실을 꿈에서 깨어나듯 알아챘다.

― 머이야? 이런 쥐새끼 같은 새끼 감히 동무에 뒤를 밟아대다니~

― 광기 어린 추태가 하늘을 찌르는구나. 동무래 지금 어둔 달밤에 나와서 반동짓거리를 하는 걸 알고는 있지?

태산의 목소리는 갑자기 비춰진 씨불알손전등의 빛 속에서 돋들렸다. 마치 목소리가 명호의 눈에 보이는 것처럼 느껴졌다. 명호는 저도 모르게 목소리를 향해 불빛이 흔들리는 쪽으로 돌아섰다.

― 이런 씨도 없이 죽탕을 처죽일 놈 봤나. 그루빤지 뭔지 그래 어데 겨눌 데가 없어 동무에 뒤꽁무니를 겨누고 다닌단 말이야!

― 고아 삶은 소대가리 웃다 자빠지겠구나야. 감히 정숙 동무를 빼돌려서 반동 짓거릴 하고 다녔다는 말이니?

태산이 동무에게만큼 욕설에서도 지고 싶지 않았다.

― 머이 어드랜? 고저 당간부집 간나한테 눈이 멀어 정숙 동무 소박을 맞춘 지드럭방망이만도 못한 반동이 바로 네놈 아니니?

어둠 속에서 태산의 모습이 불쑥 사라졌다. 씨불알이 어둠 속에 모습을 감춘 것이다. 강가에서 후루룩후루룩 물이 흘러가는 소리가 유난히 돋들릴 때 명호의 가슴은 긴장감에 콩닥콩닥 뛰고 있었다. 태산의 허리에 걸린 고압적인 권총은 항상 인민들의 입을 단박에 잡도리했다.

　- 보라 동무, 오늘 아가리 총구에 저당 잡히지 말라야. 내래 총질을 못해 근질근질하단 말이지. 우덜이래 악연이지 악연이야.

　어둠 속에서 정말 찰칵 방아쇠를 당길 수 있다는 생각을 했다. 미치 광이 같은 태산이 동무가 여기서 방아쇠를 당긴다 한들 전혀 문제 될 것이 없음을 명호는 모르지 않았다. 하지만 어디에서 그런 용기가 샘 솟아났는지 명호는 태산에게만큼은 죽을 때 죽더라도 기죽지는 않을 작정이었다. 이것은 정숙 동무의 나그네로서 참이의 아버지로서 자부 심 같은 것이었다.

　- 기깟 떼떼총 무섭지 않다. 내래 고저 동무 쳐 죽여 고 악연을 끊어 주지……

　하고 명호는 예전부터 눈에 익은 육중한 돌멩이 하나를 손에 움켜쥐 었다. 아차하면 태산의 머리통을 내려치리라 어금니를 잘근 씹으며 마 음을 다잡았다. 주야장창 사람 죽이는 연습을 했을 태산에게 이 어둠 속에서 한순간이라도 빈틈을 보이면 죽음이라는 생각이 들었다.

　- 38떼떼 우습게 보지 말라. 고저 동무래 우리 악연이 어드메서 시 작된 걸 모르지?

　- 흐어, 악연의 시작이야 항상 태산이 네놈이었지~ 비열하고 쩨쩨 하고 거기다가 숫제 짐승만도 못한 심성이라니 원~

　죽는 한이 있어도 태산이 동무 앞에서만큼 당당해지고 싶었다.

　- 뭐야 종간나 새꺄?

　하고 어둠 속에서 태산의 목소리가 가파르게 상승했다. 그리고 다시 씨불알이 눈을 뜨며 명호를 향해 천천히 거리를 좁혀들었다. 명호는 순간 본능적으로 뒷걸음질 쳤다. 후루룩 물이 흐르는 소리는 이미 들리지 않았다. 명호는 그런 중에도 육중한 돌멩이로 여차직하면 태산을 향해 내려칠 자세를 고쳐 잡고 있었다.

─ 근위대 야영소에서 동무래 인생이 꼬이기 시작한 거이야. 감히 이 떡메전사 아들을 짓뭉겨대는 뚝바우 같은 새끼래~

태산이 다시 씨불알을 끄고 명호를 향해 다가섰다. 갑자기 씨불알 빛이 사라지자 순간적으로 명호는 아무것도 보이지 않았지만 더는 뒤로 물러서지 않았다. 어디 한번 누가 죽든 끝을 보고야 말리라는 생각이었다. 근위대 야영소에서 태산을 꺾으려고 이리 뛰고 저리 뛰었던 순간들이 잠시 머릿속을 스쳐갔다.

─ 네가 얼마나 비겁한 아비란 걸 상철이는 모르겠지~ 철저히 그 견장 속에 아비의 비열함을 감추고 살아대니 원~ 동무래 주체사상탑 패거리 모임에서 찰칵, 찰칵 사진을 찍어대더니 고저 걸탐스럽게_{게걸스럽게} 시 보위부에 고자질을 했더란 말이지~

─ 2부 안전원한테 꾹돈_{뇌물} 먹인 게 동무의 반동 짓이 아니나?

태산의 계략에 걸려든 사건이었다.

─ 아니 뭐이야? 기깟 초코파이 하나 가지고서 반동 짓이란 말이니? 이런 우다질~

명호는 태산에게 까닭 없이 당했던 일들을 생각함에 노기_{怒氣}가 일었다. 태산은 어느새 명호의 발치에 다가와 있었다.

─ 그래 말골_{馬谷}에서 정숙이 간나 붙어먹었지? 고저 맛이 어떻듬? 너에 썩어빠진 넌지질_{방아찧음}이래 정숙이 뱃속에 태를 앉힌 거를 이거 내래 수습한 거이야. 내가 고저 너에 은인이다 이런 말이지~

─ 어데 그딴 주둥일 놀리나. 당증으로 정숙 동무 아버지 발목을 잡

구 정숙 동무까지 욕을 보여 태를 앉힌 네놈 죄를 알고는 있나? 묻자우, 정숙 동무 아버지 생사 어찌 됐나? 정숙 어머니 정숙 오라빈~

명호는 가슴께서 살을 깎아대는 듯한 예리한 통증이 느껴지는 것을 가까스로 참고 있었다. 저런 개망나니 앞에서 약한 모습을 보인다는 것은 치욕이라고 생각하고 있었다.

– 옳코니, 그래 보니 고 동무래 남반부 군인 아버지 성분이지. 언간 네깐놈들 들어가는 데가 정치범수용소 아이겠음. 내래 한 때 정치범수용소 끌려 갔대서. 우덜 가족이래 짐승처럼 끌려 갔댔지~

태산의 가족이 정치범수용소에 보내졌다는 소식을 명호 역시 얼핏 들었었다. 하지만 죽어 시체로 나온다는 정치범수용소에서 어떻게 태산의 가족이 건재할 수 있었는지 명호는 이해할 수가 없었다. 태산이 가족은 이제 공화국에서 끝났다고 생각했을 적에 태산은 마치 날궂이 끝에 색동다리무지개 떠오르듯 쨍하고 세상을 향해 용솟음쳐 올랐던 것이다. 정숙의 가족들의 생사는 알 수도 없는데도 말이다.

– 태산이래 멍청이 아니야. 호랑이 굴에 끌려가도 정신 바짝 차리면 산다고 하지 않니? 장성택이 신세 고저 낙동강 오리 알 됐단 걸 어찌 내 몰랐겠나. 그런데 말이지~ 죽자고 작정을 하는데도 수령님이 금수저를 쥐어주더란 말이야.

– 뭐이야, 수령님이 금수저가 어드래?

태산은 여전히 허세로 객기를 부리고 있었다.

– 흐어 고저 반동 새끼 귓구멍 썩지 않았구나야. 내래 수용소에서 빨치산 2세를 만났단 말이야~ 고저 명호 동무래 함자는 들어봤댔지? 최룡해 총국장이래 협동농장에 좌천돼설라무네 아들애하구 혁명화 교육을 받고 있더란 말이야. 내래 협동농장에 여러 차례 노동을 나갔다

간 두루 용케 총국장하고 깊은 인연을 맺은 거야.

태산은 마치 말자루를 쥔 변사처럼 입을 놀려댔다. 그는 무슨 무용담을 들려주기라도 하듯 말자루에 빠져 거친 입담을 늘어놓고 있었다. 태산의 입에서 고삐가 풀린 말자루는 좌천되어 숙청 전의 죽음 문턱에서 혁명화 교육으로 다시금 수령에 대한 충성을 일떠세운 총국장과의 무용담이었다. 인민들도 대개 들어서 알고 있는 소문으로 총국장이 무슨 발전소 건설의 책임자를 맡았었는데 실수를 해서 김정일의 눈 밖에 났다고 했다. 또한 최룡해의 큰 아들이 남쪽의 드라마를 몰래 보다 적발돼서 최룡해가 아들과 같이 혁명화 교육을 자청했다는 소문도 돌고 있었다.

당시 김정일의 숙청 방식은 대방에 따라 매우 다양하게 나타나고 있었는데, 김일성 고급 당학교에서 재교육을 받거나 자택에서 비판서를 쓰는 경우는 비교적 가벼운 방식이었고 지방이나 산간에 유폐되어 혁명화 교육을 받게 하거나 곧장 처형장의 이슬로 사라지는 경우 등이 있었다.

─ 동무, 최룡해 총국장이 누구이니? 고저 빨치산 줄기 2세 아니냔 말이야. 총국장두 김정은 꼬맹이한테 강단 있는 충성심을 보여줄 절호의 기회를 잡고 있던 판인데 말이지~ 그런데 중요한 거는 공화국이 은밀히 인민들을 쇠밧줄로 엮어서 무슨 가스 실험을 하더란 말이야.

─ 뭐이 가스 실험? 말로만 듣던 인체 생물학 실험을 정말 하고 있더란 말이야? 아이쿠, 이거 공화국 인민들 가스 뒤집어쓰고 죄 죽어나가게 생겼구나야.

명호는 말로만 들었던 얘기를 태산의 입을 통해 듣게 되니 놀람과 두려움이 배로 커지는 것이었다. 죄인들을 가족 단위로 옷을 벗겨 유리관에 들여보낸다고 했다. 가장 강건한 자를 골라 밀폐된 유리관에 집어넣고 가스를 살포하거나 또는 가족들에게 깨끗한 배추 한 자락씩을 나누어 주고 먹게 한 뒤에 관찰들을 한다는 것이었다. 실험을 주관한 과학자들이 유리관의 꼭대기에서 마치 제집 들여다보듯 빤히 들여다본다고 했다. 생화학제를 살포한 배추이파리를 먹고 인민들이 어떻게 죽어 가는지를 관찰하는 것이었다. 시커먼 선지피를 흘리며 배가 아파 날뛰며 죽어가는 자식을 살려보려고 부모가 숨을 불어넣고 펄쩍펄쩍 날뛰는 것을 봐야 하니 집행하는 수석간부들도 바람만바람만 망설일 때가 많다는 것이었다. 사람의 탈을 쓰고, 가족이 보는 앞에서 무자비한 살상의 죄악을 저지르는 것은 아무리 그악하다 해도 쉬운 일이 아니었을 것이다.

— 집행관이 채찍을 휘두르지도 못하구서리 망설여대는 거를 내래 죽자 살기로 한번 해보겠다 했지. 열두 가족 쉰 명한테 생체실험을 하는데 유리방 앞에서 가족끼리 부둥켜안고 부들부들 떨어대질 않가서. 고저 이딴 놈들 유리관에 밀어 넣구 가스 살포한 사람이 바로 나란 말이지. 내래 총국장 앞에서 단단히 충성을 했다 이거야.

태산의 무용담은 자기를 내세우기 위해 지어낸 얘기라고 명호는 생각했다. 정치범수용소에서 어떻게 협동농장에 나갈 수가 있었을 것이며 정치범수용소가 아닌 협동농장 같은 데서 어떻게 가스실험이 이루어질 수가 있었을 것이며 설령 가스실험이 있었더라도 노동에 투입된 죄수가 어떻게 가스실험에 참여할 수가 있었을 것인가? 하지만 나중에 들었던 얘기로는 회령 22호 정치범수용소에서 실제 생체를 이용한 가스실험이 있었다는 것이다.

그럼에도 당시 명호는 태산의 밑도 끝도 없는 무용담을 듣던 중에 자기도 모르게 치밀어 올라오는 분노를 잠재우지 못하고 손에 잡아 쥐고 있던 육중한 돌멩이를 휘두르며 태산에게 덤벼들었다. 인간이기를 포기한 자를 여기서 죽여버린다고 한들 감히 누가 죄를 물을 수가 있을 것인가? 순간적으로 뻗쳐오르던 살기를 잠재우지 못하고 덤벼드는 순간 태산의 날렵한 동작은 명호를 단숨에 제압해버렸다. 태산의 머리통을 으깨지 못한 분통에 발버둥치는 명호의 이마에 찰칵 금속 소리가 박혔던 것이다. 명호의 생각에도 태산의 동작은 날쌔고 위협적이었다.

- 흐엉 옛적 태산이 아니란 말이야. 고저 명호 동무 여게 무덤이 되고 싶은 거이니?

- 이런 개살만도 못한 후레자식 보라야. 저승야차 있음 당장에 너 같은 종간나새끼 데려가잖구~

태산의 주먹이 갑자기 명호의 턱을 강타했다. 명호는 느닷없이 날아온 태산의 주먹질에 머리가 쥐가 난 듯 띵하며 코에서도 들큰한 피가 흐르는 것 같았다. 명호는 순간 이제 이판사판이라고 생각하며 쓰러지듯 달려들어 태산의 멱살을 대살지게 부여잡았다. 태산의 입에서 거친 숨소리와 함께 술 냄새가 풍겨왔다.

- 다시 한번 더 눈앞에 나타났다간 보라지. 참이 근처 그림자도 얼씬 말라 종간나새끼야! 기깟 떼떼 견장 나불 무섭지 않다 이거야~

- 보라, 명호 동무! 고저 인간이 어찌 인간인 줄 아니? 자기 핏줄 귀한 줄 아는 게 인간이란 말이지. 경우야 어찌 됐건 간에 참이 당장 돌려달란 말이야.

명호는 태산의 가슴 속에 숨어 있는 야심을 이제 알아차릴 수가 있었다. 보위부원을 시켜 평정서를 꼼꼼히 살피고 기백의 장례에 권총을 찰랑거리고 들어온 것도 응당 권력의 힘으로 명호를 제압하고 자기 힘을 과시할 속셈이었다. 비록 참이가 태산의 핏줄을 이어받았다 하더라도 그런 아비에게 참이를 보내는 일이야말로 불행한 일이라고 생각했다.

태산이와 강가 수세미 방죽거리에서 죽자 살자 피를 튀기며 한바탕 주먹다짐을 하고 나니 명호는 이제 자신이 진정한 참이의 아비가 된 듯한 느낌이 들었다. 아들을 지옥의 소굴로 보내지 않기 위한 아비의 책임은 이것으로 체면치레를 했다는 생각이었다. 태산은 몇 번이나 허리춤의 떼떼 권총을 빼어들었으나 방아쇠를 당기지는 못했다.

자정이 훌쩍 넘어서야 온몸에 생채기를 얹고 들어서는 명호의 모습을 보고 정숙의 입은 다물어지지 않았다. 정숙 동무 역시 묻지 않아도 그날 명호에게 무슨 일이 일어났는지 짐작할 수는 있을 터이었다. 태산이 동무가 권총을 겨누며 당장 참이를 돌려달라고 했다는 말을 정숙에게 겨우 내뱉었을 때 아닌 밤중에 홍두깨질을 한다는 듯한 정숙의 모습은 불안하기 짝이 없어 보였다. 태산이 동무가 어떻게 참이의 존재를 알게 되었는지 정숙이 명호에게 물어왔지만 그는 차마 어머니가 보위부로 태산을 찾아갔더란 말을 하지 못했다.

기백의 혼령이 사납게 들이치는 듯 명호의 의식이 몽롱해지는데 찬바람은 여전히 골목을 어지럽게 휘젓고 다녔다. 멀리에서 탕, 하는 한 발의 총성이 메아리처럼 울려 퍼지면서 명호는 의식의 끈을 놓고 곯아떨어졌다. 명호의 곁에서 초조한 마음을 다스리려고 앉아 있던 정숙이 혼잣소리로 말했다.

– 동무들 잠소리_{잠꼬대} 할 시간에 무슨 총소리라나 원~

3

피곤기를 아직 털어내지도 못했는데 명호는 소란스러움에 잠에서 깨어났다. 온몸이 뭉툭 뭉툭 결리고 군데군데 피멍이 들어 있었다. 명호는 간밤에 수세미 방죽에서의 일들이 떠올라 크게 한번 한숨을 내쉬었다. 어둠 속에 자신을 겨냥하던 손전등 밑의 총구를 떠올리며 이마를 길게 끌어내리고 있었다. 으음~

– 봄이 아버지, 어째 이렇게 불안하지요?

– 간밤에 내래 태산이 동무 얘기 했나?

하며 명호는 머리맡의 자리끼를 집어 들어 꿀꺽꿀꺽 삼켜댔다. 비몽사몽처럼 태산과 얽혀 치고 박던 일들이 하나씩 뇌리에 되살아나고 있었다. 명호는 이마에 주름살을 깊게 만들면서 머리를 좌우로 흔들었다. 머릿속이 울렁울렁 흔들거리는 느낌이었다.

– 봄이 아버지 간밤에 흠뻑 취했댔는데 그래 태산이 동무래 권총을 겨누었다 했소?

– 기백이 동무 조의장에 권총을 달랑달랑 차고 와서 말이야 수세미 방죽에 가고 있는 나를 뒤따라와서 바로 날 겨눈 거야.

명호는 간밤의 일들을 하나씩 떠올려보았다.

– 거 요상합네다. 간밤 일이 말이오.

– 뭐가 요상 하다는 말이야?

생각할수록 머리가 욱신거렸다.

– 동무래 방바닥에 막 자빠지는데 총성이 울리더란 말이에요.

– 머이야, 총성? 어데서 울리더란 말이니?

정숙의 말을 들으니 머리카락이 쭈뼛 섰다.

- 강나루 쪽에서 들리는 소리 같기도 하구. 정낮한낮에 울리는 총성도 아니고~ 이거 엉세판에 누가 메뚜기 사냥질하는 거 아네요?

- 무시기, 잡아 죽일 메뚜기 어디 남아 있다고 사냥질을 하니? 야심한 밤에 총질이라니 원~

이렇게 응대를 하면서도 명호의 머릿속에는 태산이 동무가 떠올랐다.

- 동틀 녘에 골목에 나가 보았더니 군복 입은 동무들이 호루라기를 불어대고 야단들이 났더란 말이오. 봄이 아버진 고저 공동묘지 달구질판에 낮바닥 들이밀지 말고 온종일 방구들 짊어지고 있으오.

- 죄는 지은 대로 가는 법인데 내가 머가 무서워서 방구들 신세를 진단 말이야. 기백이 동무 마지막 가는 길에 술 한 잔 부어 줘야지~

간밤의 총성이야 자신과는 아무런 상관없는 일이라고 생각했다. 기백이 동무의 마지막 가는 길에 정성 다해 술잔을 올리고 싶었다.

- 아이 에구나, 죄는 막둥이가 짓고 벼락은 샌님이 맞는다는 말도 못 들었소? 고저 일 치르지 말고 정숙이 말 들으오.

- 아무래도 태산이 동무래 간밤에 도깨비질을 하지 않았나 모르겠다. 도깨비질 뒤끝은 벼락이라 했는데~

태산의 성깔로 보아 아무 데나 총질을 하고도 남을 사람이었다.

- 그러니 고저 바깥 나가지 말고 그냥 드러눕잔 말이에요. 봄이 아버지~ 듣자니 시오마니 꿈자리도 보통 사나운 게 아니라는데~

한사코 바깥에 나가지 말라고 당부를 하는 정숙의 간절함에 명호는 호락호락 마음을 내려놓지 못했다. 기백이 동무의 죽음은 명호에게 있어 친형제의 일이나 다름없는 일이었다. 몸의 한쪽 구석이 뭉텅 주저앉는 아픔 속이지만 마지막 가는 길을 동무와 함께 하고 싶었다. 그의 살아온 자취에서 절반은 같은 족적을 만들었을 동무의 마지막을 쓸쓸히 혼자 보낸다는 것은 명호에게 시도무청도무지 있을 수 없는 일이었다.

정숙의 만류에도 불구하고 명호는 기백이 동무가 묻힐 공동묘지에 올랐다. 바람만 쓸쓸히 엉성한 나뭇가지들을 흔들고 지나갔다. 상두꾼도 없는 허망한 길에 기백의 혼령이 건들건들 앞서가는 느낌이 들었다. 동네에서 올라온 곁꾼들과 달구질꾼들 몇이서 기백의 무덤을 다지고 있었다. 나지막한 봉분을 쌓은 다음 명호는 술잔을 올리고서 하염없이 눈물을 흘렸다. 덕순이 동무는 꺽, 꺽 울다 목이 잠기고 동실이도 봉분 앞에 엎디어 흑, 흑 눈물바람을 하고 있었다. 같은 학교 교원인 듯한 동무들 몇이 명호의 뒤를 이어 술잔을 올렸다. 기백의 주검은 땅속에 묻혔지만 기백의 넋은 결코 명호의 가슴에서 달아나지 않을 것이다. 기백의 넋은 죽은 뒤에 오히려 명호의 가슴 깊숙이 파고들었다. 죽음을 목전에 두고 그를 불러 동실이를 부탁하던 동무, 그도 아내와 자식을 책임져야 하는 가장이었기에 미쳐 목숨 떨어지기 전에 명호에게 제 살붙이를 부탁했을 것이다. 아아, 허욕虛慾이 패가敗家라더니만 겨우 임시 당원증 목에 매달더니 이렇게 떠나는 기백이 동무야 고저 잘코사니로구나! 명호는 맘속에 담아둔 서글픈 심정을 토설하지도 못하고 홀로 끅, 끅 욱여 담았다.

공동묘지에서 기백을 땅속에 묻고 내려오던 길에 명호는 간밤 강가에서 살인사건이 일어났다는 소문을 들었다. 정숙으로부터 총성에 대한 애기를 들었던 터라 살인사건은 당연히 총질로부터 비롯되었을 것이라고 믿었다. 그런 심중에 떠오른 인물은 당연히 태산이 동무였다.

명호와 치고받고 권총을 겨누며 다투던 뒤 끝에 일어난 강가의 살인사건은 무엇이란 말인가? 하필 태산과 싸움을 벌였던 강가에서 비슷한 시각에 일어난 살인사건이라니 원. 명호의 뇌리에는 혼란스런 생각으로 가득했다. 그런데 낮뒤오후 늦은 시간 명호가 집에 당도했을 때 명호는 정숙으로부터 놀라운 소식을 전해 듣게 되었다.

－ 봄이 아버지, 소문 들었소?

－ 강가에서 간밤 살인사건이 일어났다는 말을 들었소.

강둑에서 살인사건이 났다는 소문만 반짝 들었다.

－ 아니 죽은 동무가 우리 인민학교 동무라잖소.

－ 아니 뭐이야? 금방 장사 치른 판에~ 우덜 인민학교 누구라나?

명호의 머릿속이 복잡해지기 시작했다.

－ 기백이 동무 조의장에서 고저 태산이 동무한테 깐죽댔다던 동무 있잖소.

－ 정은이 동무 말이니?

순간, 이름을 바꾼 동무가 떠올랐다.

－ 에구, 봄이 아버지 고 입조심 좀 하자요. 정석이 동무 말이에요.

－ 아니 그 동무라면 태산이 놈이 내게 실랑이를 걸어올 적 곁에서 말려대던 동무 아이니? 어찌 이런 상세가 났다니~

김정석이라면 인민학교 동무로 원래 '김정은'이라는 이름이었는데 김정은金正恩 위원장 집권 이후 같은 이름자라 하여 당국의 지시로 개명했던 동무였다. 이름을 바꿀 적에 '정금'正金으로 하려 했더니 원래 김정은의 이름 뒷자는 은恩:은혜자字이지만 발음이 같은 은銀보다 금金이 위고, '정동'正銅으로 하자니 원래 철哲:밝음이나 철鐵정철, 정은의 형보다 동銅이 위여서 결국 이름 끝에 '돌石'자字 이름을 받아 김정석金正石이가 되었다고 했다. 기백이 동무와는 남다른 관계였는지 밤새 기백의 주검 곁에 앉아 꾸벅꾸벅 졸다가 아는 동무가 오면 술잔을 나누었다. 태산이 왔을 적에도 꾸벅 졸다 정신을 차려 술잔을 돌리고 명호 곁에서 공연히 왈짜 패처럼 주절대던 동무가 아닌가 말이다. 특히 명호는 자신과 박태산과 말싸움이 가팔라질 때 끼어들어 일순 태산이와 정석이 사이에 말싸움의 실랑이가 있었음을 떠올렸다. 그렇다면 아무래도 간밤의 총성은 태산이가 정석이 동무를 향한 총질이었으리라 명호는 짐작할 수 있었다.

하지만 그날 밤에 보안원들이 명호의 집에 들이닥쳐 명호를 다짜고짜 체포해 갔다. 영문도 모른 채 가족들이 보는 앞에서 짐승처럼 목덜미를 잡혀 이끌려 나갔다. 명호는 짐짝처럼 차에 실려 어디론가 끌려가면서 정석 동무의 살인사건과 관련한 태산의 음모가 자신을 향하고 있음을 알아차렸다. 명호는 시의 보안서 지하실에 끌려가 정석 동무의 사건 당일의 행적에 대한 취조를 받았다.

― 이건 모함입니다. 강나루에서 돌아와 눕고 나서 총성이 울렸다는데~

― 동무, 피살자에 사인死써이 총성이 아니야. 돌멩이로 그저 대방의 머리통을 찍었단 말이지~

명호는 펄쩍 뛰며 정신을 번쩍 차렸다.

― 내가 정석이 동무보다 먼저 조의장에서 빠져나왔단 말입니다. 이거 믿어주기요. 틀림없는 보위부 태산이 동무에 모략이 분명합니다. 손가락무늬지문를 대조해보소. 정석이 동무 주검 어디에서 이 리명호에 무늬가 돋아나오나~

― 동무 낯바닥에서 쥐돌곰팡 냄새가 나잖나. 고 가마치누룽지 같은

생채기래 내가 죽였댔지비 하구 날 비웃는 꼬락서니 아니냔 말이야. 고 낯바닥 좀 보라야, 재채긴지 생채긴지 나 원~

　명호의 하소연에 취조를 하던 보안원이 채찍으로 어깻죽지를 호되게 내리쳤다. 예리한 아픔이 어깨뼈를 타고 견대팔 쪽으로 반사되고 있었다. 이를 앙다물며 명호는 당일 태산이 동무와의 행적을 자세히 토설吐說했다. 하지만 보안원은 형식적인 취조일 뿐 명호의 말을 들으려 하지 않았다. 보위부의 힘이 보안서에 은밀하게 작용하고 있음을 말해주는 것이었다. 죽은 자의 시체를 명호의 눈으로 확인하여 총에 의한 죽음임을 증명하기란 하늘에 몽둥이를 매다는 일보다 어렵게 여겨졌다.

　그러나 명호는 저들의 음모에 절대 굴복하지 않으리라 다짐했다. 차라리 죽어 나갈지언정 저들의 농간에 죄를 인정하는 약함을 보여주지 않으리라. 아아, 보위부의 늑대들은 무고한 인민들을 사냥하는 새치들 사냥꾼들이로구나라고 생각할 적에 눈앞이 깜깜한 게 아득히 멀어지는 느낌이었다. 밤새도록 사납게 날아드는 채찍과 고문에 정신을 잃고 쓰러지기를 몇 차례나 반복하였다. 당장 학교에 나가 학생들을 배워주는 일은 생각할 겨를도 없이 지독한 고문이 되풀이되었다. 그래도 명호는 굴복하지 않고 자신의 결백을 끝까지 지켜냈다.

　사흘이 지나서야 명호는 절뚝거리는 몸을 이끌고 보안서의 지하방에서 풀려나올 수가 있었다. 이상한 것은 한 치의 양보도 없이 강압적으로 자백을 받아내겠다던 저들의 태도가 살며시 뒤꽁무니를 빼면서 혐의 없음으로 처결하여 보안서의 깜깜한 지하방을 빠져나오게 되었다는 점이었다. 대체 저들의 급작스런 태도변화는 무엇이란 말인가? 생각하며 보안서의 출입문을 나서는데 정숙 동무가 그를 기다리고 있었다.

- 대체 어드렇게 된 거이야? 내래 영판 청도깨비낮도깨비 한테 홀린 것 같다는 말이지~

- 봄이 아버지 살아 나왔으니 되었소. 도깨비는 방망이로 뗀다더니만~

- 게 무신 소리야? 방망이라니~

정숙 동무의 말에 명호의 신경이 곤두섰다.

- 공화국 정무원들이 돈맛이 단단히 들었더라 말이오.

- 아니 뭐이야? 고저 꿍돈뇌물을 찔러 박아댔단 말이나?

남쪽의 형님에게 받은 돈을 결국 놈들의 사타구니 밑에 찔러 박았다니 명호에게 격한 한숨이 흘러나왔다. 못난 나그네남편를 살려보려고 이리저리 뛰었을 정숙 동무를 생각하니 싸하게 가슴이 아려왔다.

- 흐응, 뛰는 놈 위에 나는 놈이 있더라니 원~

- 아니 나는 놈이라니 무슨~ 보라 정숙 동무, 무슨 도깨비를 사귀었나?

명호는 자신이 정말 무슨 도깨비에 홀린 느낌이었다.

- 에그! 안까이아내의 비속어한테 내둥 한다는 소리 보오.

정숙은 이제야 조금 마음이 놓이는지 입가에 웃음을 띠었다.

- 고저 도깨비 대동강 건너듯 일이 풀렸으니 한다는 소리 아이니?

명호는 정숙 동무의 속에 있는 말을 집에 돌아와서야 자초지종 듣게 되었다. 뛰는 놈 위에 나는 놈이란 어느 세계에나 있게 마련이다. 태산이 동무의 어깨를 누르는 힘이 있더라는 것을 정숙에게 듣고서 명호는 기백이 항용 입에 담았던 씨누스 커브싸인곡선에 대해 생각하게 되었다. 인생이란 씨누스 커브, 슬픔이 있으면 기쁨이 있고 내리막이 있으면 오르막이 있고, 그늘이 있으면 햇볕이 있는 것이 자연의 이치라는 것이다.

일의 단초를 만든 사람은 명호의 예상대로 태산이가 분명했다. 보위부 가운데서도 무소불위의 109 그루빠 조직 세포 분자이던 태산이 동무가 명호를 사건에 끌어들인 것이었다. 정석이 동무의 죽음이 직접적으로 태산으로부터 비롯되었다는 확증은 없지만 명호를 사건에 끌어들인 것을 보면 어떻든 정석의 죽음에 태산이 관계되어 있음을 짐작할 수가 있었다. 총소리와 정석의 죽음이 관계가 있다면 단연 태산의 짓이라고 명호는 생각했다. 그러나 날아가는 직승기헬리콥터도 떨어뜨린다는 109 그루빠에서 사건을 전담해 보안서에 지시를 하달하는 데에야 정석의 죽음과 관련한 진위眞僞를 외부 인민들의 입장에서 들여다보기란 백두산 꼭대기에 불어치는 오랑캐 바람을 열 손가락으로 움켜잡는 일보다 어려운 일이었다.

명호를 보안서 지하방에서 꺼내기 위해 백방으로 날뛰던 정숙 동무에게 보안서의 정무원 하나가 정보를 주더라는 것이었다. 109 그루빠를 잡는 호랑이가 있다고 말하면서 돈만 있으면 죽은 사람도 살려낼 수 있다며 은밀히 귀띔을 해주더라고 했다. 보안서 정무원으로부터 들은 109 그루빠를 잡는 조직은 114 상무조직이라는 것이었다.

– 봄이 아버지, 세상에 114 상무라는 얘기 들어 봤습니까?

– 109 그루빠 자주 들어봤어도 114 상무 소린 처음 듣는 소리인데 아마~

이렇듯 이상한 말이 나돌 때마다 권력 게임을 하고 있다는 것을 모르지는 않았다.

– 김정은이 만든 은밀한 조직이라는데 뭐라나 고저 1월 14일 교시를 내렸다 해서 114 상무조직이 되었답네다.

- 김정일 위원장 시절 권세를 누렸던 장성택의 끄나풀들 잡겠다는 정은이 조직이구나야. 고저 태산이 동무래 장성택이 세력에서 미꾸라지처럼 빠져나가 최룡해 총국장 끄나풀이 된 것 같더란 말이지~

명호가 수세미 방죽에서 얼결에 들었던 얘기를 떠올리며 말했다.

- 114 상무 조직원을 만나 은밀히 꾹돈 찔렀더니 고저 하루 만에 봄이 아버지 이케 풀려 나온 거예요. 봄이 아버지 몸값이 얼마인 줄 아오? 오천 위엔한화 80만원 안꽈이야요 오천 위엔~

- 돈만 있으면 처녀 불알도 산다더니 남쪽 성님이 이 아우를 구했구나~

- 에구 봄이 아버지 고 입조심 하자요. 정숙이 앞에 두고 처녀 불알이 뭐예요. 공화국에서는 돈만 있으면 대동강 물귀신도 산다는데~

명호는 지난밤에 태산으로부터 들었던 영웅담 같은 얘기를 정숙에게 들려주었다. 태산이 동무가 정치범수용소에서 최룡해 총국장을 만나 가스 생체실험을 집행했다던 얘기 등을 상세히 들려주었다. 태산이 동무의 패악질이란 자본주의 반동들의 짓보다 악랄하여 정숙 동무의 가족들이 아마 22호 정치범수용소의 생체실험실에서 메뚜기처럼 펄쩍펄쩍 뛰다가 죽어갔을 것이라고 아퀴를 짓듯 말했다.

어떤 일이 있어도 정숙 동무의 마음속에 참일 태산에게 보내는 일이야말로 공화국 천지에서 가장 불행한 짓임을 일깨워주고자 함이었다. 정숙의 눈에서 닭똥 같은 눈물이 흘러내렸다. 정숙 동무 가족의 생사를 어디에서도 확인할 수 없음은 이미 죽어 딴 세상에 갔다는 것을 의미할 것이다. 태산의 영웅담처럼 생체실험의 통나무마루타가 되어 가족들이 보는 앞에서 피를 토하며 바들바들 떨며 처참하게 최후를 마쳤을지도 모를 일이었다. 그런 죽음의 중심에 태산이 있음을 명호는 정숙에게 몇 번이고 각인을 시켜댔다.

　- 봄이 아버지, 고저 짐승만도 못한 태산이 동무한테 이 정숙이가 한때나마 실수를 했던 거 거북하게 됐습니다. 참인 누가 뭐래도 우리 아들애요. 고저 악착같이 지켜내자고요.

　- 그럼 그럼, 염소 물똥 누는 거 보았대서? 두말하면 잔소리지~

　정숙이 웃으면서 명호의 옆구리를 질벅거렸다.

제11장 황색바람

1

　공화국에서 한류는 국경을 중심으로 고요 속에 일어나는 미풍처럼 그렇게 아주 조용히 시작되었다. 풍부한 물질문명과 자유로운 모습의 가정과 사회 분위기 등이 담긴 남쪽의 영화나 드라마와 다양한 종류의 문화물 작품들이 은밀하게 공화국 인민들 사이에 퍼져나가기 시작했다. 이런 흐름은 공화국에 엄청난 변화의 밑돌을 쌓아가고 있었다. 전기 사정이 열악한 공화국에서 자전거에 밧데리를 싣고 다니면서 시청할 정도로 시간이 흐를수록 인민들 사이에서 바람을 등에 업고 번져나가고 있었다. 공화국 당국에서는 급기야 강력히 단속하기에 이르렀지만 한번 터진 봇물을 막을 수 없듯이 걷잡을 수 없이 인민들 사이에 젖어들고 있는 것이다.

　이른바 공화국에 '한류'라는 바람은 정치적이 아닌 상업적 과정에서 비롯되었으나 이제 공화국 인민들의 일상처럼 되어버렸다. 대도시의 장마당에는 이미 한류의 산물들이 복제되어 거래되고 있었고 인민들 사이에 남쪽의 대세남과 대세녀들의 모습이 뇌리 깊숙이 파고들어 젊은이들은 문화의 충격에 잠을 이루지 못하고 설레이며 동경의 대상이 되었다. 남쪽에서 방영된 드라마가 옛날에는 중국을 거쳐 상당한 시간이 흐른 뒤에 공화국 인민들에게 전파되었지만 이제 남쪽에서 인기리에 방영되는 드라마의 내용들이 여과 없이 바로 며칠 뒤면 인민들의 일상 속에 전파될 정도였다.

　공화국의 젊은이들 사이에서는 남쪽의 대세남과 대세녀들의 차림과 모양을 흉내 내는 분위기가 만연되고 있었다. 남성동무들은 남조선식

양복 정장을 뽐내 입고 평양 만수대 광장에서 김일성 김정일 부자의 동상에 참배하고 녀성동무들은 투피스 정장에 숙녀 가방을 어깨에 메고 뾰족구두를 신고 남조선의 배우처럼 걸으며 녀성미를 주위 인민들에게 맘껏 드러내고 있었다. 장마당 시장이 활성화되면서 부를 축적하기 시작한 부유층이나 고위간부들의 자녀들 그리고 고등중학을 마친 후 입대하지 않고 곧장 대학에 진학하는 이른바 '직통생'들이 중심이 되어 공화국의 한류를 이끌어가고 있었다.

아이돌 그룹의 랩이나 힙합춤 그리고 옷차림, 머리 모양, 말투에 이르도록 남조선의 연예인들처럼 따라 하는 것이 대세를 이루고 있었다. 이러한 변화의 물결은 터진 봇물처럼 공화국 사회에 젖어들고 있었다. 게다가 김정은의 녀자 리설주의 화려한 입성과 매무새는 공화국 인민들의 감각세포를 자극해 화려한 진단장과 입성을 따라 하려고 안달이 나 있었다. 남쪽의 유명한 가수나 걸그룹 등이 추는 춤을 가르치는 과외까지 생겨났다는 소문마저 돌고 있었다. 화려한 입성이나 야한 입성의 녀성들을 단속하던 것도 화려하고 세련된 모습의 리설주의 등장 이후부터는 매우 완화되었다는 말도 나돌고 있었다.

그러나 공화국 당국에서는 도저히 이대로 두면 자본주의 사상과 문화의 유입으로 공화국 존립의 근거마저 흔들릴 수 있다는 판단하에 급기야 각 도에 중앙당 검열대를 파견해서 집중적으로 단속하기에 이르렀다. 이른바 '비사그루빠' 즉 비사회주의 그루빠 혹은 '타격대'라고 하는 조직이었다. 그런데 일파만파 퍼진 황색바람은 마치 그물을 빠져나간 바람처럼 막을 수가 없었으며 학생들 사이에서도 남쪽의 아이돌 그룹들의 춤사위를 따라하는 것을 주저하지 않았다. 이러한 변화의 흐름에 놀란 공화국 당국에서는 단속을 하였지만 재수 없는 자들만 검열에 걸려들어 본때로 당하는 일이 늘어나고 있었다.

명호의 아들 참이와 기백의 아들 동실은 마치 피를 나눈 형제처럼 각별한 사이가 되어 날이면 날마다 어울려 다녔다. 둘은 애기궁전탁아소 때부터 같은 곳에서 공부하는 동무가 되면서 더욱 가까워져 행동이나 생각마저 비슷할 정도였다. 참이와 동실이가 성장하면서 드러난 특기는 둘 다 공교롭게도 몸동작이 활달하고 남달리 유연성 있는 몸놀림이었다. 둘은 남쪽 아이돌 그룹들의 춤사위를 마치 그림자처럼 따라하고 있었다. 뿐만 아니라, 공화국 아이들은 흉내 내기도 어렵다는 브레이크 댄스라는 것도 거뜬하게 추는 것이었다.

상학시간이 끝나면 복도 마루에서 참이와 동실은 머리를 마룻바닥에 박고 빙글빙글 돌았다. 격렬하게 돌아치는 이들의 춤사위에 다른 동무들은 부럽다는 듯이 박수를 쳐대고 난리가 났지만 이들을 아니꼽게 노려보는 동무는 역시 지난날에 참이와 싸워 낭패를 당한 상철이었다. 상철은 아버지 박태산의 보이지 않는 힘으로 동무들을 제압하고 자기의 수하에 두려고 하였지만 참이와 동실만은 애초부터 척을 지는 바람에 쉽지 않았던 것이다.

상학시간이 끝나고 이른바 총화시간이 되자 상철은 학급장으로서 총화시간을 지휘하고 있었다. 그런데 상철이 패거리의 한 명인 강철이가 은밀히 상철과 모략을 짰던 것인지 그날따라 참이 등의 춤에 대해 반동 짓거리 운운하며 성토하고 나선 것이었다. 공화국 당국에서 엄밀히 통제를 하는 마당에 남쪽 동무들의 춤사위를 따라하는 것은 당연히 온당치 못하다는 것을 모르지 않았지만 누구나 한 번쯤 춰대는 춤을 두고 사상을 무기로 트집을 잡는 데야 속수무책이었다. 더군다나 참이와 동실이 복도나 학교 뒤란 등에서 격렬히 추어대던 브레이크 댄스

장면을 상철이가 손전화를 가지고 몰래 찰칵, 찰칵 찍어댔던 것이다. 마침내 학교장은 물론 노동당 직속인 부교감에게 이들의 반동 짓거리를 성토하고 말았으니 일이 결국 낭패가 되어버린 셈이었다. 부교감이 불시에 사상 불온조사라는 명목을 들이대어 참이와 동실의 가방까지 홀라당 뒤집어 가방 속에서 남쪽 동무들의 춤사위 장면이 담긴 녹화물들을 찾아내버린 것이다. 어느 집에나 있을법한 녹화물들이고 만연히 퍼진 녹화물들이었지만 이미 본때를 보이기로 작정한 마당인지라 가차없이 상부에 보고를 해버렸던 것이다.

엉겁결에 보위부에 잡혀 오게 된 참이와 동실은 이런 상황이 상철의 모략이라는 것을 모르지 않았다. 학교에서 늘상 있던 일이며 누구나 춰대는 춤사위에 이렇게 보위부에까지 잡혀 오게 되다니 어이없다는 생각이 들었을 것이다. 공화국의 보위부가 포악하고 무소불위의 권력을 행사한다고 해도 보위부 조사실에 고등중학생 신분으로 붙들려 왔다는 것이 새삼 믿기지 않아 어리둥절하기만 했다.

참이 등은 세멘트벽에서 퀴퀴한 곰팡냄새가 나는 어둑한 지하실로 끌려 들어갔다. 끌려 들어가자 다짜고짜 보위부 요원들의 주먹질이 시작되었다.

- 이런 반동분자 새키들 보라. 네들은 남쪽 자본주의 사상에 물든 반동분자들이야!

- 아, 아닙니다!

목소리를 높여 참이가 외쳤다.

- 우리는 자본주의 반동이 아닙니다!

동실이가 고개를 저으며 소리쳤다.

- 주둥이 닥치라! 고저 외색에 물든 반동새키들은 조선인민공화국

에서 적몰 당해야 할 종자들이란 말이야!

　하면서 마치 방망이로 명태를 짓뭉개듯 두들겨 패기 시작했다. 참이 등은 아마 태어나서 이런 매타작은 처음 받아봤을 것이다. 머리부터 채찍을 가하더니 급기야 발가락 끝을 구둣발 뒤축으로 컥컥 찍어버렸다. 참이 등은 당장 숨이 멎을 듯한 고통에 비명소리조차 제대로 질러보지 못하고 정신을 잃고 말았다. 이제 겨우 고등중학생들인 애들에게 가한 저들의 고문은 상상을 초월했던 것이다.

　정신을 잃자 늘 그래왔듯 찬물을 끼얹어 혼절에서 깨어나도록 했다. 정신이 깨어나자 자기비판을 하도록 강압했다. 원주필볼펜과 종이를 들이대며 저간의 반동행위들을 하나도 빠짐없이 적으라는 것이었다. 동실은 지레 겁을 먹고 그곳에서 살아나가기 위해 무엇이든 시키는 대로 하겠다는 지 순순히 원주필을 집어 들어 백지를 메워나가기 시작했지만 참이는 할아버지와 아버지의 수모를 알기에 그렇게 하지 않으리라 이를 앙다물며 다짐을 하고 있었다.

2

　명호는 참이와 동실이가 보위부 요원들에게 짐승처럼 끌려갔다는 사실을 알고 그들을 구하려고 백방으로 손을 썼다. 부교장 동지에게 하필 자기 학교 학생들을 보위부에 끌려가도록 조치를 취한 연유가 무엇이며, 설령 느닷없는 압송 명령이 내려졌다 해도 어째 자기 학생들이 그런 정치 사상범들이나 들락거리는 데에 붙들려가도록 팔짱만 끼고 있었는지 강력하게 항의를 했다. 그러나 보위부의 배경을 업고 도둑고

양이처럼 옆구리를 찌르고 들어오는 박상철의 당돌함에 미처 방어할
겨를이 없었다고 항변했던 것이기에 더는 뭐라 하소연할 수가 없었다.
시 보위부에 찾아가 참이와 동실의 인적사항을 적어 현재 경위를 알려
달라고 간청해보았지만 돌아오는 대답은 조사 중으로 가족과 대면할
수 없다는 말공부 뿐이었다. 명호는 연락이 닿는 어릴 적 동무들이나
대학 동무들을 수소문해서 참이를 꺼내보려고 백방으로 뛰어보았지만
보위부의 벽을 넘지 못했다.

─ 정숙 동무, 아무래도 아니 되겠소. 일전에 꾹돈뇌물 먹여댔던 고
114 상무조직 한번 만나보자.

하고 명호는 차마 입이 떨어지지 않는 말을 했다. 아버지로서 수렁에
빠진 자신의 아들 앞에 이토록이나 무기력한 존재라니 절로 부끄럽고
고개가 숙여졌던 것이다.

─ 봄이 아버지, 아니됩네다. 차라리 렴치 없지만 태산이 동물 만나대
는 거이 날래 빼틀게꺼내오게 생겼지 않습네까?

─ 흐어 고작 비빌 언덕이란 거이 태산이 동무란 말이지……

─ 너무 재장바르게예민하게 굴지 마소. 내래 그 동무 생각하문 죽도
록 지똥무럽밉살스럽지만 참이를 살려내는데 쭈뼛댈 거 뭐 있겠시오.

하고 당장 태산에게 달려갈 요량으로 단장을 하는데 명호는 공연히
헛기침을 뱉어낼 뿐 다른 재간이 없었다. 참이와 동실의 문제는 매우
급작스럽게 일어난 거라서 힘없는 가장으로서는 한숨밖에 나오지 않
았다. 일이 이렇게 번진 데는 상철의 계략이 작용한 것이며 태산과는
아무런 연관이 없을 것이라고 명호는 짐작하고 있었다. 설마 태산이가
자신의 핏줄을 그런 식으로 궁지에 빠뜨릴 돼지바우미련한 사람는 아닐
것이라고 생각했다.

정숙 동무와 같이 시 보위부 정문을 걸어 들어가면서 명호는 저간의 일들에 진저리를 치고 있었다. 정석 동무의 일로 보안서 지하실에서 취조를 받던 기억이었다. 이제는 아들애의 일로 날아가는 직승기도 떨어뜨린다는 보위부에 발을 들이밀고 있지 않은가. 무엇보다 한뉘^{평생} 마음속에 척을 지고 죽일 듯이 대결해오던 태산과 얽힌 일이기에 명호의 마음은 편할 수가 없었던 것이다. 사내로서 가장 증오하던 동무에게 아내를 앞세워 청탁을 하러 들어가는 자신의 초라함을 정숙 동무에게만은 보이지 말았어야 하는데 이것이야말로 한번 잘못 엮인 운명인가 라며 탄식하고 있었다.

시 보위부 정무원의 안내를 받아 태산이 근무하는 방에 들어갔다. 보위부 내의 공기도 얼어붙었는지 복도마다 웅크려 있던 찬바람이 훅 하고 뺨에 달라붙었다. 빨간 콘크리트 벽에서 피를 흘린 혼령들이 불시에 뛰쳐나올 듯한 공포감이 몸으로 스며들고 있었다. 불안과 공포 속에 압도당한 명호의 손을 정숙이 오히려 꼭 잡아주었다. 태산과 크게 대거리를 했던 일이 있고서 얼굴에 상처가 채 아물기도 전에 불거진 일이라 결코 면대面對하고 싶지 않았다. 특히 정숙에게는 지난 시절 헤어진 이후 처음 마주하게 되는 낯설고 어색한 자리가 아닌가. 명호는 정숙보다 자신이 오히려 가슴이 졸아들었다. 아들을 구하려는 모성애의 질김과 용기 앞에서 명호는 낯을 세우지 못하고 안절부절못하고 있었다.

태산은 명호 등을 기다렸다는 듯한 표정으로 나무의자에 앉아 여유롭게 서류를 살피고 있었다. 정석 동무 살인사건의 범인이 태산일 것이라고 명호는 짐작하고 있었지만 보위부의 위력은 어떤 의혹도 비틀어 나오지 못하도록 주둥이를 휘감쳐버렸다. 재봉기로 단단히 박음질을 하고 마치 올곧은 사람처럼 시치미를 떼고 앉아 있는 태산의 모습에서 명호는 대항하지 못하고 그저 수렁에서 빠져나오기 급급했던 지난 자신의 모습에 한없이 무력감을 느낄 뿐이었다.

– 동무들이 어찌 여기를 왔나? 고저 반갑잖은 동무들이다야.

– 태산이 동무 우리 참이가 여기에 끄달려 왔다! 한 번 힘 좀 써 주라야.

명호는 지난번 다툼질의 서먹함에도 아랑곳하지 않고 정숙의 입장이 난처할 듯싶어 먼저 말자루를 잡아 입을 열었다. 명호의 말에 태산은 시무룩하게 째려보더니 퉁을 던지듯 뇌까렸다.

– 동무들은 태산이 방에 걸린 수령님 얼굴을 보고도 민망하게시리 인사도 안하네?

하며 의미심장한 말을 흘리자 명호는 아차 놀라며 정숙과 함께 엉거주춤한 자세로 벽에 걸린 초상화들을 향해 다소곳이 허리를 숙였다.

– 아들 교육이 어찌 고 모양이니? 감히 내래 핏줄을 반동분자 새끼래 만들 작정이었나?

– 아니 동무 머라나? 내래 핏줄? 터진 주둥이라고 간데루_{함부로} 놀리지 마소. 이 정숙이한테 반동 짓거리 하구 달아난 반동분자래 어데서 눈이 봉우리야_{잘난 척} 하고 있나 말이야.

정숙의 태도는 질경이처럼 질겨서 태산을 향해 기죽지 않고 이악스럽게 덤벼들었다. 그러자 태산이 싸퉁이_{애꾸} 눈을 만들어서 이윽히 쳐다보더니 응대했다.

– 정숙 동무 고 가세_{그릇} 깨지는 소리 여전하구나. 강능오사리_{강냉이} 밥 먹고 고함치기 힘들지 않나?

– 동무, 가매잡지_{놀리지} 말라야. 감감_{심심}해서 발걸음한 거 아니란

말임. 동무, 고저 자식 한번 살리고 보자야.

　하고 명호가 얼른 말자루를 낚아챘다. 태산이 동무 앞에서 정숙이 어떻게 돌변할지 한 치 앞도 내다볼 수가 없었기 때문이었다. 자기 인생에 발목을 걸고 자기 가족의 울타리를 해체해버린 자 앞에서 이성적 판단의 고삐를 언제까지 틀어잡고 있을지 장담하기 어려웠다. 하지만 자신의 핏줄인 참이를 구하는 데 있어서 다소곳하지 못한 정숙의 태도는 당연한 것인지 모른다.

　― 정숙 동문 고저 개구장마누라 다 됐구나. 요 태산이래 가갸시절어릴적 동무 아니란 걸 왜 모르니?

　― 출세했다는 거 인정할 테니 동무가 힘 좀 써주라. 저 어린 것들이 보위부 고문질 당해낼 재간이나 있겠느냐 말이야. 고 번쩍이는 견장 값 좀 하자야~

　체면이 구겨졌지만 애들부터 구하고 볼 일이었다.

　― 내래 빼틀자꺼내오다도 참이 놈들 하는 짓들이 보위부 동지들 눈 밖에 나서 이거 입장 난처하게 생겼단 말이지~

　― 아니 동무, 대체 그게 무슨 말이니? 동지들 눈 밖에 나고 동무가 난처하다면 이거~

　― 흐응 떡메전사 아들 하는 짓거리래~ 아니 제 자식 물어 뜯어대는 호랑이 있다는 소리 듣도 보도 못했는데 어찌 비까번쩍한 견장 달고 이런 짓을 하오~

　하고 정숙이 분을 이기지 못해 태산을 향해 비아냥을 던지고 있었다. 명호에게 당장 필요한 것은 참이를 보위부 지하실에서 꺼내오는 일이었다.

　― 정숙 동무, 고 입 좀 닫자. 우리 참이 꺼낼 사람 태산이 동무 밖에

누가 있니? 보자, 태산이 동무야 아니 그렇나?

정숙은 명호보다 더 흥분하고 있었다.

— 하하 동무들이 이제 제대로 말 편치를 놓는구나~ 참이가 여기 끄 달려 오는 거 이거 나하고 관계없는 일이란 말이지. 요 태산이 아무리 보위부에 잔뼈가 굵었더라도 제 자식 물어뜯는 호랑인 아니란 말이야. 고저 명호 동무 말본새 시원하게 맘에 든다 응? 참이가 이 태산이 아들이라고 인정하면 내래 헷뜬 소리 하지 않고 빼틀어내겠다 말이야~

명호는 태산의 말을 듣자 치욕스러움이 끓어 넘쳤지만 지금은 이런 감정을 사이에 두고 밀고 당기기를 할 겨를이 아니었다. 무슨 수모를 당하더라도 우선 자식부터 꺼내야 부모로서 옳은 일이라고 명호는 생각했다. 그런 중에도 제 자식을 물어뜯는 호랑이라고 말을 하는 정숙의 말에 명호는 마음 한구석이 싸하게 아려옴을 느꼈다.

— 우리밖에 누가 있나. 그저 참이야 우리 자식이지. 태산이 핏줄이 맞고 내래 이날껏 키워댔으니 내 자식이래도 맞지~ 동무, 이제 됐나?

하는 명호의 말에,

— 엇노리에누리 없는 장사 없다더니 원~

하며 정숙 동무가 끌탕을 하고 나섰다. 태산은 기분이 느닷없이 좋아졌는지 콧노래를 부르며 자리에서 일어서며 말했다.

— 동무들, 따라오라. 참이가 누굴 닮아댔는지 수령님 앞에서도 용골대질심술을 부리는 용기래 하하하~

— 도 동무, 입조심 하자야. 우리 아들이 수령님 앞에서 용골대질이라니 살 떨리는 소리 하지말라야.

명호는 여전히 아들애에게 피해가 가지 않도록 태산에게 쩔쩔매고 있었다.

　– 후아바이의붓아버지 주제에 어찌 겁을 먹어대나. 여기가 어디니? 요 태산이 구역이란 말이야~

　하며 태산은 명호 부부를 데리고 꾸불꾸불 복도를 지나 어둑한 계단을 두 번이나 내려갔다. 비릿한 물 냄새와 땀 냄새 등이 숨통을 막으며 덤벼들었다. 저만치 어둑한 복도 끝에서 고함소리인 듯 낮고 강렬한 사내의 목소리가 들리더니 이내 방향을 가늠하기 어려울 정도로 여기저기서 비명소리가 어지럽게 들렸다. 고문을 하는 지하방은 한둘이 아님을 단박에 알아차릴 수가 있었다. 태산이 손잡이가 덜거덕거리는 철문을 열자 고문을 자행하던 강파른 보위원이 삐쭉 고개를 돌려 쳐다보더니 순간 기계처럼 일어서서 차렷 자세를 취했다. 태산의 존재감은 바로 고문을 하던 젊은 보위원으로부터 느낄 수 있었다.

　– 이 동무들은 누구입니까?

　– 동무들 상관 말고 고저 보여줄 게 있으니깐 두루 하던 대로 심문하라!

　하며 강파른 보위원에게 태산이 고압적으로 명령하고 있었다. 명호는 어둑하며 비좁은 공간에서도 벽에 걸린 김일성 수령과 김정일 위원장의 초상화가 걸려 있는 것을 보았다. 칙칙한 어둠 속에서 느끼한 냄새가 풀풀 올라오는데 세멘트벽 아래 나동그라진 아이들의 모습이 보였다. 보위원이 두 명에게 일어나라고 소리쳤다. 고함에도 미동도 하지 않자 보위원이 다가가 몽둥이로 어깨를 닥치는 대로 내리쳤다. 몽둥이찜을 당하고서야 겨우 비틀비틀 일어서는데 두 명 모두 하얀 천으로 두 눈이 가려졌고 손은 뒤로 결박이 지어져 있었다.

　– 동무들, 똑똑히 보라! 아들애에게 사상을 어떻게 배워줬나? 남조선 반동 새끼들 흉내를 아주 날백정악똑처럼 따라 하드라야.

태산이는 명호 등을 향해 메밀 눈을 하며 쏘아 보았다. 명호는 눈앞에 흰 천으로 눈이 가려진 아이들이 참이와 동실임을 그때에서야 알아보았다.

- 저, 저게 울 차, 참이란 말에요? 차, 참아, 도, 동실아!

- 참이야, 아버지 여기 왔다. 사내답게 참아야 한다. 아버지 어머니가 네들 데리러 왔단 말이야~

하며 울먹이는데 결국 명호에게서 피를 토할 듯한 흐느낌이 목을 타고 넘어왔다.

- 동무들, 고저 반동분자 자식 앞에서 감히 지껄이는 소리 보라야. 저기 저게서 수령 아버지가 얼마나 자애롭게 지켜보고 있냐 말이지. 어이, 보위 소대원 동지, 날래하라!

하고 태산의 다그치는듯한 명령이 재차 떨어지자 마치 기다렸다는 듯이 입에 익숙한 말들이 튀어나오기 시작했다.

- 수령님께 절하라! 날래 수령님께 절하라!

보위부원이 참이 등에게 수령을 향해 절을 하라고 소리를 질렀다. 이렇게 소리를 지르는 행위는 마치 보위원에게 너무 익숙한 듯 토란잎 위에 이슬방울이 구르는 것처럼 느껴졌다. 그러나 보위원의 다그치는 명령에도 아이들의 몸은 마치 물에 젖은 솜뭉치처럼 가누지 못하고 있을 뿐이었다.

- 남조선 알판녹화물을 몰래 보았지?

- 아, 아닙니다!

막무가내로 다그치니 막무가내로 고개를 저었다.

- 남조선 드라마 몰래 보았지?

- 아, 아닙니다!

여지없이 보위원의 발길질이 가해졌다. 발길질이 가해질 때마다 출입문 옆에서 보고 있는 명호 부부의 입에서 아악, 하는 외마디 소리가 흘러나왔다. 보위부의 실체를 부러 모두 보여주겠다는 것인지 태산은 보위원의 발길질과 몽둥이질을 전혀 저지하지 않았다.

－ 태산이 동무, 차라리 나를 죽이라! 나를 죽이라!

－ 사람에 탈을 쓰구~ 수령님이 어떻게 이래 자식 같은 인민들이 죽어나가는대두 저래 웃고 있니, 공화국 이거 생지옥 아니에요?

명호의 말에 정숙 동무 역시 거의 동시에 수령의 초상화를 향해 손가락질을 해대고 말았다. 그들의 말에 심문을 하던 보위원의 눈초리에 불거리붉은 노을가 서린 듯한 시선으로 쏘아보았다. 보위원이 입을 뇌까렸다.

－ 이 반동 새끼들이래 부모를 빼닮았구나야. 보아하니 네 놈들이래 반동분자 부모 밑에서 배웠대서 이케 악질분자구나이. 리참 고 어린 애새끼래 지 아바이 닮았대서 이케~

－ 야 이 새끼야, 개바른 소리 지껄이지 말고 뒤로 꺼지라. 고등중학생 놈들 자백 하나 받아내지 못한 얼간이 같은 새끼 아니니 이거?

하며 전혀 뜻밖에 태산이가 참이 등을 심문하던 보위원의 허구리를 걷어찼다. 어이쿠, 하며 뒤로 벌러덩 자빠지는 보위원의 허벅지를 다시 다가가서 짓밟아버렸다. 보위원이 꽥, 소리조차 지르지 못하고 짓밟힌 지렁이처럼 몸을 비틀며 지하방에서 빠져나갔다. 지하실이 갑자기 조용해지더니 적막이 흘렀다. 참이와 동실이의 거친 숨을 몰아쉬는 소리가 적막을 깨트리고 있었다. 태산이 다가가서 참이와 동실이의 눈을 가린 흰 천을 벗겨내고 손의 결박을 풀어주었다.

－ 에그, 우리 참이 몰골이~

하며 명호가 흐느끼듯 참이에게 다가서는데 태산이 명호를 가로막았
다. 명호는 엉거주춤 멈춰서 태산을 바라보았다.

　－ 명호 동문 아버지 자격이 없어～ 삭막한 세상에서 어찌 자식 교육
을 이 모양으로 시켰나? 고저 자식새끼 덕분에 집안 말아먹기 딱 좋게
생겼구나～

　태산은 작정하듯 명호를 향해 퉁을 주었다.

　－ 아니 머가 어드래? 보자니깐 동무 못 할 말이 없구나～

　－ 동문 고저 기백이 아들 데리고 귀가하라. 기백이 안까이아내 더러
자식 사상교육 고저 팽팽히 시켜달랜다고 전하라. 이놈들 그나마 운
좋은 거야～ 머 114 상무조직한테 넘어가면 이거 보위부 태산이라도
어림없단 말이지～

　김정은의 특별지시로 내려진 114 상무조직은 태산의 태도에서도 짐
작할 수 있듯이 무시무시한 비밀조직이었다. 비밀리에 장마당 등을 돌
며 불법 녹화물들을 단속하여 자본주의 문화를 완벽하게 차단하겠다
는 과업을 수행하고 있다고 했다. 검거되면 본때로 처형까지 당할 수
도 있다는 것이었다. 태산의 109 그루빠 위에서 무소불위의 권력을 행
사하는 조직임이 태산의 말에서도 확인할 수 있었다.

　－ 아니 또 무슨 수작을 부리려는 거야? 어찌 내 아들애 손을 잡고
같이 못 나가는 거냐 말이야?

　－ 고 동무가 몰라서 하는 소리니? 아무럼 제 자식 상봉을 하는데
혼뜨검을 내갔니? 고저 나도 아들애 때문에 가슴패기에 맺힌 한잠 풀
자～

　태산은 마치 병 주고 약 주듯 행동하고 있었다.

　－ 에구나, 태산이 동무래 낯바닥도 참 두껍다. 자식이 다 죽어가는

지하실 방에서 머가 어떻다고? 동무 지금 정신이 어떻게 된 거 아니오?

정숙은 태산의 갑작스러운 태도에 펄쩍 뛰면서 비아냥을 던지고 있었다. 명호는 태산의 이런 태도 변화에 순간 순리적으로 생각해 보았다. 태산의 입장에서 보면 자신의 핏줄을 지척에 두고 오랜 세월 철의 장막에 가린 양 남처럼 지내지 않았는가? 태산이 아무리 비정하고 악랄한 사람이라도 천륜에 대한 정情마저 메마르지는 않았을 것이다.

— 내래 기백이 아들애 데리고 나갈 테니 날래 보내 달라 동무~

— 에구 봄이 아버지, 참이 부축해 나가잖고서 누구한테 맡긴단 말이오?

정숙이가 펄쩍 뛰었지만 명호는 그래야 한다고 생각했다. 태산이 동무의 심정도 받아들여야 한다는 생각이 들었다.

— 아니, 아니지. 정숙 동무 일이 이렇게 되었으니 그리하자. 내래 그 하냥 나만 생각했댔는데 태산이 동무 입장도 리해 해야지~

명호는 여전히 반쯤 정신이 나간 동실을 붙들어 잡고 비틀비틀 지하실을 빠져나왔다. 시궁창에 빠져 허우적거리다 가까스로 살아나온 생쥐 같은 몰골을 하고 숨을 헐떡이는 동실을 껴안고 더듬거리며 보위부의 지하복도를 걸어 나올 때 스산한 한 줄기 바람이 가슴을 훑고 지나갔다. 지금 이렇게 어둠 속에 동실과 비척거리며 걸음을 뗄 때는 자신의 모습이 초라해 보였다. 어디선가 불어오는 바람의 냉기가 목덜미를 후벼 팠다. 보위부 정문에서 비틀비틀 동실을 껴안고 걸어 나오는데 요란한 소리를 내며 뜨락또르트랙터 한 대가 다가왔다. 뜨락또르를 겨우 얻어 타고 기백이네 집을 향해 돌아오는 길이 참이를 키워온 세월만큼 뒷걸음질 쳐서 되돌아가는 듯한 느낌이었다. 피의 분자라는 것이 얼마

나 중요한 것인가에 대해 이렇게 뼈저리게 느낀 적은 아마 없었을 것이
다. 기백이 동무의 집에 당도하니 손전등을 들고 덕순이 동무가 기다
리고 있었다.

　- 참이 아버지, 정말 아심찮습니다고맙습니다.

　- 동실이 놈이 죽을 만큼 두들겨 맞았는데 아랫목 좀 덥히오.

동실은 여전히 골격이 부러진 허수아비처럼 흐느적거리고 있었다.
겨우 의식이 남아있음을 가쁜 호흡과 신음소리로 보여주고 있었다.

　- 태산이 동무 짓거리 맞지요? 참이도 이래 개 패듯 맞았습니까?

　- 미친 몽둥이질이 어데 눈이 있시오? 고저 보위원이 두들겨 패대는
데 원~

덕순이 동무와 함께 동실을 겨우 아랫목에 눕혔다. 촉이 낮은 불알
전구 밑에서 보니 덕순이 동무 역시 낯바닥이 마치 기백이 동무처럼 누
렇게 떠 있었다.

　- 정숙 동무 속이 많이 상했겠습네다.

　- 참이하고 정숙 동무는 보위부에 두고 먼저 나왔습니다. 태산이 동
무가 부자 상봉을 한 대는 걸 내가 무슨 수로 가로막는답니까~

　- 에구, 정숙 동무가 빼쓰라도 외쳐댔습네까? 이거 순 날라리풍 아
니오? 봄이 아버지, 우리 기백이 동무 원망하지 마시라요. 동실이 아
버지가 태산이 동무한테 고자질한 게 아니라오. 동실이 아버지 눈감기
전에 고저 정숙 동무한테 속에 묻어둔 말 하는 거를 들었소.

명호는 이마를 끌어올려 덕순 동무를 쳐다보았다.

　- 뭐이요? 정숙 동무래 기백이 눈감기 전에 여기 왔단 말이오?

　- 태산이 동무한테 참이 팔아먹지 않았느냐구 동실 아버지 붙들고
야단을 치는 통에 고저 기백이 동무 숨통이 이틀은 날래 넘어갔단 말

이오. 동실 아버지 입이 해깝운가벼운 것은 맞지만 태산이 동무에겐 고 자질한 사람이야 봄이 할마니라구 글쎄~

— 내 어머니가 태산이 동무한테 고자질했다는 걸 정숙 동무가 기백이 동무한테 전해 들었단 말이오?

전혀 뜻밖의 말을 덕순 동무로부터 전해 들었다.

— 글쎄 그렇다니까요. 듣자니까 봄이 할머니가 태산이 동무한테 서너 번을 다녀갔다는 거예요. 어찌 아니 그러하겠소? 고저 남의 자식 거두는 거 쉬운 일 아니라오. 문턱 닳듯 들락거려봐야 어찌 박 씨 핏줄이 리 씨 핏줄 될 턱이 있겠느냐 말이오.

— 고 듣자니까 무장 덕순이 동무조차~ 태산이 동무가 덕순이 동무더러 자식 사상교육 고저 팽팽히 시켜달래더구만이오~ 동실이 놈 며칠 학교 나오기 어렵겠지요? 내래 조치해 둘 테니 걱정 마시오. 어찌 됐건 동실이 어머니, 고저 동실이 입 박음질 좀 해주오. 내래 갑니다.

명호는 기백의 집 대문을 쓸쓸히 걸어 나왔다. 청천강을 훑고 불어왔을 강바람이 골목을 에돌아 방향을 잃고 주위에 펄럭이고 다녔다. 모두가 자신의 곁을 떠나버린 듯한 쓸쓸함이 뻐근하게 어깨를 눌렀다. 하루 내내 무겁게 짓누르던 어깨 위에 까만 어둠이 내려앉았다. 이럴 때에 기백이 동무가 살아 있다면 얼마나 좋을까 생각하며 걷는 명호의 발걸음이 머뭇거리며 골목에서 망설이고 있었다. 아아, 아버지와의 추억이 담긴 강가의 수세미 방죽에 대한 기억은 더는 떠올리지 않으리라 다짐을 하고 있었다. 태산이 동무와의 사활死活을 걸었던 싸움질로부터 비롯된 저간의 사건들이 명호의 뒷덜미를 잡고 놓아주지 않았다.

3

조선공화국에 남쪽의 영상물_{드라마, 영화}이 은밀히 파고든 시기는 지난 1990년대 초반부터였다. 하루종일 우상화의 도가니 속에 빠져 사는 인민들에게 남쪽의 드라마는 별천지와 다름 아니었다. 남쪽 드라마에 대한 열기가 처음에는 국경을 중심으로 은밀한 나비의 날갯짓처럼 조용히 시작되었지만 마치 팽팽히 부푼 풍선 속의 바람이 일시에 빠져나오는 듯한 기세로 공화국 인민들 속에 파고들자 당국은 남쪽의 드라마를 막장 드라마로 규정하며 차단하고 나섰다. 이렇게 되다가는 공화국 체제에 심각한 위협이 되어버릴 것이라고 판단을 했기 때문이다.

남쪽의 드라마는 공화국 인민들에게 목마름을 시원하게 해소해주는 청량음료 같이 받아들여졌다. 무엇보다 조선민주주의인민공화국이 지금껏 남쪽에 대해 선전한 내용들과 판이하게 달랐기 때문에 공화국의 날조된 력사의 민낯을 드러내게 되었던 셈이었다. 남쪽의 드라마는 인민들에게는 막장인 듯하면서도 사람이 사는 모습이 고스란히 담겨 있었기 때문에 인민들 누구나 한번 보게 되면 빠져들게 되었다. 마음껏 울고 웃고 사랑하고 미워하는 일상들에 매료되어 남쪽에 대한 동경심이 하늘을 찌르고 내일에의 환상으로 마치 빙두_{마약}처럼 빨려들었던 것이다.

오죽하면 단속하는 공안원들도 은밀히 남쪽의 드라마를 본다고 했다. 시간이 흐를수록 남쪽의 음악, 영화 등은 더욱 확산되었다. CD나 DVD를 통해 볼 수 있었던 매체가 점차 USB나 EVD 플레이어 등을 통해 더욱 쉽게 구석구석 전파되었다. EVD란 DVD를 대체하기 위해 중국 아이티 기업이 개발한 일종의 광디스크를 말하는 것으로 결국 실패한 디스크로 알려져 있다. 웃돈이나 꾹돈뇌물을 주고라도 이런 기재들을 구하기 위해 피눈〔血眼〕이 되어 있었다. 사태가 이렇게 되자 공화국에서 내 건 처방이 바로 극형이었다. 김정일 시대에 보위부 체제 내에서 은밀히 109 그루빠를 조직해 체제 유지의 극비 수단으로 삼았다면 김정은 시대에는 114 상무라는 조직을 조직하여 엄청난 권한을 부여해서 체제를 비틀어 잡았다. 그리고 114 상무조직으로 해결하지 못한 문제들을 다잡기 위해 더욱 힘센 권한을 부여한 727 상무조직까지 등장했다는 것이다. 그럼에도 남쪽의 문화는 이미 압록강, 두만강을 건너 대동강을 가로질러 공화국 전체를 물들였다. 철조망은 반도의 허리를 틀어막고 있어도 남조선의 문화라는 한류는 거침없이 공화국을 파고들어 이미 절반의 통일을 이룬 것이었다.

이런 상황임에도 참이 등이 득달같이 보위부에 이끌려 들었던 것은 운도 없었지만 '본때'라는 그물에 걸려든 셈이었다. 태산의 힘으로 그나마도 몽둥이세례에 그친 것이 다행이라면 다행이었다. 그런데 나중에 알게 된 사실은 보위부 지하실에서 자행된 몽둥이질은 참이가 아닌 동실에게 집중되었다는 것이다. 명호는 동실이를 집에 데려다주고 강가 수세미 방죽으로 향하던 걸음을 되돌려 곧장 집으로 향했다.

정숙이 아직 집에 당도하지 않음을 알고 명호는 대문 앞에서 기다리다 곧장 골목 입구에 나가 서성이고 있었다. 깜깜한 밤인데 멀리 수령의 동상만이 눈을 반짝 뜨고 있었다. 칙칙한 밤의 공기들이 청천강에서 휩쓸린 바람을 따라 쓰렁쓰렁 골목으로 몰려들고 있었다. 정신없이 하루를 보내다 보니 명호는 한 끼밖에 먹지 못해 허기가 져서 속이 울렁거리며 메슥거렸다. 고개를 들어 까무룩한 하늘을 올려다보는데 현

기증이 일어 비틀거렸다. 자세를 가다듬어 숨을 깊게 빨아들인 다음 천천히 고개를 젖히는데 까맣게 물든 하늘에 무수히 박힌 별들이 여기 저기 눈을 뜨고 있었다.

밤하늘을 쳐다보는 명호의 눈에 하늘에서 별들이 빛의 무리를 이루어 세상을 향해 일시에 떨어지는 듯한 착시현상이 나타났다. 이어서 한 무리의 빛줄기가 그의 시선을 찌르며 달려드는데 빵, 빵 하는 소리와 함께 빛이 달려들고 있었다. 명호는 호들갑스럽게 몸을 털어내며 정신을 가다듬었다. 눈을 찌르며 덤비는 빛의 무리는 골목 저쪽에서 청천강 밤공기를 가르며 날렵하게 달려오는 자동차 불빛이었던 것이다.

순간, 명호는 저도 모르게 골목의 한쪽으로 몸을 숨기고 있었다. 여전히 자동차가 귀하다는 공화국에서 야심한 밤에 빛살을 맘껏 뿌리며 진입하는 당당한 기세에 문득 두렵다는 생각이 들었던 것이다. 시동이 꺼지고 자동차의 이마에 붙은 두 줄기 빛더미가 분무 같은 티끌들을 걷어 올리며 멈추었을 때 명호는 마치 자신이 저 불빛 위로 부유하는 티끌 같다는 생각이 들었다. 이윽고 자동차의 문이 열리고 사람들이 내리는 모습이 그림자처럼 보이는데 익숙한 목소리가 들리고 있었다.

- 참이 동무, 고저 자주 보자우. 우리가 생판 남이 아니니까니~

태산이 동무가 참이한테 지껄여대는 목소리가 들렸다. 명호의 가슴팍에 날카로운 칼날이 꽂히는 듯 속이 아프고 쓰라렸다.

- 자주 볼 일 없습니다. 어머니 어서 앞장서오.

- 언 짜식 보게. 뿔이 단단히 났구나. 하하 고저 어찌 내 어릴 적 모습이라나 하하하~

태산은 툴툴거리는 참이의 태도에도 불구하고 기분이 좋아 보였다.

- 상철 아버지, 제발 우리 발목 걸지 마오. 이제와서 땅크탱크를 준대도 아슴찮지반갑지 않습니다. 다시는 상종할 일 없단 말이오. 참아, 날래 들어가자!

- 저 저 정숙 동무 거 야굼치점잖지 못한 성깔 보라야. 불순분자 성분이 공화국에선 칼판도마에 놓여있는 생선토막이라는 걸 모르나?

- 우리 가족 생사도 모르게 된 판에 어데 내게 코뚜레를 걸려고 덤비느냐 말이오. 고저 참이 근처 얼씬 마오. 날래 들어가자!

정숙의 말을 엿들으면서 명호의 마음은 뿌듯했다. 하지만 태산이 동무의 뒷말이 명호의 가슴에 못처럼 박히고 있었다.

- 하 참, 어데 우리 사이가 동따로 놀게 생겼는지 두고 보자. 노동당 109 그루빠 그저 맘만 묵었다면 어떻게 인민들 사타구닐 간질이는지 보란 말이야~

명호는 태산의 말을 귀에 새겨듣고 있었다. 칼판에 놓여있는 생선토막 신세의 고통이란 지하실에 끌려가 고초를 당해보지 않은 사람은 모를 것이다. 그리고 태산의 말처럼 김정일의 수하 조직이었던 109 그루빠는 여전히 무소불위의 권력을 행사하고 있는 모양이었다. 남쪽 한류의 공화국 침투를 당과 보위부, 인민보안성, 검찰소 등의 모든 감시기관들이 공조체제를 통해 일망타진하겠다는 109 그루빠를 뛰어넘어 11월 4일, 김정은의 교시를 통해 비밀리에 당과 보위부의 특수요원만 은밀히 참여하여 장마당이나 가정집 등을 불시에 들이닥쳐 검색하는 114 상무조직까지 만들었다는 것을 보면 남쪽의 한류문화는 공화국의 체제를 위협하는 치명적인 요소가 분명할 것이다.

정숙이 참이를 데리고 골목으로 걸어 들어가고 있었다. 명호는 태산의 자동차가 부릉부릉 기분 나쁘다는 듯이 재채기를 하듯 빠져나가는 것을 보고서야 집을 향해 걷기 시작했다. 공화국에서 귀하다는 자동차를 몰고 다니는 태산의 모습에서 부패한 공화국의 모습을 들여다볼 수가 있었다. 인민들은 뱃가죽이 달라붙어도 힘 있는 관리는 상대적으로 부귀영화를 누리는 데가 북조선이었다.

지난 1994년 남조선의 통일교가 조선공화국에 평화자동차라는 회사를 설립해서 조선민흥총회사와의 합작으로 휘파람, 준마, 뻐꾸기, 삼천리 등의 자동차를 생산하다가 지난 2013년 공화국에 운영권을 양도했다는 것이다. 태산이 타고 있는 자동차는 남쪽의 쌍용 자동차 체어맨을 모방한 '준마'라는 것으로 최신형이었다. 남쪽의 주류 문화인 한류의 침투에 대해 인민들을 아금받게 닦달을 하면서도 정작 간부들은 남쪽 자본주의의 노예가 되어 있음을 저들은 알고 있을까? 명호는 비통한 감회에 젖어 태산의 자동차 후미 등後尾燈이 마치 반딧불처럼 자취가 멀어졌을 때에야 긴장된 한숨을 토해내며 걸음을 옮겨놓기 시작했다.

집을 향해 걸어가는 명호의 마음은 조금은 위안이 되었다. 어차피 참이가 자신의 출생문제를 알게 되었지만 다행스럽게도 태산에게 참이가 결코 호락호락하지 않다는 것을 알았기 때문이다. 정숙 역시 태산에게 어떤 엇노리에누리를 허락하지 않는 용골대질심술 같은 태도를 보여주었다. 힘센 소가 꼭 왕노릇 하는 것은 아니란 사실을 깨달으면서도 명호의 마음이 마냥 편하지는 않았다.

태산이 정숙의 뒷덜미에 남겨두던 말이 이제 명호의 뒷덜미를 잡아당기는 형국이었다. 핏줄이란 영원히 분리될 수 없다는 말을 확인하듯이 떨어뜨리던 그 끝없는 집착에 대해 생각하며 명호는 파르르 몸을 떨었다. 식전 마수에 까마귀 우는 소리를 들은 것처럼 불길한 기운이 몸에 서리는 것이었다. 이것은 태산이 동무가 장차 어떻게 덫을 놓아 걸어 넘어뜨릴지는 누구도 짐작하지 못할 일이었다. 명호는 대문 앞에서 잠시 심호흡을 하며 떨리는 마음을 가라앉힌 다음 대문을 열고 집으로 들어갔다.

— 봄이 아버지, 동실이 데려다 주었습니까? 동실인 좀 어떻습니까?

— 파김치처럼 퍼져서 고저 피적거리지두<뒤적거리지도> 못하는데 하냥 꼭 숨 끊어진 기백이 동무 같더라니까~

동실의 짓구겨진 몸을 생각하면 명호의 마음은 편치 못했다.

— 판돌<다듬잇돌> 두드리듯 패댔으니 어찌 아니 그러겠습니까. 덕순이 동무더러 고저 남조선 에미나들 댄스질인지 머인지 따라하는 거 그거 못하게 피숙<꾸지람>을 주라고 해야 하지 않겠소?

— 피숙주기<꾸짖기>는~ 빙두<마약>는 끊어도 남쪽 드라마 끊으면 살 의욕이 안 난다는 인민들 하소연 고저 말공부 아니란 말이지~ 그나저나 참이는 몸뚱이가 좀 어드렇나?

참이 역시 퍼더버렸지만 자동차에서 내려 걸어가는 뒷모습을 보니 동실과는 비교할 수 없을 만큼 멀쩡했다. 명호는 순간 심문하던 요원에게 태산이가 고문과 구타 방법까지 철저히 지시했음을 짐작할 수 있었다. 비겁한 태산, 명호는 마음속으로 짓씹었다. 정숙이 마치 태산을 향한 명호의 비웃음을 알아차렸다는 듯이 거드는 말을 했다.

— 계호원인지 보위부 요원인지 고문 기술자라나 몽둥이 냅다 꽂아대는 줄 알았더니 상처서껀 고저 멀쩡하지요.

— 비겁한 태산이 놈, 동실인 성한 데가 하나 없이 아주 그래 벌집을 만들어 놨더니~ 어찌 두들겨놓고 모자라 패대기까지 쳐댔는지 동실인 고저 거동은커녕 숨만 헐떡이는 망둥이가 되었소.

- 덕순이 동무 그 과부 속이 뒤집혀도 열 번은 뒤집혀 댔겠구나. 덕순이 동무래 우리 참이 보면 고저 두 발로 앙감질을 하겠습니다.

동실에게 구타가 집중된 것을 알면서 정숙은 한편으로 마음이 놓이는 모양이었지만 명호의 고민은 이제부터 시작이었다.

- 그래 정숙 동무, 참이가 제 핏줄을 알아댔으니 이제 어찌하면 좋소. 핏줄이란 걸 알아버린 이상은 하염없이 땡기는 법이 아니잖나 말이야~ 당장에는 고저 반항을 하더라도 얼라들 소꿉질 하듯 핏줄에는 에누리가 없다 이거에요.

- 피가 켕기는 거야 옳은 말이지만 어찌 느닷없는 아비라는 말에 맞장구질을 치겠습네까? 풍을 떠는 아들이 아니잖소.

하는 정숙의 말에 명호는 갑자기 기분이 좋아졌다.

- 하하 우리 참이가 어떤 자식인데~ 우황 든 소같이 분을 참지 못해 펄쩍펄쩍 뛰어댈 판이지. 한데 태산이 동무 저거 웅덩이를 파놓고 우정일부러 내래 뒤통수를 밀어댈 판인데 우리 신세 참 에럽게어렵게 되었지 않소?

태산이 동무의 공격이 어떻게 시작될지 알 수 없는 일이었다.

- 고저 참자요. 오구탕을 치든 말든~ 봄이 아버지 무너뜨리려고 무장 선손치길잽 해댈것이오. 자뿌룩하다간자칫하다간 헛발질에 말려든단 말입니다.

정숙 동무 역시 불안한 생각을 하고 있는 모양이었다.

- 정숙 동무 고저 내래 내리 보지낮보지 말라야. 이 리명호 물거미 뒷다리만 같진 않아~올가미 받는대도 이골이 났다 이거에요. 내래 정신줄 놓지 않는단 말이에요. 참 봄이 오마니 고저 아까 말 잘했다이야. 우리 참이는 굿판을 깔아대도 풍을 치는 아들애는 아니지~ 의붓아비

떡 치는 데는 가도 친아비 도끼질하는 데에 감히 발딛을 놈은 아니란 말이지~

명호에게 있어 염려되는 것은 참이 보다 정숙의 태도에 변화가 생길 것 같은 허무한 걱정이었다. 지난날에 명호를 떠났던 것처럼 급작스런 상황 변화에 반쪽 딱지로 살아가야 하는 명호의 아내로서 혹여 흔들리지 않을까 걱정이 되었기 때문이다. 열대메기에 대한 지난날의 약속을 지키지 못한 것에 대한 자괴감이 아니라 공화국에서의 치명적인 신분적 숙명 때문에 언제 맞닥뜨릴지 모르는 운명 같은 일이었다. 공화국에서 태를 받은 반쪽의 세포 분자는 이미 성분으로 치자면 태산이와 같은 신분자들과는 한데 섞이기 힘들었다. 그것은 물과 기름과 같은 관계보다도 심각한 관계였던 것이다.

보위부에서 풀려나온 다음 날부터 집안에 이상한 기운이 감돌기 시작했다. 명호는 어머니와 정숙 동무 사이에서 보이지는 않지만 팽팽한 긴장감이 맴돌고 있음을 느꼈다. 애당초 참이의 존재에 대해 탐탁하게 생각하지 않은 분이 바로 어머니였다. 아버지 역시 남쪽에 진짜 피를 물려받은 두벌자식_{손자}이 있다는 것을 알고서 노골적으로 달라진 모습을 보여주지 않았는가. 하물며 참이에 대한 어머니의 태도를 가지고 명호 스스로 담낙하게_{딱하게} 여길망정 마루소황소 눈을 칩뜰 일은 아니었다.

무엇보다 걱정되는 일은 가족을 바라보는 참이의 태도가 분명히 달라졌다는 점이다. 할머니를 눈에 띄게 경계하는 눈빛은 그렇다 쳐도 말로 이름_{표현} 못하게 두터웠던 봄이와의 사이가 보이지 않는 언덕 같은 것이 가로 놓인 느낌처럼 보였다. 참이 뿐만 아니라 봄이 역시 오빠를 바라보던 평소의 태도와 분명한 거리감이 느껴졌다. 봄이 역시 참이의 존재에 대해 어떤 소문을 들었을지도 모른다는 생각이 들었다. 어머니가 은밀히 참이의 핏줄에 대해 봄이에게 얘기를 하지는 않았을 것이다. 봄이 역시 고등중학생이면 결코 어린아이는 아니기 때문에 가족이 처한 상황에 먼산바라기로 시치미를 떼지는 않을 것이다.

참이는 보위부에서 풀려난 바로 다음 날부터 학교에 등교했다. 그러나 동실은 며칠이 지난 뒤에 겨우 몸을 가누어 학교에 나갈 수 있었다. 명호는 시간에 쫓겼지만 동실을 부축해서 집결소에 데려다주었다. 덕순 동무는 똑같이 보위부에 끌려가 고문을 당했음에도 참이가 멀쩡한 것을 보고 거품을 물었지만 누구에게도 하소연할만한 입장이 되지 못했다. 또한 기백이 동무의 죽음 이후 이상하게도 덕순 동무 역시 급격히 몸이 나빠졌다. 부부가 닮는다는 말은 명호가 기백이 부부를 보며 떠올리던 말이었다. 낯바닥이 누렇게 되어 모습까지 기백이 동무를 닮아갔던 것이다.

봄이를 데리고 강가 수세미 방죽에 나간 것은 우연이었을까? 마른 땅바닥 얼음 속에서도 싹을 틔우며 올라오는 보리 새싹처럼 봄이 역시 많이 자라 있었다. 참이 때문에 부러 봄이에게 부정父情을 털어냈던 일들이 마음속에 걸렸다. 가족이란 이름으로 투명하지 못한 것들을 걷어내는 일은 불피코 필요한 과정일 것이다.

- 봄이야, 아버지 많이 원망하지 말거라~

- 원망하지 않아요.

딸애에게 관심을 주지 못한 탓에 항상 미안한 마음이 컸다.

- 참이 오라반오빠 말이다~

- 덕순 아주마니 한테 들었습니다.

봄이의 표정은 흐트러짐이 없었다. 부정할 수 없는 사실 앞에서 담담한 봄이의 모습에 명호는 순간 죄책감이 일었다. 명호가 차마 입을 열지 못하고 머뭇거리자 봄이가 말을 이었다.

─ 아버지 피는 다르지만 어머니 피는 같으니 다른 감정 없습니다.

─ 봄이야, 오라바니 하고 잘 지내어라.

딸애에게 이런 말로밖에 위로를 주지 못했다.

─ 염려 마세요. 한데 상철이 동무는 한 핏줄인 줄 모르는지 어찌 못 잡아먹어 안달이답니까?

─ 아버지도 모르겠구나. 동 핏줄 못 잡아먹어 안달인 공화국의 비애가 우리 집에 있구나.쯧, 쯧 이게 공화국의 비애가 아니고 머란 말이냐~

─ 참이 오라버니는 호박橫財을 잡았는데 어찌 비애란 말입니까?

─ 호박을 잡기는~ 상철이 아버지가 어떤 종자란 걸 봄이 너 모르니?

명호는 봄이의 말에 뜻밖에 놀랐다. 아이들도 그저 당의 간부라면 무조건 부러움의 대상인 것이 공화국의 현실인 모양이다.

─ 고층 살림집아파트에 5장 6기에 없는 게 없답니다. 어떻게 돈을 벌어대는지 고저 뻐꾸기에 준마까지 번갈아 자동차를 타고 등교를 하던 거 이 두 눈으로 똑똑히 봤단 말입니다.

─ 애숙하게야속하게 생각지 말아라. 그게 다 인민들 피 빨아먹는 흡혈충들 아니겠니? 아버지두 고저 맘만 먹음 그깟 휘파람 뻐꾸기 탈 수야 있지~

명호는 기가 죽어 어깨마저 축 늘어진 봄이에게 부러 마음에도 없는 말딴지떼벌이가 되어주었다. 그 말을 듣는 순간 말공부空念佛에 지나지 않음을 알면서도 반짝 빛나던 봄이의 화사한 얼굴을 보면서 명호는 다시금 깊은 회한 같은 게 밀려듦을 느끼고 있었다. 봄이의 환한 낯바닥이 구름 속에 잠기기까지는 순간에 지나지 않았다.

- 아버지가 무슨 수로 뻐꾸기를 탑니까? 남반부 불순분자 딱지야 평생 치바다보지쳐다보지 못할 물건 아닙니까?

- 봄이 너 어찌 그런 말을 지껄이니? 남반부 불순분자 딱지라니~

딸애의 사상이 빳빳한 게 명호는 오히려 마음에 걸렸다.

- 봄이 이제 어리지 않습니다. 참이 오라버니 이따마다이따금 우리는 반쪽 딱지 붙은 반동분자들이라며 티꺼운더러운 피가 흐른다고~ 그저 인민들 앞에서 피꺽질딸꾹질도 맘대로 하면 안 된다고 하고~

봄이의 입에서 명호로선 생각조차 하기 싫은 말들이 뭉텅이로 터져 나옴에 모골이 송연할 지경이었다. 아이들의 가슴에도 어릴 적부터 족쇄가 채워져 있었음을 깨닫는 순간이었다. 참이와 봄이가 결코 어린아이들이 아니었음을 명호는 가슴 저리게 느끼고 있었다.

- 봄이야, 아버지가 훈장 받았잖니~ 형편 나아질 거야. 보라, 남반부 동무들 사는 게 천국이라는 거 봄이 들어봤지? 고저 남조선 큰아버지 손만 잡으면 휘파람 세단 준마가 다 뭐이니? 우리가 광명성절 태양절에 장마당서 인조고기밥 먹고 농마국수 먹었잖니. 그게 바로 남조선 큰아버지 덕택이란 말이지~

- 기깟 훈장 받음 머해요? 할아버지 훈장으로 당증을 목에 걸었나 5장 6기를 사댔나. 남쪽 큰아버지는 미제 앞잡이 노릇 하는가 보지요. 남반부에 고저 봄이 같은 녀학생들이 찢어진 청바지에 끌신을 신구 학교를 간다지요, 아마~

- 찢어진 청바지를 입는 게 맞지만 그게 죄 진단장짙은 화장 하듯 뽐내는 짓거리라잖나. 그카구 남조선 큰아버지는 미제 앞잡이 아니고 고

저 출판산가 뭐를 하구 큰어머닌 여기로 치면 고등중학 교원이라잖니?

명호의 마음 한쪽에는 항상 남조선 핏줄에 대한 집착이 자리하고 있었다.

― 남조선 동무들이던 천국이건 부럽지 않습니다. 아버지, 한데 참이 오라버닌 성분 좋은 데로 보내줘야 하지 않습니까? 할머니 그 승냥이 같은 눈총질에 참이 오라버니 가슴팍 오그라들게 생겼단 말입니다.

― 아니 뭐이야? 할마니 눈총질이야 좀 있다손쳐두 어찌 미치광이한테 우리 참이를 보낸단 말이니? 성분이구 뭐구 참이를 절대로 보위부 동무한테 빼앗기지 않는다 말이야. 생각해 보라, 마구 인민들 머리통에 총질을 하는 아버지래 성분 좋다고 다냐 말이야. 어떻게 키워낸 아들애인데 그런 불망나니한테 참이를 내준단 말이니~

강가 수세미 방죽에서 돌아오는 길은 비록 봄이 하고 함께 했던 유익한 시간이었지만 마음속에는 복잡한 생각들이 어지럽게 부유浮遊하고 있었다. 명호가 생각하지도 못했던 일들을 봄이가 생각하고 있음에 놀라지 않을 수가 없었다. 어떤 의미에서는 명호보다 봄이가 지혜롭게 생각하고 있는지도 모른다는 생각마저 들었다. 성분이 한 인민의 모든 것을 결정한다고 해도 결코 틀리지 않은 체제 내에서 참이를 반쪽의 울타리 속에 가두는 일이 정말 온당한 일인지도 의문스러웠다.

명호는 그날 잠자리에서 아내에게 봄이와 함께 강가 수세미 방죽에서 나눴던 얘기들을 들려주었다. 그런데 놀라울 일은 아내 역시 이런 문제로 고민을 하고 있었다는 점이다. 보위부 지하실에서 고문을 당하고 태산의 호위를 받으며 자동차를 타고 귀가하던 그날의 태도와는 다르게 정숙 동무 역시 아들의 앞날을 위한 진지한 생각을 질기도록 하고 있었던 것이다. 명호는 순간적으로 죄책감마저 밀려오는 느낌이 들

었다. 아들애의 앞길에 명호 자신이 발목을 잡고 있는 형국이 되고 말
았다는 자괴감이었다.

－ 정숙 동무, 아무래도 내래 참이 발목 붙든 못난 아버지 되는 격이
오. 고저 동무의 생각은 어떻소?

－ 시어머니 눈엣가시 생각하면 당장에라도 보내고 싶지만 그 암팡
진 후오마니계모 밑에 철천지원수 같다는 상철인지 뭔지 하는 동무 밑
에 우리 참이가 얼씨구 좋다 하고 들어 가겠소?

정숙의 목소리에 근심이 짙었다.

－ 맞소. 울 참이야 고저 너쓸한너절한 놈은 아니지～ 또한 듣자니까
그 보위부건 당이건 군이건 마구 쓸어 넘어지잖니. 박태산 동무야 밑
돌 하나 빠지면 고저 목 심줄도 달아날 판이 아니냔 말이야.

－ 봄이 아버지, 어찌 그런 말을 하오? 태산이 동무가 원수처럼 밉지
만 참이 생각하면 이제 미워할 입장만도 아니잖소. 말들 따라 일事도
따라간다고 나쁜맘 먹지 말자고요.

정숙이가 태산이 동무를 감싸고 드는 느낌에 명호는 내심 섭섭한 마
음이었다.

－ 보라 정숙 동무, 냉정하자야. 공화국 돌아가는 셈평 보라～ 김정
은의 미친개 처형질에 당해낼 재간 누가 있겠느냐 말이야. 이거 듣자니
까 노동당하구 군부하구 권력 쟁탈전이 일어나서 그만 윗대가리들이
여럿 대포총질에 날아갔다는 거야～

－ 에그나 무서워라～ 글쎄 윗대가리들 얘기에 우리가 너무 재장바른
예민한 게 아니에요? 거 잠이나 자자고요.

－ 아니 정숙 동무래 어찌 감자바우 같은 말만 골라서 한 대나? 밑돌
하나 빠짐 고층살림집아파트두 날아가는 판이라니까～

명호의 말이 끝나기도 전에 정숙 동무는 잠이 들어버린 모양이었다. 명호는 살며시 손을 뻗어 정숙 동무의 손을 잡으려다 이내 망설이며 낯설게 느껴진 자신의 손을 거둬들였다.

제12장 반달, 위험한 곡예

1

　장마당의 후미진 뒷골목에 불어 젖히는 바람은 청천강을 허겁지겁 건너온 바람만이 아니라 남쪽의 황색바람도 있었다. 그래서 장마당의 으슥한 뒷골목들에서는 헐거운 인민들이 되다만 소문들을 바람 속에 날려 보내고 있었다. 이웃들의 감시를 피해 닥치고 싶어도 간질거리는 주둥이를 닥치지 못하는 사람들이 장마당 뒷골목에서 아귀다툼을 하듯 말자루를 먼저 풀어놓으려고 조그만 틈새조차 주지 않았다. 호상 감시를 하며 살아야 하는 가족이나 이웃들에 비하면 장마당에서 오다가다 만난 헐렁한 인민들은 감시당할 위험 부담이 훨씬 적었다.

　- 남조선 변경 쪽에서 고저 늦신하게 고성기확성기를 틀어댄다는 소문 들어봤지요? 세계에서 우리가 제일 억압 받고 산다잖소.

　- 남조선 간나새끼들 한 대는 소리 고저 미제 앞잡이가 되어서 독재다 괴뢰다 우상화다 뭐이 그케 못 뜯어 물어 안달이답니까?

　주민들은 앞다투어 조선인민공화국의 흉을 보고 있었다. 한번 열린 입은 누구의 눈치도 볼 필요 없이 걷잡을 수가 없었다.

　- 고 동무, 맹탕 틀린 말도 아니잖소. 우리가 언제 숨 한번 맘 놓고 쉰 적 있었습니까? 고저 하품하는 것도 반동이 되는 시국에~

　- 동무 말이 옳지비. 머라나~ 옳코니 인민군 훈련 일꾼대회서 졸았다고 글쎄 노동당 간부 아무개를 고사포로 그냥 악랄하게 날려버렸다잖소.

　- 아무렴 하품을 했다 그리하겠소? 이거 공화국 노동당하고 인민군 간부들이래 죽자 사자 권력 게임 하는 게야. 보오, 인민무력부 부장하

고 총정치국 국장 중에 누가 세겠나, 응?

급기야 권력의 세기를 입에 올리며 마구 입을 들까불었다.

－ 그야 인민무력부장이 쎄잖겠소. 인민군을 대표하는 것이 고저 인민무력부장 아니냔 말이오.

－ 그렇지~ 한데 김정일이가 선군정치 한답시고 인민무력부 위에 설라무네 총정치국을 고저 삿갓을 씌워 얹은 게 아니오. 고 당연지사 자리가 뒤바뀌었는데 피 튀기지 않겠냐 말이지~ 아니 그렇소, 동무?

하고 꿀 먹은 벙어리처럼 듣고만 있던 명호를 향해 광대뼈가 튀어나온 사내가 불쑥 물어왔다. 사내의 말인즉 결코 겉만 핥아대는 말이 아니었다. 명호는 그저 대답을 못하고 고개만을 끄덕여 주었을 뿐이었다.

－ 고 동무래 이따마다이따금 한 번씩 가려운 사타구니 긁어 주는구만 그래. 난 고저 리영호 인민군 총참모장이 실각했을 때 짚어 봤댔지~ 저거 총국장 자린 고저 저승사자 자리밖에 되지 않겠구나 했대서~

명호는 사내의 말에 순간 마음속으로 무릎을 쳤다. 리영호가 누구냔 말인가? 김정은이 김일성 군사대학에 다닐 때 김정일 위원장이 몸소 아들의 가정교사로 지정했던 인물로 김정은과는 사제지간이 아니던가 말이다. 또한 명실공히 김정일이 군대를 장악하는 데 있어서 가장 기여를 했던 인물이랄 수 있었다. 그런 리영호의 목이 떨어져 나갈 자리라니 원. 명호는 가슴이 콩닥거리는 소리도 잊은 채로 인민들의 이야기판 속에 빨려들고 있었다.

－ 아니 동무래 어찌 그런 삿된 생각을~ 어이쿠 살 떨린다이야~

하고 마라초를 피우다 질끈 발로 비벼 끄며 중늙은이가 몸을 부르르 떨었다.

- 언 이런 감자바우 같은 동무 보게나. 아니 머인가 리영호가 누구냐 말임? 고저 남조선 물어뜯는 승냥이 아니냔 말이지~

- 승냥이 맞지~ 이명박 역적패당 어쩌구 저쩌구 남조선 괴뢰역적 어쩌구 저쩌구~ 정의의 통일대전까지 나불대며 짓까불어대는 대남 강경분자 아니에요?

- 고 동무 제대로 짚어대누만 그래~ 그 엄청난 자리를 이어받은 사람이 어찌 온전하다는 말이 되겠는가 말이야. 김격식 총국장이야 바로고 자리에서 죽지 않았겠소?

- 김격식 총국장이래 고저 집에서 잠자다 죽었다지 않소?

마라초를 질끈 비벼 끈 중늙은이가 슬며시 끼어들었다.

- 보소, 그 어른 고저 일흔 살이었대서. 고저 눈감기 전날에도 멀쩡했다는 거 아닌가~ 이거 저승사자 자리 똑 증명하더란 말이야.

- 듣고 보니 그렇소. 거 졸다가 고사포 맞아 황천길 갔다는 동무 역시 총국장 아니었소? 현영철 동무래 맞지 아마~

주민들은 시털부털 살아도 예민한 정치 권력의 핵심을 정확히 해부하고 있었다. 권력의 시소게임까지 들여다보고 있었다.

- 흐어 것 보라짐. 장차 총국장 자리 올라서 저승사자 밥이 되지 않음 내래 손에 장을 지질 거이야~ 흐어 이거 무서워서 고저 강냉이죽만 있음 우리같이 장마당 굴러먹는 강아지 신세가 낫다~

현영철 총국장의 이름이 저들의 입에 거론되었을 때 명호는 어쩌면 총국장의 위치란 저승사자의 밥이 되는 자리가 될지도 모른다는 생각을 품고 있었다. 김정일 위원장의 장례위원이며, 리영호 총참모장의 뒤를 이어 차수에 진급되었으며, 인민군 대장과 인민무력부장의 자리를 거치면서 김정일의 총애를 흠뻑 받았던 인물이 바로 현영철이 아니었던가. 소련 유학파 출신으로 무역 활동 과정에서 부정부패의 사슬에 걸려들었음에도 유일하게 살아남은 자가 바로 현영철이었다. 그런 현영철이 총참모장에 오른 뒤에 결국 처형을 당하게 되는 이 기묘한 세상의 구조는 뭐란 말인가? 아아, 그저 공화국의 하늘은 이날 따라 이렇게 푸르고 높기만 한데~

인민들이 모여 있는 데는 은밀히 이런 말들이 바람 속에 떠다니는 휴지조각처럼 펄럭거리고 있었다. 장마당뿐만 아니라 리명호의 고등중학 교원실에서조차 은밀한 말들이 나돌고 있었다. 공화국에서 힘센 자들 사이에 은밀히 일어나고 있는 권력투쟁 사건들이 역시 공화국에서 입담 좋은 인민들 사이에 은밀히 전파되고 있었다. 어떤 거짓도 공화국의 푸른 하늘을 검게 덮을 수가 없었다. 진실이란 마치 끝이 뾰족한 송곳처럼 저를 가둔 주머니 속에 웅크리고 있다가는 날카롭게 제 모습을 드러내곤 했다.

– 선생님들, 들어들 보시라요. 김정은 위원장에게 늙은 간부 콤플렉스가 있다잖습니까?

– 고딴 말들 죄 틀려먹었대서~ 나이 먹은 간부래 고속으로 승진하지 않았소? 어찌 나이 든 간부를 처단한단 말이오?

급기야 애들을 배워주는 학교 교무실에서조차 예민한 말들이 돌았다.

– 나이 먹은 간부들도 죄 사라졌다는데~ 마원춘이 변인선이 한광상이 동지들이 일찌감치 사라져서 보이잖는다잖소. 장성택이도 처형된 마당이래~

– 사라진 놈들이야 처형이 되었는지 어땠는지 모르는 일이잖소. 고 처형당했다고 소문난 작자들이래 유령처럼 다시 살아 돌아온 적이 한

두 번이요? 어찌 되었건 간에 당장 보이지 않고 사라진 놈들은 죄 반동분자들이에요. 반동분자가 머인가? 고저 당과 공화국에 반기를 들어대는 종자들이란 말이지요. 김정은 위원장이 뭐라 합데까? 아무리 군사다운 기질이 강하고 작전 전술이 능통해도 당과 수령에 반기를 드는 종자들은 죄 총살이라 하잖았소~

　－ 국어 선생 말이 맞습니다. 김양건 노동당 비서 겸 통일전선부장이래 수소탄 핵실험 지시에 삐딱한 의견을 제시했다는데 내래 가늠을 해본다면 그저 목떨어지는 일이야 시간문제예요. 고저 김양건 동지는 어찌 고 후덕한 인상에도 적대파가 많은지 모르겠소. 듣자니까 황병서 총정치국장하고 김영철 정찰총국장이 하냥 모함을 해대는 모양인데~

　고등중학 선생님들은 어디서 그런 소문들을 들었던 것인지 노동당 정치에 관한 말판이 한번 열리자 멈출지를 몰랐다. 그러나 명호는 이들의 말판에 결코 끼어들지 않았다. 똑같은 말이라 하더라도 명호의 입에서 흘러나간 말은 자칫 흉기가 되어 자신의 숨통을 찌를 수가 있었다. 장마당에서의 말판과 고등중학 교원실에서의 말판은 상황이 다른 것이었다. 황병서 총정치국장은 조직지도부 부부장을 거쳐 총정치국장에 오른 인물이다. 남조선 인천 아시안 게임에 최룡해 총정치국장과 김양건 통일전선부장과 함께 참여한 인물이었다. 또한 김영철 정찰총국장은 대남도발의 총책으로 천안함 폭침과 연평도 포격 도발, 사이버 해킹, 지뢰 도발의 중심에 있던 인물이었다. 남조선과 개성공단 등에서 마찰이 빚어질 때 공단폐쇄나 남측 공단원 추방, 자산동결 등의 강력 대처를 주도한 것으로 알려진 인물이었다.

　－ 최룡해 총정치국장은 어찌해서 숙청의 도가니에 빠지지 않는 줄 아십니까?

- 그야 백두혈통 다음가는 제2 혈통이니깐 두루~

최룡해에 관한 얘기가 나오자 명호는 잔뜩 긴장하기 시작했다.

- 아니라오. 공화국에 제2인자 자리란 없단 말입니다. 요는 머인가 하니 김정은 위원장 녀동생 김여정이 최룡해 총정치국장의 둘째 며느리란 소문이 있다는 말이지~

- 그런 뜬소문 듣는 것도 무섭소. 김여정이라면 조직지도부 서기실장 한다는 깜찍한 김정은 위원장 동생 아닙니까~ 최룡해 그저 머저리 같은 게 그런 며느리를 무슨 수로 보았겠소?

하고 젊은 녀성 교원이 끼어들었다.

- 소문이 사실이라면 고저 최룡해 총정치국장이래 황금사다리를 딛고 올라챌 날도 얼마 남지 않았겠구만~

명호는 최룡해와 김정은이 사돈 관계라는 말을 고등중학 교원실에서 듣게 되었다. 박태산이 수용소에서 최룡해 총정치국장을 만나게 되었다는 말이 결코 허무맹랑한 영웅담이 아닐지도 모른다고 생각했다. 고등중학 교원의 말처럼 어쩌면 태산에게 황금사다리가 되었던 것인 줄도 모를 일이었다.

그날, 고등중학 교원실에서 선생님들로부터 들은 얘기는 전혀 허랑한 말들이 아니었다. 해가 저물어가는 12월의 끝에 김양건 노동당 비서 겸 통일전선부장이 교통사고로 사망했다는 중앙 텔레비전의 보도가 있었다. 나중에 밝혀진 일이지만, 고등중학 교원들의 말밥에 올랐던 것처럼 황병서 인민군 총정치국장과 김영철 정찰총국장의 모함에 의한 교통사고를 가장한 의도적인 사고였던 것이다. 마치 그 자리를 노리기라도 했다는 듯이 김영철이 김양건의 자리에 후임이 되었다. 또한 최룡해 총정치국장 역시 복권되어 조선노동당 비서로 돌아오는 데 그리 오랜 시간이 걸리지 않았던 것이다.

2

　리명호는 무엇보다 아들 참이의 속내를 알고 싶었다. 박태산과의 관계를 알아버린 이상, 참이에게도 자신의 인생을 선택할 권리라는 것은 있는 것이다. 아버지라는 이름으로 여태 아들애한테 죄를 지은 것만 같은 서글픔이 밀려들었다. 보위부 지하실 사건 이후 상당한 시간이 흘렀지만 강가 수세미 방죽에서 봄이의 마음을 들여다보았을 뿐, 정작 참이와의 시간은 만들지 못했다. 명호를 대하는 참이의 태도에는 분명 전과는 뭔가 다른 점이 있었다. 예전과는 달리 경계를 하며 서먹한 느낌을 버릴 수가 없었다.

　하루는 보안서에 끌려가서 부러 기물까지 파손한 모양이었다. 동실과 함께 남조선 아이돌의 춤을 따라 추다가 붙들렸다고 했다. 황색바람이야 이미 공화국에 만연한 바람이 되었지만 보안원들 앞에서 작정하고 춰대는 춤이란 용서가 되지 않음이었다. 어쩌자고 이런 위험한 일을 저지른 것일까? 하고 생각할 겨를도 없이 참이 등을 꺼내려고 허둥지둥하였지만 역시 태산의 세력은 거칠 것이 없는 모양이었다. 태산은 참이가 보안서에 붙들려갔다는 사실을 알고 보위부의 전화 한 통화로 이들을 풀려나게 했다. 명호는 이런 현실 앞에 아버지로서의 무력감과 더불어 진정한 아비로서의 힘을 태산이 동무로부터 느끼면서 멀쩡한 키대(허우대)가 원망스러울 뿐이었다.

　― 참아, 왜 자꾸 남반부 반동분자들 이마내(흉내)를 내는 거니? 간번

지난번에 된통 당하지 않았나 말이야~

─ 아버지, 남반부 반동 짓거린 줄 알지만 이래 춤이 추고 싶다는데 공화국에선 어찌 채찍을 들이댄답니까?

아들애의 물음에 명호는 아무런 대답을 해주지 못하고 되물었다.

─ 그래 춤을 추는 게 그렇게 좋단 말이지?

─ 예 좋습니다. 내래 마냥 이 몸뚱일 노대고 싶어 죽겠단 말입니다.

문득 참이의 태도가 반항조로 바뀌어 있었다. 남쪽 춤을 따라 하는 공화국 아이들이 많다는 것을 알지만 다른 아이들처럼 조심스럽게 몸을 움직여야 했다고 명호는 순간 생각했다.

─ 참아, 까놓구 얘기해 보라. 너 고저 누구 옥살먹이려구꿇려주려구 보안원들 앞에서 그래 남조선 춤을 춰대는 게지?

─ 아버지, 아니 그렇소. 내래 남반부 애들 춤이 정말 좋아죽겠다 말입니다. 기깟 몸을 비틀구 대가리 처박아 돌리는 게 이게 왜 사상적으로 문제 있다는 거에요?

참이의 표정을 보면 정말 남쪽의 춤사위가 좋아서 저렇게 보위부의 하부조직이랄 수 있는 보안서에 붙들려 갈 정도로 춤에 빠져들고 있다는 것을 짐작할 수가 있었다. 명호의 걱정스런 시선의 의미를 참이는 아직 리해하지 못하고 있는 것이 분명해 보였다. 그러나 참이의 춤이 명호든 태산에게든 결코 반가울 일은 아니었다. 자식의 사상적 불온한 성정은 명호든 태산에게든 치명적일 수가 있기 때문이었다.

─ 참아, 애숙하게야속하게 생각하지 말고 들으라. 너 고저 잘 먹고 잘 입구 자동차도 타는 집에서 살고 싶지 않나?

하고 명호는 마음에도 없는 말을 꺼내버렸다. 순간 참이의 눈빛이 별안간에 타들고 있음을 명호는 목도했다.

- 아니 기깟 아버지 한 대는 소리 보라지요. 공화국에서 백두산 줄기도 아닌데 그딴 핏줄이래 무슨 상관이에요? 인민들 피 빨아대고 야경꾼도둑질 노릇해서 가득 채운 도가니에 발목을 디밀라구요?

- 하하하 우리 참이 맘 씀씀이래 고저 부교장 선생 훈시보다 낫다야. 공화국 인민이라면 응당 올곧게 맘을 먹어대야지~ 아버진 고저 울 참이 의중을 물어본 거이야. 아버지한테 했던 말이 그저 하릴없이 튀어나오는 입창입버릇은 아닐 테구~

참이의 속내를 들여다보는 순간 명호의 가슴에 맺혔던 체증이 시원하게 뚫려나간 기분이었다. 학생들에게 항상 인민답게 인간답게 성실하게 살아갈 것을 배워주던가르치던 교원으로서 또한 아들을 키운 아버지로서 명호의 가슴은 뿌듯했다. 사람은 핏줄보다 어떤 환경에서 자라왔는지가 그 사람의 성정을 결정한다는 말이 결코 그르지 않다는 생각이 들었다. 이제 더는 참이 앞에서 비겁한 아버지의 모습을 보여주지 않으리라 명호는 마음속으로 다짐을 하고 있었다. 어떤 권력이나 세력 앞에서도 당당하고 불의에 저항하며 정의롭고 충성의 마음을 일떠세우는 아버지가 되리라고 마음을 다지고 있었다.

정숙 동무로부터 황당한 말을 들은 것은 참이의 마음을 확실히 알게 되던 날로부터 며칠이 지나지 않아서였다. 정숙의 일하는 기업소로 태산이가 찾아왔다는 것이었다. 정숙은 당혹스러워 동무들의 눈에 가능한 띄지 않도록 하여 기업소 밖으로 나왔는데 정숙이를 데리고 근처 공원으로 자동차를 급히 몰더라는 것이었다.

- 에그나, 동무 어찌 발바리차군용지프차도 아닌 점잖은 자동차를 타고 이렇게 바빠치는이리저리 돌아치는 거에요?

- 고저 생잡지트집잡지 말구 따라 오라야.

태산이 동무의 넘치는 사내다움이 정숙은 항상 싫었다.

- 뭐에요? 지금 혼뜨검혼쭐 내겠다는 셈평이에요?

- 말꼭지첫마디 뚜껑 열어대는 본새허군~ 어이쿠 정숙 동무 피숙주는꾸짖는 소리에 그냥 웅뎅이웅덩이 못 보았다야~

하는 태산의 말이 끝나기도 전에 자동차가 쿨렁거렸다. 통이 좁은 국청색 홀태바지를 입은 태산의 모습은 아무리 봐도 점잖은 모습이 되지 못했다. 거기에다 옆구리에 거꾸로 매달려 덜렁거리는 권총집은 고압적이지 못해 가파른 살기를 띠고 있는 듯했다. 정숙은 태산의 이런 모습들이 매우 부담스럽게 느껴지는 것이었다. 공원의 한복판에 자동차를 멈춘 태산은 숨을 돌릴 겨를도 없이 이미 준비된 듯이 속사포를 날렸다.

- 보라 정숙 동무! 리명호 동무하구 리혼하라! 우리 아들애 참이를 반쪽짜리 성분으로 한뉘평생 보낼 재간 없잖나 말이야.

- 에그나, 도 동무, 어찌 생판 남에게 리혼을 하라 마라 하오~ 고저 명호 동무 들음 졸도를 하겠습니다.

- 어찌 생판 남이니 동무? 내래 핏줄 참이가 우리 사이에 나온 아이가 아니냔 말임. 고저 반쪽 성분이야 이혼감이고 말고지 하하~

하며 아주 자신감 넘치는 투로 말하고 있었다. 정숙은 힐끗 태산을 치바다보며쳐다보며 여태 가슴에 묵혀둔 말을 꺼내놓았다.

- 참이가 어찌 동무 아들애란 말이오? 처녀 뱃속에 태를 앉혀놓고 딴 녀자 나꿔채 줄행랑을 했던 동무 아니오?

- 그땐 고저 요 태산이 립장이래 코날개콧방울 떼간대두 손쓸 재간 없었어야. 정숙 동무 뱃속에 태가 있다는 거 그거 꽝포허풍를 떠는 줄 알았지~

- 에그나, 동무야말로 고저 보위부 간부 되더니 눈 하나 깜짝 않고 꽝포거짓말를 치고 있소. 달거리생리 없다고 우정일부러 얘길 했건만~ 헷뜬잠꼬대 소리 말구 과거날로 머리 돌려 보오. 정숙이 입쓰리입덧 한다고 토악질을 하던 안하던~

하며 정숙은 가슴에 쌓아둔 말들을 꺼내놓았다. 별안간 지난날들을 생각함에 울컥하고 목이 메었다. 정숙은 튀어나오려던 울음덩어리를 가까스로 속으로 욱여넣었다. 사라진 가족들을 생각하면 자신이 이렇게 살아있다는 것이 죄스러울 따름이었다. 모든 것이 부질없는 인민의 욕망에서 비롯되었구나. 정숙은 이렇게 생각했다. 부모님이 당중에 목을 매지 않았다면 이런 불상사는 일어나지 않았을 것이다. 정숙의 정곡을 찌르는 말에 태산은 대꾸를 하지 못하고 자동차의 창유리를 내려 먼산바라기를 하고 있었다. 공원의 군데군데 산보데이트하는 청춘남녀들의 모습이 보였다.

- 참이가 곁에 있어서 어제날과거에 묻지 못한 말이 있소. 어찌 동무 아버지 죄를 울 아버지가 뒤집어썼느냐 말이오~

- 보라 동무, 그거는 말이지~ 울 삼촌 아버지한테 중국 위엔화를 받아설라무네 노동당 밑구멍에 찔러 넣은 게 들통 난 때문이야. 내래 무슨 수루 거기까지 수를 쓰겠느냐 말이야~

태산은 정숙의 부모에 관한 얘기가 나오자 쥐구멍에라도 숨고 싶은 심정이었다.

- 태산이 동무가 22호 수용소에서 가족 쉰 명을 모아놓구서 두루 가스 살포했다는 거 이거 참말이에요?

- 이크 무서라~ 내래 정숙 동무 나그네남편한테 고저 지껄여댄 무용담이야. 어찌 짐승만 못한 짓거릴 하갔니. 하하하 보라 정숙 동무, 고

저 명호 동무한테 물컹한 잠자리에서 들었대나?

태산은 정곡을 찌르고 들어오는 정숙 동무의 시선을 피하면서 헐렁한 얘기로 위기를 벗어나려 했다.

— 아니 고 홀락거리는까부는 성품 여전 하누만요. 어찌 요 자리에서 그런 물컹한 소리가 나오나? 고저 못된 짐승이구나 못된 짐승이에요.

하는 정숙의 피숙주는꾸짖는 소리에 태산이 제법 야굼한얌전한 표정으로 천천히 입을 열었다.

— 이보, 정숙 동무! 내래 지금 진지하다. 내래 안까이아내 하구 리혼한다. 상철이 오마니 말이야.

하는 태산의 태도는 순간 말소리처럼 진지해 보였다. 태산은 제법 심각한 표정을 하며 딱, 딱 어금니를 맞추는 소리를 냈다. 정숙은 속으로 놀랐지만 태산의 이혼이 자신과 아무런 관계가 없다고 생각했다. 잠시 침묵이 흘러 분위기가 차분하게 가라앉았다. 정숙이 무료함에 말시답으로 입을 열었다.

— 흐어, 성분 좋은 당 간부 딸이라더니 어찌 또 뒤통수를 때리려고~ 동무가 리혼을 하든 삼혼을 하든 정숙이 탓할 일이 아니지요.

— 정숙 동무, 내가 리혼하구 동무래 리혼하믄 우리 참이 데리고 재혼하자는 말이야. 내래 고층살림집아파트에 준마 세단자동차에 머이 고저 우리 아들애와 내일날미래에 얼치게얼빠지게 살면 안 되잖느냐 말이야.

태산은 마음속에 준비한 말들을 속사포처럼 쏟아 부었다.

— 정숙이는 귀 막았소. 못 들었단 말에요. 어서 가자요. 기업소에 고저 날라리짓 한다구 소문나게 생겼소. 어서 기업소 십자로까지만 데려다 주오.

정숙은 정말 손바닥을 펴서 귀를 잔뜩 막은 채로 입을 열었다. 태산은 이런 정숙 동무의 태도가 못마땅해 소리를 치듯 입을 열었다.

- 어디 보라지~ 남반부 핏줄이 얼마나 혹독한 독버섯인지 두고 보자. 내래 눈깔 뒤집히면 두루 참이고 나발이고 인정사정없어야. 공화국이 이 태산이 허리춤에 맹탕 권총 매달아준 줄 아니?

- 에그나, 이제 본색이 나온다이야. 집나들이천정나들이 못간 신세 무슨 수루 되갚아 줄거나~ 우리 가족 잡아 먹었으면 됐지 동무 그저 울 아들애까지 잡아먹겠다는 말이오? 공화국 간부 놈들은 넘에 안까이아내 이케 넘보아도 된다는 말이오?

- 어케 남이니? 고저 기백이 동무 아들애 생긴 모양새 봤지? 발딱코에 고 눈썹이 있는지 없는지~ 울 참인 고저 이마빼기부터 턱주가리 고 인중 널찍한 걸 보라. 어케 남이니? 고저 이 박태산이 빼다 박았더구만이~ 리혼만 하라야, 내래 정숙 동무 팔자 천지개벽을 해주겠으니 말이야~

정숙은 따질 것 없이 태산의 노죽알랑방구을 들어주기 싫었다. 말끝에 우리 참이라고 묻어나온 태산의 말투도 반갑지 않았다. 남의 남자와 자동차에 나란히 앉아 이런 이바구를 주고받는 것도 문제라고 생각했다. 아무리 인간이 고기 먹는 짐승이라지만 공화국 사람들은 풀 먹이 동물초식동물로 살아갈지라도 누구나 목숨을 부지하고 살기를 바랐다. 고층살림집이든 뻐꾸기 집이든 인민들에겐 그저 허울 좋은 하눌타리에 지나지 않았다. 정숙은 자동차 문을 열치고 밖으로 나왔다.

- 내래 뛰어서든 기업소로 당장 들어가겠소. 한데 상철 오마니가 무슨 문제 있어 리혼이에요?

- 고저 바삐 내뛰지 말구 차에 오르라. 내래 기업소로 데려다 주면

서 얘기하자나~

　하며 태산이 자동차의 시동을 걸었다. 정숙은 하는 수 없어 자동차에 다시 몸을 들이밀었다. 태산이 자동차를 돌려 정숙의 기업소 쪽으로 향하면서 말했다.

　– 이거 시장스러워서리~ 내래 녀자 없이는 못사는 성미란 말이야. 한데 상철 어머니래 마냥 잠자릴 피한단 말이지. 고저 거기가 아프다고 소리소리 질러대니 원 어찌 살겠나. 이거 공화국 법령상 리혼 사유 맞지?

　정숙은 태산의 말에 그저 입이 벌어졌을 뿐이다. 공화국 간부들이란 것들이 할 일 없이 만들어대는 이상한 법들이란 녀성에게 항상 치욕적이었다. 정숙은 태산의 말에 일절 말대꾸를 하지 않았다. 공화국에서 하루 밥을 챙겨 먹기 바쁜 처지에 이런 되다만 말들을 듣고 있어야 한다는 현실이 말문을 막아버렸다. 지체 높고 명예로운 간부들이란 이런 식으로 아내와의 이혼을 조장하는 모양이었다. 정숙은 기업소 십자로에서 태산의 차에서 내리면서 휑한 바람이 일어나도록 자동차 문을 세차게 밀어 닫았다. 아아, 공화국의 불쌍한 녀성들이여, 깨어나거라. 정숙은 마음속에서 공연히 이렇게 울부짖었다. 인민들의 비애이며 인류의 비애이며 살아있음의 비애라고 생각했다.

　공화국에서 이혼이란 결코 먼 나라 얘기가 아니라 최근 들어 많이 늘어나고 있는 추세였다. 혼인을 파기한다는 것은 어느 사회나 명예롭지 못할 것이지만 공화국에서는 합의에 의한 이혼은 인정하지 않고 있었다. 오직 재판을 통해 이혼을 허락하는 나라도 드물 것이지만 공화국에서는 이혼의 사유를 제한하고 이혼 신청서류에 첨부하는 인지를 비싸게 팔아 교묘하게 이혼을 통제하고 있었다. 인민재판소에서 이혼을 담당하고 있지만 두 번 이상 이혼을 하는 사람은 상급재판소에 청구한다. 공화국에서 이혼을 하는 녀성에 대한 시각은 매우 곱지 않은 편이며 남성보다 녀성에게 불리하게 적용되는 불평등도 작용하고 있었다. 특히 녀성의 경우 위자료 같은 것도 없이 자녀의 양육을 맡는 경우가 많아 생활의 고통이 가중되고 있었다. 공화국에서의 부부의 구성은 개인 간의 애정에 기초를 두는 것이 아니라 당과 공화국의 이익에 바탕을 두고 있었다. 따라서 공화국의 간섭은 필연적이라고 할 수 있다.

공화국에서 특이한 점은 부부간에 성격 차이가 있다거나 폭행 등의 문제로 하여 재판소를 찾는다고 하더라도 이혼을 하기 어렵다는 점이다. 공화국의 가족법에 따르면 상대가 사망을 하거나 바람을 피운 경우에 이혼을 할 수 있다. 녀성의 경우에는 결혼을 하여 아이를 잉태하지 못하거나 잠자리에서 성관계를 거부하는 경우에도 이혼사유가 되었다. 심지어 성관계시 통증을 호소해도 이혼사유로 충분했다. 공화국에서 이혼사유의 상당 부분이 바로 불임不姙과 성관계에 대한 문제에 따른 것이라고 한다.

불임의 경우에도 본래는 불임에 관한 병원의 진단서를 제출해야 하는데 형식적인 절차일 뿐 꾹돈뇌물이면 가능하다. 이혼의 소송 기간도 짧지 않고 까다로워서 공화국에는 법적인 이혼을 하지 않고 별거하는 방식이 늘어나고 있다. 최근에는 당성이나 사상 등의 심각한 차이에 따른 이혼이나 출신 성분이 나쁜 것을 알게 되었을 경우의 이혼이 성관계나 심각한 폭행 등의 경우보다 빈번한 편이지만 다른 이성과 바람을 피우는 경우도 늘어나고 있는 실정이다. 공화국에서 이혼은 녀성에게 불리하게 작용하기 때문에 녀성들은 남성들로부터 이혼을 당하지 않으려고 지나친 충성을 하고 있다. 나그네남편의 아침상은 되도록 거르지 않는 것이 아내의 도리이며 기업소에 출근하여 일을 하다가도 발품을 팔아 급히 점심을 차려주고 오는 실정이다.

정숙은 퇴근 후 집에서 낮에 박태산이 기업소로 자신을 찾아왔던 일을 하나에서 열까지 명호에게 얘기했다. 명호는 정숙의 말을 듣는 내내 얼굴이 화끈거렸다. 세대주가장로서 무력한 자신의 처지를 생각함에 자꾸만 작아지고 초라하게 느껴졌기 때문이다. 한편으로는 태산을 향한 적개심이 불심지처럼 솟구치기도 하였다. 고층살림집, 자동차 따위를 언급하며 이혼을 하라고까지 주둥이를 놀렸다니 절로 억이 막힐 지경이었다. 그래도 정숙의 단호한 태도가 명호에게는 다행스러울 뿐이었다. 남쪽의 핏줄을 가지고 태어난 반쪽 성분의 인생, 당연히 성분을 따지자면 명호는 이혼감이었다. 정숙이 당장 이혼을 하자고 달려들면 명호는 거절할 이유가 도무지 없는 것이다.

그럼에도 태산과의 사이에 은밀히 일어났던 일들을 명호에게 하나도 빠뜨리지 않고 전해주는 정숙 동무가 명호는 정말 고마울 따름이었다. 그런데도 태산이 동무가 정숙에게 지껄였다는 말은 명호의 마음을 불안하고 초조하게 만들었다. 보위부에게 남반부 핏줄의 인민이란 언제든지 마음만 먹으면 포획이 가능한 먹잇감이었기 때문이다. 태산이 마음만 먹으면 자신이 쳐둔 그물망 속에 명호를 몰아넣어 생포하거나 자뿌룩하면자칫하면 그저 공화국에서 매달아준 허리춤의 권총을 뽑아 들어 익혀댔던 대로 명호를 향해 방아쇠를 당기면 되는 일이었다. 아아, 총소리가 귓전에서 메아리치는 느낌에 온몸에 소름이 돋았다.

3

하루종일 인민들은 광명성 4호와 4차 핵실험의 성공을 자축하느라 정신들이 없었다. 인민기를 들고 가도街道에 도열하여 김정은 위원장 만세를 외쳐댔다. 남녀노소 빠짐없이 거리에 나와 주체적 평화적 우주 사용의 권리를 향유하게 된 공화국의 업적을 미친 듯이 찬양했다. 특히 '특별 중대 보고'라는 타이틀로 인민들에게 발표한 이번 핵실험은 수소폭탄의 실험이며 완전히 성공한 실험이었다는 점에서 인민들의 열화와 같은 찬양을 받게 되었다. 평북 철산군 서해 위성 발사장에서 오전 9시에 발사된 위성이 9분 46초 만에 공전궤도에 무사히 진입했다는 것이다.

이제 교원들이 모두 돌아간 텅 빈 교원실에 정적이 흘렀다. 명호는 요즘 하루가 다르게 마음을 조이면서 수업을 하고 있었다. 당과 공화국에 대한 충성의 고삐를 팽팽히 당기며 매사에 주위의 눈을 예리하게 의식하고 있었다. 인민학교 동기생인 김정석 동무의 죽음에 공연히 얽혀들어 보안서에 끌려가서 고문을 당했던 일, 아들 참이와 동실이가 남조선 날라리짓의 이마내흉내로 보위부 지하실에서 고문을 받던 일을 생각하면 장차 어떤 올가미를 받을지 가늠하기조차 어려웠다. 그리고 태산이 정숙의 기업소에 찾아와 리혼을 하라고 위협했다는 일들을 생각하면 머리가 터질 지경이었다.

학교에서 명호의 체면은 말이 아니었다. 지난 시절 훈장을 받아내던 열정은 이제 후박나무 그늘처럼 식어 학교장이나 부교장은 물론 교원들마저 백안시를 하며 마른 수수깡을 보듯 한다는 것을 명호는 모르지 않았다. 김정석 동무의 죽음에 얽혀 취조를 받느라 결근을 하게 되었던 데다가 참이와 상철의 싸움질과 남쪽 날라리짓거리 장본인의 학부형이라는 사실은 훈장의 명예로움에 먹칠을 한 치명적인 일들이었다. 학교에서는 다른 교원들과 똑같은 말을 하여도 명호의 입에서 튀어나온 말에 유달리 부교장의 촉수가 예민하게 반응을 하는 듯했다. 이렇게 늦게까지 남아있는 것은 부교장 선생 앞에서 저간의 불충한 일들에 대한 자기반성을 보여주기 위함이며 또한 명호가 맡은 학생으로부터 발생한 문제에 대해 론의의논를 하려는 때문이었다.

— 위대한 조선로동당이 우러러 보입니다, 부교장 선생님.

노동당 소속인 부교장의 환심을 사는 일이 명호는 중요하다고 생각했다. 그래서 이렇게 말로 노죽알랑방구이라도 떨어볼 심산이었다.

— 력사 선생이래 이거 뱃속을 들여다볼 수가 있어야지~ 공화국에 패풍치는방해하는 장본인이야 력사 선생 아니오?

부교장 선생의 마음속에도 명호와 참이에 관한 지난 일들이 떠올랐을 것이다. 자신이 관할하는 학교의 상학시간에 빠지고 학생신분으로 남쪽 반동짓거리를 따라하다 적발되어 보위부에 끌려갔던 일은 이를 감독해야할 부교장 직책으로서 당의 질타를 받아 마땅할 일인 것이다.

— 내래 그 생각만 하면 슬픔증우울증이라두 생길 거 같습니다. 온 세계가 주체의 공화국을 우러러 보는 마당에~

— 고저 력사 선생 말밥구설수에나 오르지 말라. 주체의 핵 강국 이거 위대한 조선로동당에 승리에요. 미제 놈들이건 쪽발이건 남쪽 반동새끼들이건 뭐 우리 손가락 하나 까딱하면 고대로 날아가는 거란 말이지~

공화국은 지난 4차 핵실험을 성공리에 마쳤고, 미국 본토까지 날아

간다는 장거리 미사일 발사 역시 성공적이었다. 공화국 수천만 인민
들은 축제 분위기에 들떠 밤잠을 설치고 있었고 밤새 틀어대는 미사일
발사 장면과 김정은 위원장의 순시 장면에 열광하고 있었다. 비록 배
는 고프지만 조선공화국 인민으로서의 자부심에 꽃을 피워 마음은 들
떠 있었다. 세계의 눈들이 사회주의 조선을 향하고 있다는 것을 생각
하면 공화국 인민들로서 배고픔이나 다른 고통은 문제가 되지 않는다
고 생각했던 것이다.

   - 남조선이 똥줄이 타서 오죽하문 사드THAAD : 고고도미사일방어체계
배칠 해댄다구 난리법석을 떤답니까? 이거 이거 전쟁 치르자는 선전포
고 맞습지요?

   남조선에서는 공화국 미사일 발사 후 즉시 사드를 배치해야 한다고
했던 것이다. 중국이 그토록 가로막았던 일임에도 강행을 하고 있었
다. 전승절 기념식의 중심에서 호상 화기애애한 모습을 보여주던 중국
과 남조선의 정상들이 보이지 않는 불협화음을 내고 있음이었다. 당시
에 공화국 인민들은 은근히 김정은 위원장의 방문을 받아들이지 않는
중국에 대해 반발심을 지니고 있었다. 그런 연유로 두 정상의 만남을
은밀한 남녀의 교접 같은 밀애의 작당으로 몰아가는 말들이 공화국 인
민들 사이에서 은밀히 퍼지고 있던 일이라 사드 배치 문제로 불거진 남
조선과 중국의 갈등에 대한 공화국의 입장은 불감청不敢請이며 고소원
固所願이라는 분위기였다.

   - 박근혜래 고저 김정은 위원장 동지더러 종이 호랑이라구 지껄여댄
대는 거이야. 이 거 에미나이 동무래 겁대가리 없게시리 미사일 한 방
맞구 저승 문턱 가봐야 정신을 차릴 텐가~ 흐어 남조선 녀성 동무가
기깟 손을 내밀었다손 어드렇게 시 주석이래 조강지처인 우덜 공화국

을 뿌리칠 수 있겠느냐 말이야~

- 조강지처불하당槽糠之妻不下堂이란 말두 있잖습니까? 뼛속까지 형제인 우덜을 기깟 녀자의 치맛자락에 휘감겨 먼산바라기야 할 수 없지요. 한데 부교장 선생님, 삐라 사건 말입니다.

- 아니 력사 선생 애들이래 어찌 그렇게 말썽질이에요. 한두 번도 아니고~ 남조선 반동분자들이 날려 보낸 삐라가 어케 애들 손에 들어온 거예요, 력사 선생?

명호는 부교장 선생의 호된 질책을 예상했던 일이었다. 엎친 데 덮친다는 말처럼 말썽이 몰아서 터지고 있었다.

- 후방가족군인가족 학생이래 산속에 떨어진 삐라를 주워들고 왔대는 겁니다. 학교루 고저 가져와달라 배워주지 않았습니까? 제깐엔 담임교원한테 준다는 걸 잊고 하냥 동무들이랑 돌려 봤다는 거에요.

- 이런 이런, 삐라를 발견하면 읽지 말고 학교로 가져와야지~ 그래 력사 선생, 그 삐라 좀 보자우요.

명호는 양쪽 주머니에 접어 넣은 남쪽의 삐라를 꺼내 부교장에게 건넸다. 부교장 선생의 눈이 부릅떠졌다.

- 아니 한두 장도 아니고 이 거~

명호는 학생들로부터 압수한 삐라의 내용들을 이미 보아서 알고 있었지만 읽지 않은 듯이 모른 체를 하고 있었다.

- 배가 튀어나온 못생긴 남자? 당신도 지도자인가? 어랍쇼, 이거 보자니까 순 반동 새끼 놈들 짓거리들이래~

- 김정은 위원장 동지를 정면으로 공격하는 내용들입니다. 고저 어찌나 질긴지 찢어 보자도 찢어지질 않습니다.

- 전쟁 일으킨 전범자는 미군이 아니라 김일성 괴뢰, 세계 대통령 유

엔 사무총장 반기문 배출, 컴퓨터 세계 1위, 반도체 세계 1위, 배무이 조선 세계 1위, 자동차 철강 세계 4위, 이런 이런 고저 남조선 반동새끼들이래 입만 열면 거짓부렁이야요. 이지스함, 순항 미사일, 초음속 전투기~이기 대체 뭐하자는 짓거리들이냐니~

─ 국민소득이래 2만 딸러, 매 집집마다 자동차 소유, 월급 2천 3백 딸라, 믿기 힘들면 중국 조선족한테 물어 보세요, 이런 개나발을 지껄여대고 있습니다.

하고 명호는 마치 호들갑을 떨 듯 삐라를 보고 읽었다. 사실 아버지의 나라 남조선이 이렇게 잘 살고 있다는 것이 내심 자랑스러움도 있었다. 결코 적지 않은 돈을 북남 연락책을 통해 보내온 것을 보면 삐라의 내용이 결코 거짓이 아니라고 명호는 생각하고 있었다.

─ 아니 력사 선생은 고저 살판났소? 평정서 보니 아버지가 남조선 군인 출신이었다지요? 고 불순분자 성분에 교원이면 고저 얼마나 노력을 해댔겠소. 동무, 남쪽에 연락되는 아버지 가족들 있겠지요?

─ 이크 부교장 선생님, 살 떨립니다. 아버지 땅속에 묻혔는데 고저 핏줄이야 그 길로 땅속에 묻혔지요.

─ 이 거 공연히 마음만 쓸어대누만 그래. 력사 선생, 뭐 재미나는 삐란 없습니까?

─ 무, 무슨 삐라 말씀입니까, 부교장 선생님?

하고 말하면서 마음속으로 놀라고 있었다. 사실 은밀한 삐라 하나를 품속에 집어넣고 있었던 것이었다.

─ 아니 뭐야 고 재미난 만화 컷이나 감칠맛 나게 하는 남반부 유명한 간나들 사진 말이야. 어제날과거엔 고저 남반부 삐라질에 눈요기도 했댔는데~ 이밥에 고깃국 언제 먹어 봤습니까? 이런 우다질~

– 저 부교장 선생님, 실은 이 삐라래 낯바닥이 뜨거워서리~

하고 명호는 품속에 넣어둔 삐라를 꺼내 부교장에게 들이밀었다. 남쪽의 유명 배우인 듯한 젊은 여자가 화사하게 웃어대는 사진이었다. 사진의 모습을 훑어보던 부교장이 말했다.

– 이 거 남반부 녀배우 사진인데 그래~ 팔등신 미인이 고저 허리춤에 얹힌 저 가냘픈 손가락 보라야~ 보자 뭐라 쓰여 있니. 이 여름이 다 가기 전 자유의 품에 안겨~ 흐어 참, 새 삶의 설계를 세워요! 얼씨구나~ 대관절 뭐하자는 짓거리니 이거. 보자, 이 녀자래 뭐이가 이거 최명□, 원미□ 아니 고저 한물간 녀배우들 사진 아이니? 고 동무 보는 눈 좀 키우라야. 아니 품속에 그래 이걸 찔러대구선 그래~

– 아닙니다, 부교장 선생님. 실은 남우세스러워서리 차마 부교장 선생님한테 꺼내드릴 수가 없었습니다.

– 글쎄 있는 대로 꺼내 보라야. 이 건 뭐이니? 탈북 시 받는 보상금? 특별 보상금, 의료혜택~ 아니 제깐 놈들이 무슨 수루 보상금을 준다니? 저 남조선 간나새끼들 짓이래 하는 짓들마다 허풍이지~ 제가 필요하시면 점선 따라 간직하세요! 헛, 보라보라 이거. 력사 선생, 이거 점선 따라 절단하라. 날래 절단 하라!

– 알았습니다, 부교장 선생님.

명호는 경황이 없던 중에도 부교장 선생의 지시에 재깍 삐라를 점선을 따라 잘라냈다. 남조선 여배우의 팔등신이 인민을 향해 짓까불며 요동치는 사진이었다. 부교장은 서슴없이 여배우의 사진을 지갑 속에 집어넣었다. 명호는 이런 모습을 통해 부교장 선생의 민낯을 들여다 볼 수 있었지만 한편으로 이런 부교장의 태도가 인간적으로 다가들었다.

- 력사 선생, 이딴 삐라들은 고저 찢어버리라.

- 글쎄 찢어보자두 질겨서 찢어지지가 않습니다. 물에 집어넣어도 불지도 않고 둥 둥 뜬답니다.

- 아니 어딴 종간나들이 고딴 소릴~ 김정은 위원장 동지가 물속에 둥둥 떠다니는 꼴을 어찌 인민들이래 지켜본단 말이니? 고저 보위부흠 잡히기 전에 불에 태워버리라!

명호는 학교 뒤란에서 삐라들을 불에 태웠다. 다시 교원실에 들어가니 부교장은 이미 자리에 보이지 않았다. 이날처럼 분위기가 느슨해질 때 배급에 대해 부교장과 론의의논하려고 하였는데 그만 맞춤한 순간을 날려버린 것이 아쉬울 뿐이었다. 교원의 배급이 공화국 당국으로부터 끊긴 지가 오래되었다. 더구나 공화국이 핵실험의 강도를 높여 미제며 중국, 일본, 남조선까지 대북제재에 가세하는 바람에 공화국의 상당한 돈줄이 되었던 개성 공단마저 폐쇄되어 버렸다. 따라서 공화국 정무원들은 물론 교원들마저 그나마 가뭄에 콩 나듯이 이어지던 생활비가 끊겨버린 것이다. 학급장의 어머니가 모자위원장을 맡아 담임 교원의 생활비를 마련하는 모양이었지만 여의치 않아 교원들이 저녁나절에 장마당에 나가서 장사를 하는 상황이었다. 학생들은 형편이 어렵다고 학교를 떠나 장마당에 쭈그려 앉아 장사를 하는 교원들에게 손가락질을 해댔지만 굶주린 호랑이처럼 덤벼드는 허기 앞에 버틸 재간이 없었을 것이다. 학교를 그만둔 학생들은 물론 학교에 다니더라도 형편이 어려운 탓에 교원을 위해 돈을 출연하기란 쉽지 않은 일이었다.

명호는 교원의 명예를 지키기 위해 비록 힘이 들었지만 가까스로 참아내고 있는 형편이었다. 후방가족군인가족 학생 역시 형편이 어려워져 학교를 그만둘지 모른다는 말을 했다. 노래도 잘하고 공부도 잘하고 체육도 우등생인 학생, 그래서 팔방미인 소리를 듣던 학생이었는데 삐라 사건으로 호되게 치도구니를 당한 이후 정말 학생의 모습은 보이지 않았던 것이다. 명호는 헐렁한 가방을 어깨에 걸쳐 메고 터벅터벅 교정을 걸어 나왔다. 어둑한 하늘에 반쪽 달이 처연한 모습으로 낮게 떠서 명호의 쓸쓸한 모습을 비춰주고 있었다. 반쪽 달을 바라보며 명호는 자신을 닮았다고 생각했다. 어찌 보면 조선인민공화국 인민의 운명이란 것도 저 달처럼 홀쭉해지기도 하고 다시 살을 채우기도 하면서 그렇게 허공중에 떠가는 운명일 것이다.

제13장 리춘희, 어머니의 손짓

1

　명호의 기억 속에 남아있는 어머니의 모습 중 표정이 밝아 보였던 적이 몇 차례나 될까? 남쪽의 국군을 운명적으로 만나 우여곡절 끝에 혼인을 하고 슬하에 아이를 갖기까지는 오랜 세월이 흘렀다. 명호가 태어나기 전에 다섯 살도 되지 않은 딸애명애를 잃고 허위단심 살아오다 혼인한 지 15년 만에 어렵게 명호를 낳았다고 한다. 기업소에서 경리를 보던 어머니에게 남쪽의 국군출신은 탐탁한 상대는 아니었지만 남쪽에 두고 온 처자식을 절절히 그리면서 북쪽 녀성과의 혼인을 단호히 거절해오던 청년이 오히려 대견해보였다고 한다. 비록 신분은 하바닥 낮은 지위이었지만 믿음직스럽고 안 되어 보여 조금씩 정을 주게 되었는데 그만 연분사랑하는 사이가 되어버렸다고 했다. 당시에 기업소 주재원이며 동료들과 그녀의 가족들은 신분이 반쪽 딱지를 등에 붙인 남쪽 국군출신 남자를 만나는 것을 두고 극구 반대를 했지만 그럴수록 애틋함이 깊어지면서 가까운 사이가 되어버렸다는 것이다.

　그러나 어머니에게 아버지는 한낱 허수아비 같은 존재였다고 한다. 혼인 이후 아이를 낳지 않으려고 애를 쓰는 나그네남편를 향한 아내의 심정은 오죽했을까? 남쪽의 처자식을 그리워하며 잠자리를 피하고 있는 나그네를 대하는 녀자의 비참함은 치욕이나 다름없었을 것이다. 결국 이런 아버지의 태도가 공화국의 눈에 곱게 비칠 리가 없었다는 것이다. 공화국 인민으로 살면서 여전히 남쪽을 그리워하며 자본주의 사상에 포박되어 있는 아버지의 사상에 대해 국가보위부의 감시가 노골적으로 강화되기 시작하면서 아버지의 태도가 달라지기 시작했다는 것이다.

— 울고 먹는 씨아 신세 영락 없대지……느 아바이 맘 밭이 저쪽인데 허구한날 지내본들 헌 신랑 밖에 더 되었겠니. 그래 어찌 명호 너래 생긴 거이 아니니……

어머니에 대한 아버지의 가슴은 항상 차갑게 얼어붙어 있었다고 한다. 혼인을 하고 살면서 여느 부부같은 운우지정은 아예 기대조차 못한 살이였다는 것이다.

— 김일성 수령님 앞에서리 충성맹세를 하구 노력훈장에 공로 메달에 해방전사 홍보에 뭐이 고저 하는 대로 열성분자였댔지만 핏줄이래 없대는 게 공화국에선 미덥지 않았던 거이야. 고저 오마니더러 달포에 잠자리 몇 번을 치르냐고 하냥 물어대는 데……

어머니는 잠자리에 대한 추궁이 녀자로서 가장 치욕적이었다고 한다. 국가 보위부에서 국군 출신 가정을 은밀히 감시하고 있다는 것을 그때 처음 알았다는 것이다. 명호가 태어난 이후에도 공화국의 감시 속에서 아버지와 어머니는 남쪽 반동이란 딱지를 달고 살아야 했더란다.

— 느 아바이가 오죽 힘들었음 고저 양강도 삼수갑산으로 이주를 했갔네. 그거이 어찌 보면 말이지 무모한 객기였지 않겠니. 삼수갑산에 죄수처럼 숨어 산다구 가슴속에 뿌리박힌 남쪽 여편네이가 억장 밖으루 달아날 거 같니?

명호는 어렸을 적 애기궁전탁아소에서 돌아오자마자 써비차에 몸을 싣고 첩첩산중을 향해 떠나던 아스라한 기억이 가끔씩 떠올랐다. 철없던 명호의 기억에도 당시 아득한 산속으로 쫓겨 가고 있는 듯한 충격이었다. 어머니에게는 명호보다 훨씬 견뎌내기 힘든 시절이었을 것이다. 더군다나 첩첩산중에 갇혀 지내던 날에 아버지의 어이없는 잠자리에서의 실수는 당시 내일날_{미래}의 암울한 예고편에 지나지 않음이었다.

　― 네 오마니는 그저 한데 살 맞대고 살아도 한낱 질갓_{이웃} 녀자이더라니~

　부부 잠자리에서 남쪽의 아내 이름을 주절거리는 쓰라린 실수를 하게 되었던 것이다. '순둥아, 순둥아'를 연발하던 잠자리에서의 희열음이 자신도 모르게 '열녀야, 열녀야' 로 바뀌면서 어머니는 오래 묵혀둔 마음속의 서글픈 갈피들을 토악질해내고 말았던 것이다. '송열녀'라는 이름을 명호 역시 아마 강가 수세미 방죽에서 듣지 않았을까? 북남 이산가족 상봉 때 아버지의 남쪽 아내의 이름이 '송열녀' 여사라는 것을 알게 되었지만 어릴 적에도 이따금씩 어머니의 입을 통해 튀어나왔던 '송열녀'라는 이름을 아버지는 적어도 어머니에게서 만큼은 듣고 싶지 않은 이름이 아니었을까? 아버지의 죽음을 목전에 두고서야 어머니는 마음속에 채워놨던 빗장을 열었던 것인지도 모른다.

　― 영감, 송열녀 고 예쁘다는 마누라쟁이 실컷 찾아 가소. 영감 눈 감는 순간 내래 가슴에 질러둔 빗장 치워대구 찬새_{반찬} 타령하듯 하였던 영감 클마누라 시샘도 하지 않을 테니~ 남쪽 고 예뿐 마누라쟁이 만나 못다 푼 객고 풀어대고 편히 눈 감으소.

　어머니의 말이 아버지의 가슴에 닿기는 했을까? 사르르 눈을 감은 채로 한줄기 눈물을 흘리시던 아버지의 마지막 모습이었다. 빗장을 열고 거리낌 없이 아버지를 보낸다는 어머니의 말씀은 당시 슬픔에 젖어 경황이 없던 명호에게 다른 하나의 아픔이 되었다. 어머니는 성분이 반쪽인 남쪽출신 포로군인의 아내로서 공화국의 감시는 물론 가슴 빗장 안의 깊은 데에 또 다른 모습의 아픔을 간직해야 하는 운명이었던 것이다.

어머니가 마음속으로 참이를 멀리했던 것은 공연히 거드비친거리낀 때문이 아니었다. 아버지와 한뉘한평생를 살아오시면서 반쪽의 성분으로 산다는 것이 얼마나 힘겨운 것인 줄을 깨달았기 때문이었다.

― 노동당 보위부 간부에 핏줄이 우리 집에 뿌리를 내린다는 말은 당치 않는 말이지~ 강능오사리강냉이 죽도 가이손뜨듯시치미 떼듯 하는 마당에 군입 하나 빼틀잔빼앗잔 뜻도 있지만 길래 우리처럼 반쪽 인민으로 하냥 살아가야 하는 셈평이래 이거 순 패악질이 아니냔 말이지~

참이에 대한 어머니의 염려는 어쩌면 당연한 것이었는지 모른다. 참이의 존재에 대해 론의의논를 하고자 어머니가 태산이 동무를 찾아갔더라는 기백이 동무의 말을 듣고 명호는 어머니로부터 서운함을 느끼기도 했지만 지나고 보면 동이 닿는 태도였던 것이다. 어머니의 말씀은 결국 명호에게 정당한 질타에 다름 아니었다. 그러나 참이를 여태 키워 온 것에 대한 부모로서의 집착이라기보다 태산이란 되먹지 못한 인간에게 정이든 아들애를 보낸다는 것에 대한 두려움이 명호로선 훨씬 컸을 것이다.

― 참이 다니는 고등중학에 상철이란 태산이 아들 있다지?

어머니께서 갑자기 태산의 아들 상철에 대해 이렇게 물었다. 명호는 이제 참이가 상철을 어떻게 받아들일지 여간 염려되는 것이 아니었다.

― 예 오마니. 한데 누구한테 그 얘기 들었습니까?

명호는 어머니가 상철의 존재에 대해서는 십중팔구 모를 거라고 생각했다.

― 누구한테 들었든지간 어찌 이런 경우가 있대니? 그 애들이래 호상간상호간 같은 핏줄이란 걸 알고 있대나?

명호 역시 이런 궁금증을 아직 지니고 있었다.

— 상철이란 아이는 아직 모르는 눈친데 참이는 보위부에 끌려갔을
때 태산이 동무가 제 핏줄이란 걸 알게 되었어요.

자신이 태산의 핏줄이란 사실은 참이에게 쉬이 이해되지 않고 믿기
어려운 일일 것이다. 명호는 참이의 놀랐을 순간을 생각하면 아직도
심장이 쿵, 쿵 뛰는 듯했다.

— 츳츳, 나 어린 게 개자릴뒤통수 얻어맞아도 어찌 그리 된통 얻어맞
았다니~ 애당초 우리가 남에 자식 끌어안는 게 아니었는데~

— 어머니가 참일 남 자식 취급하는 게 남쪽 성님네 찬열이 있다는
얘기 듣고서 부터지요? 고저 아버지도 북남 흩어진 가족 상봉 마치고
서 참일 대하는 폼이 확 변했더란 말입니다.

명호는 이제야 마음속에 담아둔 말들을 꺼내기 시작했다. 아들의 문
제로 어머니와 맺힌 것들을 이렇게나마 풀어야 한다고 생각했다.

— 어머니 내 말이 맞지요?

— 느 아바지가 참이 태어나기 전 그랬었다. 고저 우리 집안에 손이
귀하디 귀하다구 그저 우덜 두벌자식손자 하나 얻는 셈 치자고 말이
야~

— 그래서 변소 청소 시켜댄 거잖소. 한데 어머닌 별루 참이 태어난
걸 탐탁해하지 않았잖나 말이요.

— 우네 식구들도 먹고살기 힘든 판국에 남의 자식을 키워낸다는 게
어찌 쉬운 일이겠는가 말이다. 하지만 삼 년 숭년흉년에도 한솥밥서 인
심 나더란 말처럼 미워도 세월이 흘러가니 속정이 쌓이지 않더나. 고저
내 핏줄입네 하구 키워대자 했지~

— 한데 어떻게 태산이 동무를 찾아 갔습니까? 내래 한번 론의나 했

더래믄 섭섭지 않았을 거야요. 어머니가 어찌 인민 새치사냥군를 찾아 갔는지 시도무청도무지 리해가 되지 않더란 말입니다.

명호는 기백으로부터 어머니가 태산의 근무처를 찾아갔더란 말을 들었을 땐 정말 황당했다. 어떻게 어머니는 그런 생각까지 하였을까? 참이의 존재가 그렇게 어머니에게 마음의 짐이 되었던 것일까? 잡다한 생각들로 머리가 어지러움은 물론 배신감마저 느꼈었던 것이다.

– 실은 말이지~ 참이 탐탁찮게 생각하는 게 오마니 보다 기백이 동무였었지~ 기백이 동무가 오마니한테 그러더구나~ 태산이가 보위부 간부가 되어 내려왔으니 자초지종 얘길 하고 참이 고저 보내줘야 한다고~

– 기백이 동무가 어머니한테 귀띔을 해주더란 말에요?

– 그렇다니 글쎄, 듣자니까 이따마다이따금 기백이 동무가 거기 찾아갔다는 모양이야~ 그저 죽기 전에도 번질나게 들락거리지 않았대나?

명호는 비로소 기백이 동무가 참이를 매개로 태산과 거래를 했던 것임을 알아차릴 수가 있었다. 기력이 떨어지고 장차 머지않아 죽게 될 운명이란 것을 알면서도 기백은 태산에게 매달렸던 것인가 보다. 기백에게도 당증을 매는 것이 필생의 소원이었을 것이다. 기백은 아마 훨씬 이전부터 참이의 존재를 태산에게 은밀히 귀띔한 것인지 모를 일이다. 참이가 인민학교 다닐 때든가 어느 태양절에 한 번 동실이가 태산의 자동차를 타고 평양 인민문화궁전에 다녀왔던 적도 있었다. 그렇다면 태산이가 참이의 존재에 대해 알게 된 것이 명호가 생각했던 것보다 훨씬 이전의 일이었을지도 모른다. 기백이 동무는 참이를 보면 은근짜하게 팔매선포물선 얘기까지 꺼내며 누굴 닮았네 말았네 하면서 입술기입술를 놀렸었다. 그토록 찾아가서 입술 단속까지 시킬 때 덕순이 동무

앞에서 가위를 가져오라는 둥, 벙어리장갑을 가져오라는 둥 하며 아랫
도리를 자르고 입술에 장갑을 씌우는 둥 떡하니 볼 성 사나운 시늉까
지 해댄 것을 생각하면 괘씸한 생각이 들었다.

2

낮 동안 조선인민공화국을 내리쬐던 붉은 해가 핏빛으로 불타들며
강가 서쪽으로 저물고 있었다.

 — 봄이야, 너는 장차 뭐가 되고 싶은 거니?

하고 정숙이 퇴마루에서 딸애를 향해 물었다. 봄이 역시 벌써 고등
중학에 다니고 있었다. 명호의 기억에 딸애한테 정숙의 이런 물음은 아
마 처음이었던 것 같다.

 — 오마니, 이 봄이가 뭐가 되었으면 좋겠습니까?

봄이는 선뜻 대답하지 못하고 정숙에게 되묻고 있었다. 명호는 장독
대 뒤에서 서쪽 강가 저편으로 스러지는 노을을 바라보면서 봄이의 말
투를 통해 설레는 마음을 읽을 수가 있었다.

 — 승강기엘레베이터 운전공이에요.

 — 에그나~ 한대는 소리 보라~ 어떻게 간부 집 딸애들이 맡는 일을~

 — 그저 한 번 지저대는 소리에요. 시켜준대도 싫습니다.

하는 봄이의 뚱한 말에 슬며시 명호가 끼어들었다.

 — 승강기 운전공이야 녀성 동무들이 하냥 선호하는 일이지?

 — 어머 봄이 아버지 어찌 우리 비밀 얘기를 여서 듣고엿듣고 그런답
니까?

– 하하하~

하고 명호는 장독대에서 등을 돌려 퇴마루 쪽을 향하여 걸으면서 모녀의 얘기에 끼어들었다. 이토록 세 식구의 단란한 순간이 얼마만이던가? 봄이가 객스럽게 명호의 물음에 대답했다.

– 편안하니까 녀성 동무들이 선호 한답니다.

– 무스그~

– 봄이 아버지, 애들 앞에서만은 문화어 쓰자 했지요?

하는 정숙의 투정에 명호는 민망한 표정을 지었다. 어릴 적부터 이 골 저 골 옮겨 다니며 익은 말투가 저도 모르게 튀어나오곤 했다.

– 김종대_{김일성종합대학} 승강기 운전공은 사뭇 밑이 빠진다는데~

– 에구, 어찌 학생들 배워주는 교원이 말투라는 게 뭐에요?

정숙은 아이들이 문화어를 쓰면서 자라는 게 바람이었다.

– 아니 글쎄 밑 빠지게 힘들다는 거에요.

– 김종대야 그렇지만 고층살림집_{아파트}은 그저 일하러 나가는 시간 지나면 온종일 늘어진대요.

하며 봄이가 명호의 말자루를 이어받아 입을 달싹거렸다. 공화국에서 승강기 운전공이라는 직업이 녀성들에게 인기라고 한다. 승강기 한 대에 2명이 교대로 일을 하고 12시면 퇴근을 한다던가. 호텔의 승강기 운전공들 역시 간부들의 딸애들이 대부분 차지하는 직업이었다. 손님이 호명하는 층수의 버턴을 눌러주는 단순한 일은 어떤 의미에서 보면 일자리를 지켜내기 위한 공화국의 방편 중의 하나로 보였다.

그러나 김일성종합대학의 승강기 운전공은 매우 힘들다는 소문이 돌았다. 김종대 2호 청사 10층부터 21층까지 운용되는 승강기는 열악한 전기 사정으로 12개의 승강기 중 몇 대만 운용된다고 했다. 교원용이 아닌 학생용은 전쟁터를 방불한다는 것으로 유명했다. 중국의 주은래가 선물했다는 중국제 고급승강기 앞에 엄청난 수의 학생들이 진을 치고 있다가 일시에 짐짝처럼 채워 들어간다는 것이다. 승강기 운전공은 녀성의 가녀린 몸으로 이런 난리법석을 하루종일 견뎌내야 하는데도 이런 자리를 차지하려면 하늘의 별을 따는 것처럼 어렵다고 했다.

일반 고층살림집아파트 등에서는 승강기가 멈추는 일이 아주 흔하며, 멈추면 운전공이 손동작으로 출입문을 열어 걸어서 이동한다는 것이다. 그럼에도, 공화국에서 승강기 운전공은 또래 남성들에게도 인기 있는 녀성에 해당된다고 한다. 어떤 승강기의 계기판 위에는 '26호 모범기계'라는 표장이 붙어 있는데 김정일 위원장이 대학시절 공장에 실습을 나갔을 때 26호 선반을 알뜰하게 다루었다는 전설이 있었다. 그래서 모범 승강기에는 이런 표장을 부착해서 일종의 선전 용도로 활용되고 있는 것이다.

－봄이 그저 열심히 공부하라. 반쪽 성분에 공부라도 열심히 해야 애기궁전탁아소 교원질이라도 하잖카서~

－딸애 앞에서 그저 성분 얘기하지 말라. 공부에 미치게 되면 아버지처럼 교원질도 할 수 있는 길이 고저 떠억 하니 열리더란 말이지~

－봄인 그저 공부 싫습니다. 교통경찰이나 되렵니다.

공화국에서 인기 있는 직업 중의 하나가 또한 교통경찰이었다. 특히 평양 거리의 녀성 교통경찰은 거리의 명물이라 불리고 있었다.

－에그 우리 봄이 보자니까 하냥 애기로구나. 키대가 훌쩍 커야 교통경찰이 된다는데 봄이 그저 어느 세월에 키대가 크지~

봄이는 숙녀티가 날 정도로 많이 자랐지만 교통경찰의 키는 165센티 이상은 되어야 하며 단정한 용모를 반드시 갖추어야 했다. 따라서 다른 직업보다 비교적 높은 대우를 받고 있지만 근무기간이 짧다는 게 흠이라면 흠이었다.

- 봄이 고저 공화국 영웅 칭호 하사받은 평양 십자거리사거리 교통경찰 동무래 부러운 모양이구나야. 교통경찰이야 좋지, 하지만 스물대 여섯에 물러나야 되는데 그래도 좋나?

- 흐응~ 시집가면 되지~

- 에그 철없는 봄일 누가 데려가려나. 고저 군대나 들어가라.

부모의 눈에 딸애는 항상 철없는 아이 같은 것이다.

- 어머니, 봄이 군대 가기 싫습니다. 불피코반드시 군대 빠져나갈 거에요.

- 뽈난 재주 있음 그리하던지~ 아님 키 크는 거 여기서 멈추든지~

공화국에서 녀성의 키가 157센티 이상이면 의무적으로 군대를 가야 한다. 하지만 키가 크더라도 핑계를 대고 초모징집에서 빠지는 경우가 많았다.

- 아니야요 오마니. 봄이 키대 멈추면 싫습니다. 군대 두 번을 가두 키대 크고 싶습니다.

- 허우대 훌쩍 커도 군대 빠진 녀성 동무들 많다는데~

하고 명호가 모녀의 대화 중에 슬며시 끼어들었다.

- 아바지 정말이에요?

- 아버지가 한다는 소리 보라. 부녀지간 철딱서니래 만두를 빚어 먹었대나 조랭이떡국을 빚어 먹었대나?

- 하하하~

일제히 까르르 웃었다. 이진초저녁에 퇴마루에 앉아 가족끼리 이렇게 오순도순 얘기를 나누었던 적이 요즈막엔 기억에 없을 정도였다. 벙어리처럼 입을 다물고 상대의 눈을 날카롭게 응시하며 사상의 알맹이를 겨누는 인민들의 삶이 아니던가. 명호는 순간 참이가 박태산을 알게 된 이후 참이를 대하는 자신의 태도에 마음 깊이 은근한 거리낌이 있다는 것을 깨달았다. 그런데 오늘도 참이의 모습은 온종일 보이지 않고 있었다.

─ 봄아, 네 오라비 어데 갔다니? 온종일 그저 보이지 않는구나~

─ 동실 동무네나 가지 어데 갔겠어요?

참이가 밖으로 도는 게 정숙의 마음은 편치 않았다.

─ 동실네? 그저 참이 무장 밖으로 돈단 말이야~

참이에게 나타난 변화 중의 하나는 이상하게 밖으로 도는 듯한 느낌이었다. 태생의 진실을 알아버린 터에 나름대로 견뎌내기 쉽지 않았을 것이다. 부자간에 아무 일도 없었던 듯 격의 없이 지내려고 해도 행동보다 먼저 표정이 따라주지 않는 것만 같았다.

─ 동실네서 하냥 머하고 논다지?

하고 정숙이 봄이를 향해 물었다.

─ 뭐하고 놀긴 뭐하고 논답니까? 하냥 춤을 추는가 보지 아마~

─ 아니 그렇게 당하고도 또 춤을 춘단 말이니? 고저 건들거리며 춰대는 남조선 날라리들 춤을 말이지?

아무리 곱게 봐주려 해도 남조선의 춤은 마음에 들지 않았다.

─ 맞습니다. 아이돌 춤이랍니다. 동무들이 죄 남조선 날라리 짓거리에 미쳐들 있습니다.

─ 아니 남조선 반동들 춤이 그렇게 좋다니? 그냥 사지를 뒤흔들고 머리통을 그저 땅에 박고 돌려대고 머 하는 짓들이라니 거기 인민들은~

이때, 불쑥 명호가 끼어들었다.

- 죄 미제 놈들한테 물이 든 게지~ 우리 민족이야 어떤 민족이니? 고저 사뿐사뿐 거닐면서 방댕이를 히뜩히뜩~

명호의 우스꽝스러운 모습에 딸애가 먼저 깔깔 웃었다.

- 아이구나, 하하하~

하고 정숙이 덩달아 웃어댔다. 명호는 제법 춤사위를 흉내 내는 듯 몸동작을 우스꽝스럽게 움직이고 있었다.

- 허여멀쑥한 목덜미를 황새처럼 쑥 빼밀었다 또르르 집어넣은 자라목이 제맛이지~ 손끝에 걸린 달은 부끄러운 구경꾼이 아니겠소~

- 봄이야, 네 아버지 무장 시장스럽다야. 하하하, 저 보라지~

- 예, 어머니. 아버지가 오늘 너무 웃기십네다.

명호는 오랜만에 가족과 즐거운 시간을 가진 듯했다. 모처럼 살갑게 애기를 나누다 보니 벌써 지붕 위 동쪽 하늘에 하얀 달이 성큼 올라 있었다. 밤이 깊어 가는데도 참이는 돌아오지 않고 있었다. 명호는 가만히 대문을 열고 나와 동실네로 향했다. 골목의 중간에 황구黃狗 한 마리가 살고 있는데 이날따라 사납게 짖어대고 있었다. 컹, 컹 하늘을 베어 물려는 듯 개 짖는 소리가 앙칼지게 사나웠다. 어둠처럼 매섭게 다가드는 공포스런 분위기가 골목에 엄습했다. 달빛을 밟아 조심스럽게 떼던 발길이 멈칫했다. 골목이 시작되는 지점의 십자거리에서 야간순찰을 다니는 보안원의 손전등이 눈에 보였기 때문이다.

명호는 잠시 쭈뼛거리다가 손전등이 사라진 반대 골목으로 들어섰다. 동실네로 향하는 골목 어디나 어둠은 물컹하게 공화국의 구석구석을 검게 물들이고 있었다. 동실네 집 앞의 공터에 도달했을 때 어둠 속에 움직거리는 희미한 물체가 보였다. 저만치 떨어져서 이윽히 바라보니 차츰 모습의 형체가 눈에 들어오고 있었다. 어둠에 잠긴 공화국 인민의 머리 위에 달빛이 이렇게 은밀히 사위를 밝히고 있는 것은 하늘의 은총이란 생각이 들었다. 달빛은 충분히 고마움을 느낄 정도로 움직이는 물체의 동작을 가늠하게 했다.

명호는 움직이는 물체의 동작이 춤사위라는 것을 알았다. 달빛 아래서 미친 듯이 나부끼며 흔들어대는 춤사위, 저게 남쪽에서 그토록 매섭게 불어치는 황색바람이란 말인가? 명호는 춤사위를 향해 천천히 걸어갔다. 참이와 동실이 거기 있었던 것이다. 어둠 속에 숨어서 남쪽의 춤사위를 흉내 내는 애들이 안타깝단 생각이 들었다. 명호가 애들을 향해 바짝 다가서자 참이와 동실은 춤동작을 멈추었다.

— 아버지, 여게 어쩐 일이십니까?

하며 참이가 동작의 고삐를 늦추면서 말했다.

— 녀석들, 고저 달빛 아래 숨어서 이케 흔들어대고 싶니?

— 춤을 추면 날아가는 기분입니다. 그냥 자대기겨드랑이에 날개가 돋친 듯 하단 말입니다.

아이들의 말에 명호는 속으로 키득 웃었다. 한참 지나서 아이들의 춤사위가 멈추었다.

— 동실아, 네 어머니 몸은 좀 어떻나?

— 그냥 누워 계십니다. 선생님, 어머니 병은 어떤 병이에요? 선생님은 알고 있지요?

동실이 어둠 속에서 손바닥으로 이마의 땀을 닦아내며 염려 섞인 소리로 물었다. 덕순이와 동실은 서로에게 마지막 남은 한 가닥의 핏줄이었다. 핏줄이 끊어지면 동실에게 덮쓰워질 천애고아라는 말이 어찌 서글프지 않으랴. 동실의 갑작스런 물음에 명호는 잠시 머뭇거렸다. 어떤 위로의 말로도 동실의 걱정을 달래줄 수가 없다는 것을 잘 알기 때문이었다.

─ 동실아, 네 어머니 낯바닥 색깔이 누런 게 영~

─ 황달이 내려앉은 게 맞지 않습니까? 선생님, 이러다 어머니 죽는
게 아닙니까?

동실의 말에 덜컥 가슴이 내려앉았다. 덕순이 동무를 지켜보았던 명
호의 생각도 동실의 염려와 다르지 않았다. 기백이처럼 덕순이 역시 간
肝질환을 앓고 있는 것이 분명해 보였다. 일찍부터 기백이 동무의 몸
이 강건한 몸이 아님을 명호는 모르지 않았다. 덕순과 혼인을 하고서
도 몸을 돌보지 못하여 간이 굳어가던 것을 다스리지 못했다. 가만 보
면 덕순이 동무 역시 남편의 몸을 닮아 가는 모양이다. 더욱이 간질환
이란 것이 공동 생활하는 사람에게 똑같이 나타날 수도 있다잖던가.

─ 진료실에 다니면서 검병진찰도 받구 해야 할 터인데~

─ 선생님, 어머니 돌아가시면 동실이 어떻게 삽니까? 누구하구 산단
말입니까?

동실이 목소리에 흐느낌이 묻어 있었다.

─ 동실아, 기딴 소리 말라. 어케 사람 목숨이 하찮게 죽겠어? 그저
어머니 잘 보살펴드리라. 고 달밤에 여게서 이러지 말구~

─ 예, 선생님. 참이 동무 내일 보자. 그럼, 이만 들어가렵니다.

철없는 아이들을 바라보는 명호의 마음은 한없이 슬펐다.

─ 어서 들어가라. 어머니 혼자 얼마나 외롭겠느냐 말이야. 어서 들
어가라, 동실아~

명호는 동실이 집안으로 들어가는 모습을 보고서야 참이와 손을 맞
잡고 골목길을 걸어 나오고 있었다. 기백이 동무가 살아 있다면 이렇
게 동실을 바라보는 마음이 허허롭지는 않았을 것이다. 생각하건대 정

숙 동무의 질병은 아마 기백이 동무로부터 전염되지 않았을까. 간이 굳어간다는 간 굳음병은 잘 먹고 잘 쉬어야 하는 질병이지만 때식끼니마저 거르는 상황에다가 공화국의 사정이 열악하다 보니 치료약을 복용한다는 것은 엄두조차 내지 못할 일이었다.

– 참아, 너 반 동무들 중 남쪽 춤춰대는 동무들이 몇 명이나 되니?

– 거지반 다지요. 남조선 아이돌 춤 하나 못 추는 동무들이 어데 있습니까?

순간, 아이들에 대해 제대로 알지 못한 자신이 부끄러웠다. 하지만 남조선을 배우려고 흉내 내는 것을 학생들을 배워주는 교원으로서 묵과할 수 없는 노릇이었다.

– 아이돌? 아이돌이란 게 함부로 쓰면 안 되는 말인데~ 조선인민공화국 이거 큰일이구나~

아이돌idol이란 말은 공화국에서 함부로 쓰면 안 되는 말이었다. 명호의 세대 가운데 공부를 많이 했던 동무들은 아이돌이 '우상'이란 의미임을 알고 있을 것이다. 김일성, 김정일에 대한 우상화에 미쳐있는 공화국을 비난하는 의미로 은밀히 사용되었다.

– 아이돌은 하이틴 스타란 말입니다. 우리 같은 십 대들한테 인기가 많은 가수란 말이에요.

– 그런 남쪽 가수들이 네들 우상이란 말이니?

명호의 가슴 저 밑바닥에서 깊은 한숨이 새어 나왔다.

– 김정은 돼지보다 남쪽 녀자 가수 그룹 소녀시댈 한번 만나보고 싶단 말입니다.

– 너희들 입조심 하라. 아니 머 소녀시대?

황색 바람은 조선공화국 골목에도 거침없이 몰려와 있었다.

- 동실 동무와 참인 소녀시댈 좋아하고 봄인 그저 '엑소'를 좋아합
니다.

- 뭐이야? 엑소? 참 남조선 아이들 이름이 희한하구나.

명호 역시 한 번쯤 들어보았던 남쪽 가수 그룹의 이름이라고 생각했
다. 하지만 자세히는 모르지만 노래하는 그룹이라도 생뚱맞게 여겨지
는 이름이었다.

- 소녀시대 '태연'을 꼭 한번 만나보고 싶습니다.

- 이크, 참아. 그런 말 함부로 뱉어내지 말라. 남쪽 에미나를 무슨
수로 만나 보니? 그거 썩어빠진 반동분자 짓이야~

가슴이 덜컹거릴만한 말을 서슴없이 뱉어내는 아들애를 보며 명호는
저도 모르게 온몸이 굳어오는 것을 느꼈다.

- 반동분자 짓이라 해도 괜찮습니다. 아버지, 빨리 통일이 되었으면
좋겠어요.

- 암 통일이 되어야지~ 통일이 되어야 하구 말구~

골목이 마주치는 십자거리에서 명호는 우뚝 걸음을 멈췄다. 아들의
입에서 통일에 대한 말이 튀어나온 순간 절로 걸음이 멈춰졌던 것이다.
통일이란 말을 듣는 순간 온몸에 전율이 느껴졌기 때문이다. 생각만
해도 가슴이 두근거리면서 먹먹한 말이었기 때문이다. 통일이 되지 않
고서는 반쪽 딱지를 벗어날 수가 없을 것이다.

저만치 뒤끝에서 설핏한 달빛이 비스듬히 명호네 부자를 비추고 있
었다. 통일이란 먹먹한 낱말을 들을 마음으로 저 달빛도 뒤따라 왔던
것일까? 명호는 순간 감상적인 분위기로 빠져들고 말았다. 고개를 쳐
들어 하늘 끝에 외롭게 걸려 있는 쓸쓸한 달을 쳐다보았다. 사진으로
보았던 남쪽 형님 가족들의 모습이 어른거렸다. 명진 형님의 목소리

가 달빛을 타고 들려오는 듯도 했다. 카랑하지만 따뜻했던 형님 목소리. 명호는 살아서는 남쪽 형님을 한 번도 만나볼 수 없을지도 모른다고 생각했다. 이런 생각을 하니 갑자기 가슴 밑바닥에서 울음덩어리가 하나 올라오는 느낌이었다. 명호는 삐져나오려는 울음덩어리를 꾹, 꾹 밀어 넣었다.

— 아버지, 어찌 그러십니까? 어데 불편하십니까?

— 아, 아니다. 어서 가자우야.

명호는 다시 집으로 향하는 골목길을 걷기 시작했다. 흐릿한 달빛 아래에서 아들애와 이렇게 걸은 적이 몇 번이나 될까? 그리고 장차 참이와 이렇게 정답게 손을 잡고 얼마나 이 길을 걸을 수가 있을까? 문득 복잡한 생각들이 가지를 치고 퍼져나갔다. 생의 중요한 언저리에서 번번이 발목을 잡는 동무의 아들애를 운명처럼 품에 안고 더 나은 내일날을 향해 무심한 바람처럼 걸어야 하는 반쪽의 길이란 대체 명호에게 무슨 의미를 지니는 것인가? 밤새도록 미로처럼 골목이 끝나지 않았으면 좋겠다는 생각이 들었다. 아들 참이의 손을 잡고 밤새도록 끝없이 걷고 싶은 마음이었다. 무심한 바람이 모두 빠져나간 자리에서 자신의 존재를 확인하고 무소처럼 묵묵히 자신의 길을 찾아 걸어가리라.

대문을 열고 들어서는데 아직까지도 퇴마루_{뒷마루}에 가족들이 앉아 있었다. 불도 밝히지 않고 어둠 속에서 달빛을 보며 어머니까지 모여 앉아 있었다. 모처럼 이렇게 온 가족이 퇴마루에 함께 앉아 도란거리기란 쉽지 않은 일이다. 비좁은 퇴마루에 앉은 가족들이 명호에게 얼마나 소중한 존재인가. 굶주리고 고달파도 가족을 생각하면 절로 힘이 솟아났다. 반쪽 딱지를 등에 붙이고 살면서 수없이 죽고 싶은 순간에도 가족의 얼굴을 생각하면 악착같이 생에 활기를 돋울 수 있었다. 가정이란 울타리 안에서 힘들어도 같이 부대끼고 손을 맞잡고 온기를 느끼며 같은 방향을 향해 어떤 난관이라도 이겨내며 가야만 하는 것이었다. 명호에게 어떤 부귀영화라도 가족과 함께 하는 것이 아니라면 무의미한 것이다.

― 온 식구가 불알_{전구}두 없는 퇴마루 앉아서~

하고 명호가 혼잣말처럼 구시렁거리며 어둠을 펄럭이며 걸어 들어갔다. 자그마한 마당에 안개처럼 내려앉은 어둠이 명호의 목소리에 이리저리 흩날리는 느낌이었다.

― 봄이 아버지, 덕순이 동무 좀 어떻습니까?

― 내외간도 아닌데 불쑥 들여다볼 수 있나~ 동실이 그러는데 그저 드러누워 있다지 아마~

덕순 동무를 생각하면 자꾸 기백이 동무의 죽기 전 모습이 떠올랐다.

― 아이구나~ 이러다가 덕순이 동무 상세 나는 거 아니에요? 봄이 아버지.

― 거 입방정 소리. 기백이 동무 혼백도 아직 이승 떠나지 않았을 것인데~ 고저 동실이 천애고아 될 팔자는 아닐 테지~

덕순 동무의 죽음에 대해서는 한순간도 떠올리고 싶지 않았다.

― 동실이 오마니가 그렇게 앓아누웠댔어? 고저 이런 늙다리 목숨 거둬가잖구서 저승야차 뭐한다나~

어머니가 퇴마루에서 내려오며 끼어들었다.

― 아니 어머니, 어찌 이렇게 통 큰소릴 하세요. 머 아버지 따라가시려고요?

- 머이야? 아바지 따라간다면 좋은 수가 있겠나? 고저 남쪽 네 큰 오마니래 아바지 무릎 배구 누워있을 거인데~

좌우를 둘러보며 기다렸다는 듯이 어머니의 가슴 속에서 날 선 말이 튀어나왔다. 어머니의 말투에는 뾰족한 가시가 박혀 있었다. 명호는 비록 어둠 속이지만 지금 어머니의 눈가에 맺혔을 눈물을 떠올려보았다. 아버지 떠난 이후 기력마저 약해지신 어머니의 눈물샘은 멈출지를 몰랐다. 담벼락 너머 먼 데를 응시하고 있는 어머니의 눈빛은 언제나 힘을 잃어 아버지에게 닿지 못한 듯했다. 육신을 떠나보내고 해탈한 중 선생스님처럼 지순해 보이던 눈빛이 이따금씩 타들다가 기력 없이 꺼져 들었다. 아버지의 영혼을 쫓아가려는 길목에 남쪽 큰어머니라는 큰 산이 가로막고 있음을 명호는 모르지 않았다.

- 그런 말씀 마오. 그저 여기서 오래오래 살다 가시면 어머니 들이밀 자리 하나쯤 번듯하게 기다리고 있을 겁니다.

- 가난살이에 쭈그렁 할마니 오래 살아 뭐하나? 때식끼니마저 어려운 판세에 군입정두 고저 분수가 있어야지~

하고 어머니 입에서 한숨 섞인 소리가 새어 나왔다. 이런 말을 듣는 정숙 동무의 표정을 명호는 보지 않아도 알 것만 같았다. 공화국에서 인민 하나의 입이란 당장 때식 마련의 부담으로 작용하고 있었다. 명호는 비록 어둠 속인지라 호상 표정들은 볼 수가 없지만 정숙의 심기心氣가 편하지 않을 것은 뻔한 이치라고 생각했다. 그래서 얼른 분위기를 바꾸려는 듯 이야기의 머리를 다른 데로 돌렸다.

- 봄인 남쪽 날라리들 춤이라는 걸 출 줄 아니? 소녀시대라나 뭐라나~

- 난 춤 못 추오. 그래서 춤 잘 춰대는 동무들이 부럽습니다.

분위기를 돌린다는 것이 까닭없이 남조선 춤바람 얘기가 흘러나왔다.

― 참아, 네 동생 봄이 뭐 아이들 춤인지 뭔지 하는 거 배워주라~

― 하하하~

참이와 봄이가 동시에 웃고 있었다. 명호와 정숙은 아이들이 웃는 영문을 모르고서 어둠 속에서 애들을 힐끔 바라다보았다. 달빛이 푸르러서 어둠 속에 시큼한 사과 같은 얼굴들을 드러내 주고 있었다.

― 아이들이 아니고 아이돌입니다. 아이돌~

― 에구, 못할 소리~ 그저 공화국에서 아이돌 하면 큰날 소리에요. 어찌 그런 되다 말다 망측한 소릴~

하고 정숙이 끼어들었다. 정숙 동무 역시 아이돌idol이 공화국의 우상화를 비아냥거리는 말이라는 것을 기억하고 있었다.

― 그저 듣자고요. 봄이 그저 아이돌 춤이라는 걸 저기서 한번 추어 보라~

― 참이 오라버니가 추면 따라 할게요. 오라반, 엑소 춤 좀 취주라~

― 아니 엑스는 또 뭐라니? 엑스~

정숙 동무 역시 애들에게 불어닥친 남조선 날라리 짓 앞에서 입이 벌어지고 있었다.

― 하하하, 어머니 엑스가 아니고 엑소에요. 엑소~

― 오라반, 난 엑소 중에 찬열 오라버니가 제일 좋아~

조선공화국에 부는 황색 바람의 강도가 얼마나 센지 느낄 수가 있었다.

― 동실이 동무 앞에선 엑소 오빠들 하나도 좋아하지 않는다지 않았니? 흐응 봄이 이제 보니 이랬다저랬다 하는 풀무치구나야.

- 아니야, 오라버니. 수호 오라버니를 좋아했댔는데 우네반 동무들 이래 수호 오라버니를 죄 좋아한대서 찬열 오라버니로 바꿨지. 춤은 찬열 오라버니가 제일 낫더라……

바람은 절대 멈추게 할 수 없음을 아이들의 손끝 발끝에서 느끼는 순간이었다.

- 아니 나는 시도무청도무지 무슨 말을 하는지 모르겠네.

- 정숙 동무가 이제 늙었다는 말이에요. 흐흠, 어머니 밤이 깊었습니다. 어서 들어가 주무시라요.

- 그럼 할마인 그저 등짝 눕힐 방구들이 최고지~ 듣자니 오나칙오늘 아침부터 장마당에 검열반이 쭈욱 깔렸더래는데~ 고저 네들 춰대는 춤이 남조선 반동들 춤이 맞지? 우정일부러 조심하라야~

명호는 어머니가 방으로 들어가는 모습을 보고서야 가슴 한쪽이 가라앉는 느낌이었다. 참이의 존재가 어머니에게 마뜩찮게 여겨지고 있기 때문이었다. 가만히 보면 참이는 할머니와의 사이에 말을 섞지 않았다. 저간에 두드러진 둘의 모습은 분명히 변화가 있어 보였다. 정숙 역시 어머니와 말을 섞는 일이 어제날에 비해 많이 줄어들었다.

달빛 아래서 참이와 봄이 남매가 몸을 요리조리 흔들며 마치 물고기가 물을 만나 헤엄을 치듯이 움직거리고 있었다. 어둠이 깊을수록 명호네의 마당가에 피어나는 오붓한 가족들의 단란한 분위기는 무르익어 갔다. 공화국이 아무리 고삐를 팽팽히 잡아당긴다고 하더라도 가족이 하나로 뭉치면 견뎌낼 수가 있을 것 같았다. 어둠 속에 소리도 묻혀 달빛만이 희미한 족적을 남기는데 참이와 봄이의 몸놀림이 살아서 꿈틀거리고 있었다. 제법 참이의 몸짓을 따라하는 봄이의 가녀린 어깨너머로 물안개가 담을 넘어 들어 온다. 강가에서 밤새 피어올랐을 물안개가 좁은 마당을 뿌옇게 뒤덮기 시작했다. 어디선가 컹, 컹 짖어대는 개의 요란한 울음소리가 들리기 시작했다. 명호는 적막 속을 후벼 파는 듯한 개의 울음 때문에 반사적으로 긴장을 하고 있었다.

－ 참아, 이제 그만 들어가 자야잖겠니~

하고 명호가 재촉하듯 말을 하자 정숙 역시 명호의 말을 이어받아 우려 섞인 소리로 말을 하고 있었다.

－ 개가 어찌 저리 요란스레 짖어대나~

참이 등의 춤사위가 멈추자 돌연 좁은 마당이 고즈넉해졌다. 여전히 골목에 개 짖는 소리가 요란하게 들리고 있었다. 가족들이 모두 잠자리에 들기 시작할 때 개 짖는 소리는 점점 가까이에서 들리기 시작했다. 명호는 이내 잠을 이루지 못하고 가만히 귀를 바깥으로 기울이고 있었다.

－ 봄이 아버지, 옆집 개가 짖어대는 소리 아네요?

－ 옆집 누렁이 짖어대는 소리 맞는데~

누렁이가 숨이 넘어갈 듯이 짖어대는 소리는 이내 투박한 사내들의 발자국 소리를 자꾸만 가까이 끌어당기고 있었다. 그런 발자국 소리들이 명호의 집 앞에서 멈춰서는 듯했다. 명호는 어둠 속에 납작 누워 숨을 죽이고 있었다. 정숙 역시 긴장이 되는지 파르르 떨리는 손을 명호에게 뻗어 둘은 힘껏 손을 맞잡았다. 대체 무슨 일로 명호의 집 앞에서 걸음이 멈췄을까? 지금 바깥에 어떤 상황이 펼쳐지고 있을까? 짧은 순간에 들었던 의문의 실마리를 붙들기도 전에 누군가 쾅, 쾅 대문을 두드렸다.

－ 봄이 아버지, 저거 우덜 대문 두드려대는 소리 아네요?

－ 그런 모양인데~ 이거 야밤에 난데없이~

하며 명호는 긴장된 태도로 윗몸을 일으켜 세웠다. 대체 무슨 일인가.

― 봄이 아버지, 한동안 잠잠하더니 언~

― 북남이 고저 폭탄 터지기 직전이라잖소~

요즘 명호의 고민은 북남의 대치상황이었다. 북남의 대립이 가팔라질수록 명호의 마음은 편치 못했다. 그럴 때일수록 공화국이 남쪽 국군 출신이란 가족들에 대한 감시의 눈을 날카롭게 투시하기 때문이었다. 북남의 대립은 비단 명호 같은 남쪽 국군출신 가족은 물론 공화국 인민들의 숨통마저 점점 조여들고 있었다. 특히 핵실험 이후 그리고 장거리 미사일 발사 이후 북남의 대립은 극에 달하고 있었다. 공화국의 중요한 돈줄이 된다던 개성공단이 폐쇄된 이후 공화국은 인민들의 숨통을 더 세게 조여들고 있었다.

― 동무, 날래 대문 열라!

다그치는 소리와 동시에 쾅, 쾅 하고 대문을 발로 찼다.

― 동무, 날래 대문 열라!

다그치는 소리에 명호가 밖으로 나가 대문을 열기도 전에 우지끈 대문이 부숴지듯 열리고 있었다. 헐렁한 대문의 빗장이 저들의 힘을 무슨 수로 당해내겠는가. 이제보니 보안원들의 숙박 검열인 모양이다. 골목의 누렁이가 짖어댄 것도 저들의 소란 때문이었을 것이다. 다그치는 검열반의 소란에 이쪽저쪽 방에서 희미한 불알전구이 눈을 떴다. 검열반은 신발을 신은 채로 이 방 저 방에 들이닥쳤다. 그들은 이 방 저 방의 숫자를 헤아리고 등록된 가족들의 숫자와 대조하고 있었다.

― 이 방 둘.

― 저 방 셋.

― 모두 다섯, 동무 맞소?

퇴마루 앞에서 손전등으로 장부를 대조하며 보안원이 물었다. 북남 대립이 날카로워지면서 인민들에 대하여 집중 검열을 하는 모양이었다. 어제 날에도 불시에 주민들의 집에 들이닥쳐 꼼꼼이 검열을 했었다. 이른바 숙박 검열이었다. 국경을 넘는 도강자들이 늘어나면서 밤마다 벌어지는 일상이었다. 얼마 전부턴 주민들의 원성이 높아 한동안 뜸 하는 듯하더니 북남의 대립이 극단에 달하면서 다시 검열을 시작하고 있었다.

― 이 보, 세대주 동무, 왕 감자 하나 비는데~

― 뭐야, 동무! 나이든 왕 감자 어데 갔대서?

명호는 듣도 보도 못한 검열반의 버릇없는 말에 속으로부터 응어리가 올라왔다. 감히 공화국 인민더러 왕 감자라니! 대체 누가 빈단 말인가?

― 저 동무, 누구가 빈단 말입니까? 우리 가족이 다섯 맞습니다.

― 아니, 여긴 고저 여섯 명으로 적바림이 되어 있단 말이야~

― 에그나, 애들 하내비할아버지 눈감은 지 언젠데 두루~ 허어~

하고 명호의 어머니가 한숨을 내쉬면서 혼잣말처럼 입을 열었다. 검열반들은 다시 이 방 저 방을 꼼꼼히 살핀 다음 공연히 무안했던지 투덜대면서 나가버렸다. 도강자渡江者가 많이 발생한 지역이나 공장 혹은 기업소 등은 당의 소관 비서나 행정 책임자까지 처벌을 하고 있어서 철저히 단속을 하고 있었다. 가족의 수가 줄어들거나 가족의 수가 늘어나거나 똑같이 문제가 되는 것이었다. 출타하여 다른 지역에서 밤을 보내게 되는 경우에도 공화국 인민들의 밤은 편하지 못했다. 기업소의 경우 직원들이 도강을 하다 붙들리게 되면 기업소의 초급 당비서가 철직撤直을 당하게 되는 경우도 있었다. 따라서 해당 시당에서 임시 검열조를 조직하여 각 분야 노동자들의 동태를 파악하고 사상을 추적하고 있었다. 특히 손전화기휴대전화를 사용하는 인민들이 주된 감시의 대상이 되고 있었는데 명호는 이런 상황을 알기 때문에 일부러 손전화기를 사용하지 않고 있었다. 보안성과 보위부가 연합하여 성명을 내고 불순세력을 쓸어버리기 위한 보복 선전을 경고한 이후 검열의 고삐를 바짝 당기고 있었던 것이다.

검열반들이 빠져나간 자리에는 어리둥절한 허기만이 소용돌이를 쳤다. 뱃속 밑바닥 어디에서부터 차오른 허기인지 몰라도 방바닥에 등을 붙이고 눈을 질끈 감아도 결코 잠이 들것 같지 않았다. 정숙 동무 역시 잠을 쉬이 이루지 못하고 몸을 뒤채이곤 했다. 춤사위를 흉내 내던 아이들만이 곤했던지 금세 잠에 빠져들었다. 명호는 수없는 생각들을 뇌리속에 굴리다가 새벽 먼동이 서서히 마당 위를 비출 때 잠깐 잠이 들었다. 안개의 알갱이들이 어지럽게 부유하다 새벽녘에 이르러 촉촉한 이슬이 되어 풀잎에 맺혔다.

명호는 쪽잠의 찌꺼기를 완전히 밀어내지 못한 채로 학교를 향해 걸었다. 교원실에 당도하니 아무도 보이지 않았다. 딱딱한 나무의자에 등을 붙이니 피곤이 몰리며 졸음이 다시 밀려들기 시작했다. 명호는 의자에 등을 기댄 채로 겨우 초벌잠에 빠져들었지만 앉은 채로 아무렇게나 졸던 사로잠에 지나지 않았다. 곧 교원실에 하나둘 들어설 동료 교원들을 의식하게 되어선지 조바심에 꾸벅꾸벅 깨다 졸기를 거듭하고 있었다. 하늘이 훤히 열리기 전에 교원실의 문이 먼저 열렸다. 부교장 선생이 들어서고 나서야 명호는 졸음에서 깨어 찌뿌듯한 몸을 펴고 있었다.

3

　낮전오전 상학 시간이 끝날 무렵 명호를 찾아온 군복 입은 녀성 동무가 있었다. 자세히 보니 학교를 졸업한 지 퍽 오래된 명호의 제자였다. 명호의 제자들 가운데 제법 운이 트였다고 소문이 나돌았던 녀성이었다. 뜻밖에 군복을 입고 찾아온 모습에 명호는 잠깐 놀랍기도 하였지만 반가움도 컸다.

　― 선생님, 무탈하십니까?

　― 그래, 리춘희 아니니? 오랜만이로구나. 여게 웬 일루 온 거야?

　하며 명호는 제자를 반갑게 맞았다. 분명 명호를 찾아온 모양새였다.

　― 선생님, 어쩜 좋아요?

　― 아니, 뭐이야? 춘희에게 무슨 일이 있대나?

　그녀에게 무슨 문제가 생긴 모양이었다. 운이 트여 호박을 잡았다고 동무들에 부러움의 대상이 되었던 제자였다. 특히 인물이 빼어나고 체격이 다른 녀성에 비해 뛰어난 편이라서 명호의 기억에도 선명한 제자였던 것이다.

　― 저 선생님, 춘희가 어찌하면 좋을까요?

　― 아니 글쎄 무슨 일이 있는지 애길 해야지~

　한사코 알맹이를 꺼내지 못하고 지레 발을 동동 구르는 제자의 눈자위에 벌써 눈물이 가득 고여 있었다. 가장 힘들다는 보위사령부 신병 훈련을 평양에서 3개월 동안 마치고 높은 경쟁을 뚫고 교환수로 뽑혔다며 좋아했을 적의 모습이 어렴풋이 생각났다. 또한 들리는 소문에,

장래가 촉망 되는 남자를 만나 혼인도 하게 될 거라고 했던가. 보통 공화국에서 여군의 경우, 대부분 해안포나 고사포 기지 등으로 배치가 된다고 했다. 공화국은 기계를 다루는 자리가 단연 많기 때문이었다. 그에 비해서, 리춘희는 일반무력부가 아닌 특수부에서 멋진 제복을 입고 잘 먹을 수 있는 곳에 배치된 것이었다. 호박을 잡았다는 동무들의 말이 괜히 나도는 것이 아니었다.

－ 어머니가 도강渡江을 했답니다.

－ 어머니가 뭐이 도강? 두만강을 건넜다는 말이니?

난데없이 도강이라니 지금의 상황이 믿어지지 않았다.

－ 아랫동네에 넘어갔다는데 고저 어쩜 좋단 말입니까?

－ 아랫동네 넘어간 걸 춘희가 어찌 알았니?

황색 바람보다 무서운 바람이 이미 강을 건너 불어왔던 모양이다.

－ 정치부장이 느닷없이 제대명령서를 들이댄 거예요.

가족 중의 한 사람이라도 도강하여 남쪽에 발을 들여놓았다면 보통 심각한 문제가 아니었다. 자뿌룩하면^{자칫하면} 남은 가족이 처형까지 당할 수도 있었다. 명호는 제자인 춘희 녀성 동무에게 더는 해줄 말이 생각나지 않았다. 이산가족 상봉을 다녀온 아버지의 말마따나 공화국 인민들 상당수가 남쪽에 내려가 터를 잡고 산다면 탈북이야말로 심각한 문제가 분명했다. 공화국에서 이런 사실을 알아냈다면 군대 제대가 문제가 아니라 목숨까지 위태로울 상황이 되는 것이었다.

－ 아니 제대명령서라니? 그래 다른 가족이래~

명호는 겨우 이렇게 말할 뿐이었다. 무엇보다 다른 가족의 신변 역시 염려되는 상황이었기 때문이다.

－ 녀동생은 어머니 따라 남쪽으로 내려간 모양이에요. 오빠는 몇 년

째 연락이 닿지 않습니다. 아버지는 다른 녀자하구 재혼을 했어요.

－ 저, 저런~

하고 머뭇거리다가 명호는 주위의 동료 교원 동지들이 의식되어 춘희를 데리고 밖으로 나왔다. 사람들의 눈이 뜸한 뒤란 나무둥치 옆에서 명호는 불현 듯 남쪽에 내려간 춘희네 가족에 대해 호기심이 생겨 이렇게 되물었다.

－ 남쪽 어머니 소식을 혹시 들었대나? 녀동생이래 어머니 따라 내려간 걸 어찌 아니?

－ 어머니래 남조선에서 돈을 번다잖아요. 하니 브로커 아재비를 사가지고 편지도 보냈고 국경 언저리에서 손전화루 통화도 했어요.

명호 역시 북남 연락책을 통해 돈을 전해 받고 국경 부근에서 남쪽 명진 형님과 손전화를 했던 일이 불쑥 떠올랐다. 남쪽에 공화국 인민들이 그토록 많이 내려가 정착하며 살고 있다는 아버지의 말씀이 틀림없는 모양이었다.

－ 그래 남조선에서 춘희 어머니가 손전화를 하면서 뭐라 하더나?

－ 아이 어머니나! 선생님 목소리 낮추시라요. 학생 동무들 들겠습니다.

명호가 흥분한 나머지 목소리를 높이자 춘희의 당황한 표정과 함께 다급한 목소리가 튀어나왔다. 저만치 학생들이 모여 재잘거리는 모습에도 춘희는 본능적으로 경계하고 있었다.

－ 어흠 그래, 그카니까 고저~

－ 아랫동네로 내려오라고 하더란 말입니다.

춘희의 목소리가 겁을 먹은 염소처럼 떨렸다.

－ 아니 뭐이야? 아랫동네로 내려오란 말이더냐?

춘희의 대답에 명호는 그만 심줄이 뻣뻣이 일어서는 느낌이었다. 지난날에 남쪽의 형님이 명호에게 지껄여댄 말이 괜한 말이 아니었음을 깨달았기 때문이다. 남조선 역사책을 챙겨 보낸 것하며 유일한 핏줄 운운하던 것들이 까닭이 있었던 것이었다. 더욱이 역사를 배워주는^{가르치는} 사람으로서 남조선 역사를 알아둘 필요가 있지 않겠느냐는 말도 공연한 짓부렁은 아니었던 것이다.

　― 이거 선생님, 동이 닿는 말이랍니까?

　― 어랍쇼, 그카문 안 되지. 거기가 어디라고 거게로 내려 오란다니?

하며 명호는 강하게 도리질을 했다. 그러나 가족이 남조선으로 탈북을 한 마당에 과연 조선공화국에서 춘희의 충성심을 어찌 믿을 수가 있겠는가 말이다.

　― 춘희는 공화국에 딸애에요. 어찌 공화국에서 춘희의 충성심에 오라를 지운답니까? 그저 공화국의 짓조르는 배신감에 주체할 수가 없단 말입니다.

　― 우다질 놈들! 기깟 제대명령서 뭐가 겁나네? 고패치는 충성심두 몰라대는 공화국이 어찌 원망스럽지 않겠니~

춘희의 처지를 생각하면 열 번이라도 위로의 말을 건네주고 싶었다.

　― 수령님 동상 앞에서 진창을 쳐대며 울어댔습니다. 어머니에 사상을 춘희한테 들씌우지 말라 했단 말이오. 그저 공화국 군인으로 죽겠습니다, 하는데 심문원이 순 악질이더란 말입니다.

　― 심문원이 뭐이 어드런? 하냥 수령 앞에 절만 시켜 대더나?

가장 무서운 형벌이 수령의 초상화 앞에서 밤새 절을 시키는 벌이라는 것을 들어서 알고 있었다.

　― 기깟 절만 시키면 뭐가 문제랍니까. 그저 전장에서 어머닐 향해

총을 겨눌 수 있겠느냐 물어대는데 차마 말공부공염불라도 못 한다 고 갤 저어 댔시오.

－ 춘희야 고저 잘했다이야, 공화국이 아직도 전쟁에 미쳐서 핵전쟁을 일으키겠다느니 장거리 로켓을 쏘니 마니 원~

－ 한데 선생님, 춘희가 연분사랑하는 사내 동무 립장이 난처하게 생겼다 말입네다. 춘희 때문에 창창한 동무의 발목이 잡히게 생겼단 말이에요. 헤어져야 도릴 텐데 동무에게 도무지 어찌 말해야 할지……

춘희의 입장이 난처할 것임은 자명한 일이었다. 핏줄이란 잘못 엉키면 영원히 반쪽짜리 인민으로 살아갈 도리밖에 없는 일이 아니던가. 가해지는 현실적인 아픔보다 점점 다가올 더 쓰라리고 아플 앞날의 춘희를 생각하면서도 명호는 뚜렷한 위로의 말을 건네지 못했다. 정숙 동무 역시 춘희의 입장과 뭐가 달랐던가 말이다. 반쪽의 동무를 한뉘평생의 나그네남편로 받아들이던 순간의 정숙의 처지가 그랬을 것이다. 이것이야말로 공화국 인민들의 운명이라는 생각이 들었다. 지금 공화국 인민들의 처지야말로 누구나 반쪽짜리 인민에 다름 아닐 것이다. 꿈속에서밖에 자유로울 수가 없다는 인민들의 처지가 참으로 처량하다는 생각이 들었다. 누군들 공화국을 향한 가열찬 충성심을 오롯이 지켜낼 수 있단 말인가. 춘희는 남쪽의 신세계를 내세우며 달콤한 말로 유혹하는 어머니와 연결된 것이 혹여 남조선 정보기관이 어머니를 이용하여 딸애한테 은밀히 파놓은 덫에 걸려든 것은 아닐지 염려했지만 명호는 좀 전의 태도와는 달리 단호히 갈 수 있으면 어머니에게 가라는 말을 했다.

－ 설마 춘희 널 사지死地루 불러들이겠니? 내래 생각해 보니깐 두루 고저 어머니한테 갈 수 있음 가라. 춘희 너도 여기서 반쪽 딱지 등에

달구 사는 거 보담 사지死地를 건너서라도 어머니 있는 데가 낫지 않겠느냐~ 으흠, 고저 그리 하라.

— 한데 국경 넘어 도강할 생각하니 아득합니다. 듣자니 보위부에서 나를 데려다 하루나절 심문할 거라는데 선생님 동무분이 여기 보위부 간부로 있다는 소문을 들었습니다.

명호는 춘희의 말에 순간 놀라고 말았다. 박태산이가 그의 동무라는 것을 대체 춘희가 어떻게 알게 되었던 것인지 놀라울 뿐이었다. 명호는 한참 망설이다가 겨우 말을 했다.

— 동무가 하나 있긴 하지만 살가운 사이 아니야~ 고저 성미가 고약한 동무라는 소린 들었는데 어떻든지 심문 당하지 말아야지~

— 그저 속사포로다 수를 써볼 요량이지만 혹시 내게 불행한 일이라도 생기면 선생님이 뒤 좀 봐 주시라요.

명호는 대답 대신에 묵묵히 고개를 끄덕여주었다. 그러고 보니 춘희라는 제자가 명호를 찾아온 까닭은 이제 분명해졌던 것이다. 국경을 넘는 순간까지 무슨 일이 닥치지 않도록 뒤를 봐달라는 말이었다. 오죽하면 핵전쟁이니 장거리 로켓 전쟁이니 떠들어대는 마당에 위험을 감내하면서까지 이렇게 명호를 찾아왔을까? 어머니를 의심하면서도 자신을 배워주던 스승을 믿고 찾아온 마음을 생각하니 춘희의 처지 역시 매우 절박했던 모양이다. 명호는 어깨를 축 늘어뜨리며 맥없이 걸어가는 춘희를 학교 앞 십자거리까지 배웅하고 돌아오는 길에 춘희가 탈없이 원하는 국경을 넘어 어머니 품에 무사히 안기기를 빌어주었다.

제14장 빨간 표식

1

덕순 동무는 숨이 턱 밑까지 차올라 무척이나 버거운 모습이었다. 온기라곤 손톱만큼도 없는 방바닥에서 겨우 움직여 몸을 일으켜 세웠다. 간밤 검열반들이 다녀간 이후 덕순 역시 잠을 제대로 이루지 못했다. 복수가 차올라 숨쉬기조차 힘들어지고 있음을 느끼고 있었다. 이렇게 가다가는 머지않아 기백이 동무 뒤를 쫓아갈지도 모를 일이다. 차가운 방바닥을 딛고 일어서는 덕순의 마지막 남은 결기는 그래서 더욱 다부진 느낌이 들었다. 더군다나 느닷없이 한밤중에 들이닥친 검열반원들의 무례함은 덕순 동무로 하여금 죽음을 각오하고 몸을 일으켜 세우게 만들었다. 인민들 머리 숫자 점검을 나온 검열반들이 죽은 기백의 머릿수를 두고 이탈자라며 꼬치꼬치 행방을 물었다. 죽은 남편이라고 알아듣게 말을 해도 자기들의 장부와 다르다며 괴롭히더니 다음날 지역 인민보안부로 출두하라는 출두명령서를 끊어주고 내빼듯이 나가버렸던 것이다.

공화국의 행정이 엉망인 것은 인민들이 모를 리가 없지만 죽은 기백의 넋을 모욕하는 것만 같아 덕순은 이승에서 마지막으로 세상을 향해 한번 고아대고 싶은 마음이 들었던 것이다. 아들 동실을 위해서도 어머니로서 무엇이든 한번 항의를 해야 한다는 생각이 들었다. 생의 마지막 절규가 되리라는 것을 덕순 동무는 예감하고 있었다. 얼어붙은 공화국 땅에서 인민으로 살아왔던 것이야 운명으로 받아들인다 하더라도 아들을 위해 단 한 번도 목숨을 걸어봤던 적이 없다는 것이 부끄럽기 짝이 없었다.

덕순은 자신의 질병이 기백이 동무와 같음을 알고 있었다. 혼인을 할 무렵부터 남편의 몸에 문제가 있음을 모르지 않았지만 이렇게 빨리 훌쩍 곁을 떠나리라고는 생각지도 못했다. 간이 굳어간다는 간 굳음병은 간염을 다스리지 못한 것이 실마리가 된다는 것을 애당초 알았더라도 열악한 환경 때문에 손을 써볼 여력이 되지 못했다. 잘 먹고 푹 쉬고 좋은 약을 복용해야 한다고 기업소 동무들이 귀띔을 해주었는데도 그저 소귀에 경 읽기에 지나지 않음이었다. 덕순은 자신이 죽는다는 것은 조금도 두렵지 않았지만 공화국 천지에 홀로 남을 아들애 동실을 생각하면 눈물부터 흘렀다. 이제 생애의 마지막 종착지에서 아들을 위한 저항이라도 한번 해보는 것이 어미 된 자의 도리일 것이라고 덕순은 생각하고 있었다.

벗어놓은 누더기만도 못한 몸을 겨우 가누며 집을 나선 덕순의 상태는 누가 봐도 말이 아니었다. 골목을 빠져나오는 동안도 비틀거리며 쓰러질 듯 바로 서기를 여러 번 반복하며 위태롭게 걷고 있었다. '흐응, 공화국 정무원 놈들 하는 꼬라지라나, 가까운 분주소에서 처리하면 될 일을 오라 가라 고저 인민들 못 괴롭혀 안달들이지이······' 덕순은 되다만 욕설을 수없이 입술 끝에 매달고 있었다. 비틀비틀 걷다가 힘이 들면 덕순은 '흐응, 우다질 놈들' 하며 화풀이를 했다. 그러지 않고서야 분하고 원통한 마음에 견딜 수가 없을 듯했기 때문이다.

덕순은 간신히 거리로 나와 서비스 무궤도전차에 몸을 실었다. 그녀의 몰골 탓에 인민들의 시선이 모조리 덕순에게 꽂혀 들었다. 집 밖으로 나와 본 지가 얼마 만인가, 세상은 역시 추레한 인민들의 모습과 추레한 거리의 모습이 닮아 있었다. 메마른 땅 위에 납작 웅크린 낡은 기와집들이 쓸쓸히 앉아 있었다. 하늘도 이날 따라 누렇게 황달이 들었

다. 빨간 플라스틱 위에 하얗게 써진 인민반 경비초소의 명패가 어둑
하게 나타났다. 혁명적 경각심을 더욱 높이자는 구호들이 애처롭게 매
달려 쓸쓸히 지나가는 인민들의 발걸음을 지켜보고 있는 듯했다.

공화국은 골목 속속들이 인민들을 몇몇 단위로 묶어 자발적으로 이
웃들을 서로 감시하도록 했다. 식료상점 앞에서 인민들이 리어카를 내
려놓고 흐릿한 햇빛 바라기를 하고 있었다. 덕순은 식료상점에 언제
발을 들이민 것인지도 기억에 가물거렸다. 자전거를 타고 가는 중년의
인민이 도로를 따라 달리다가 움푹 파인 데서 엉덩방아를 찧는 것을
보는 순간 덕순이 타고 가던 전차도 콜록콜록 재채기를 하듯 몸을 출
렁거렸다. 속이 빈터라 안하던 멀미마저 올라오는데 멀리 백화점 간판
이 눈에 들어와 더욱 허기에 빠져 허우적대고 있었다.

예나 지금이나 그 자리에 그 모습으로 꼭대기에 바람개비 같은 별을
거느리고 있는 해방탑도 덕순을 무심하게 내려다보는 듯했다. 공화국
의 해방에 소련군이 절대적인 공을 세웠다는 해방탑은 여전히 적색군
의 자취를 담고 있는 듯 버티고 있지만 빛을 잃어간 지 오래되었다. '쏘
련군 렬사들에게 영광이 있으라!' 해방탑의 비문이 빨간 피를 흘리며
눈에 혈기를 품고 있는 듯이 보였다.

역 근처 공원에 놓인 한 쌍의 사슴 조각상이 덕순의 가슴을 헤집고
있었다. 어미와 자식 같기도 하고 아낙네아내와 나그네남편 같기도 하
는 사슴 조각상은 변함없이 먼 곳을 응시하고 있었다. 떠나간 기백이
동무의 모습이 사슴의 모습에 겹쳐 보이는 순간 덕순은 저도 모르게
한줄기 눈물을 흘렸다. 겨우 의식을 끌어안은 채로 토할 것만 같은 몸
을 가다듬어 덕순은 무궤도전차에 몸을 맡기고 있었다. 그런데 갑자
기 정신줄이 혼미해지며 대관절 전차가 어디로 향하는지 분간이 가지

않았다.

어디쯤에선가 낮은 기와집들과 높은 고층살림집아파트들이 나란한 가운데 골목의 한쪽으로 보이는 단고기개고기집 간판을 보며 순간적으로 정신을 잃었던 모양이다. 어떤 녀성 동무가 등을 두들겨대는 통에 까무룩 하게 달아났던 정신을 겨우 되돌려 세웠다. 무작정 내려서 삼발이를 얻어 타고 지역 인민보안부로 향했다. 보안부 입구에는 한 무리의 인민들이 모여 목소리를 높여 투덜거리고 있었다. 인민들은 보안부가 악덕 고리대로 변해 주민들이 꽃제비로 전락하게 됨을 성토하고 있었다.

보안원 가운데 빚꾼고리대금업자들이 있어 돈을 꾸어주고 높은 이자를 받는 등의 문제가 생겨 주민들의 성토가 이어지자 보안부에서도 특단의 조치를 취하고 있다고 했다. 소도시에서야 화교들이나 재포재일동포 출신들이 고리대 노릇을 했지만 이제 보안원까지 여기에 끼어들게 된 것은 그만큼 공화국 정무원들의 부패 정도를 보여주는 것이었다. 이태 전에도 이런 일이 발생해 공화국 처처에서 인민들이 들고일어났던 일이 있었는데 잠잠해지자 다시 고개를 쳐들고 일어서는 모양이다. 알량한 말단 보안원들마저 이런 잇속에 눈이 멀어 있는 것을 보면 위로 직급이 높은 간부들 세계에서는 더욱 많은 비리가 저질러지고 있음을 시사하는 것이었다.

빚을 갚지 못하면 살림 도구는 물론 등붙일 집까지 탈취당한다고 했다. 꽃제비라는 직업 아닌 직업은 장마당에서 장사를 하다 망한 인민들이거나 이런 빚을 갚지 못해 추락한 인민들의 자식이었다. 깡패들까지 데리고 다니면서 악착같이 고리채의 이자를 받아내는 상황이었다. 견디지 못한 인민들은 집을 빼앗긴 뒤에 가족과 뿔뿔이 헤어지고 꽃제비가 되거나 혹은 목숨을 건 탈북을 감행하는 일도 있다고 했다.

기차역이나 장마당을 제외하면 꽃제비들이 가장 많은 지역은 20여개 구역이 있는 평양으로 구역마다 오물장汚物場:쓰레기장이 형성되어 있는데 대부분의 꽃제비들이 그 오물장을 중심으로 생활하고 있다고 했다. 오죽하면 김정은 위원장이 평양에 거주하는 꽃제비 소탕전을 벌여 사기꾼이나 훔친범절도범, 부랑자 등 각종 범죄자들까지 일망타진했다는 것이다. 그러나 꽃제비는 범죄자가 아니기 때문에 교화소교도소에 보내지 못했다. 다만 평양에 불법으로 거주했기 때문에 노동단련소나 집결소로 보내져 강제노동을 시켰지만 구호소의 성격상 이들의 식량을 조달하기 힘들어 풀어주면 다시 평양으로 몰려든다는 것이었다. 꽃제비를 양산한 고리대금업자들은 수익금 중 상당액을 노동당이나 정무원 간부들에게 상납하고 있어서 주민들은 당할 수밖에 없는 구조라고 했다.

이토록 험한 공화국에서 동실이 어떻게 살아낼까? 덕순은 자꾸 수그러드는 허리를 곧추 세우며 심호흡을 했다. 눈앞이 가물거리며 비틀거렸다. 아무래도 쓰러질 것만 같은데 젊은 려성 동무의 부축으로 가까스로 자세를 가다듬었다. 담당 정무원을 찾아 인민보안부의 방문 사유를 말했더니 보안원이 거주지를 묻고 서류를 검토하더니 입을 열었다.

─ 조기백 동무래 사망처리 됐시요. 고저 이런 일은 인민반 분주소에서 하기요. 으흠~ 조동실이가 동무에 아들애요?

─ 예, 어 어찌 그렇습니까?

덕순은 담당 정무원의 이마빼기에 순간적으로 굵은 주름 두 가닥이 서는 것을 이윽히 내려다보면서 불안함이 엄습했다.

- 나나이 어린 학생 동무래 어찌 빨간 동그라미를 둘씩이나 받았대나?

- 아니 뭐이요? 빨간 표식을~

정무원의 말에 덕순의 가슴은 철렁 내려앉았다.

- 남조선 황색바람 추종자들이란 말입니다. 이거야 원 나 어린 종간나새끼 보라야. 고저 집에 숨어서 남조선 알판DVD 보지요?

- 언, 무시기 그런 되다만 소릴 지껄인답니까? 아, 아니오.

덕순은 정신 나간 사람처럼 마구 고개를 저었다.

- 아니긴 뭐가 아이오? 그저 보위부 취조까지 받아댔군 그래. 보라 녀성 동무, 아들애 사상에 밧줄을 팽팽히 당기시우다.

덕순은 감히 밖으로 소리를 내어 대답도 하지 못하고 고개만 끄덕거렸다. 죽음을 각오하고 한바탕 짖어대려던 결기는 이제 자라목처럼 들어가 버렸다. 엄두를 내지 못하고 비틀비틀 걸어 나오면서 속으로만 욕설을 퍼부었다. 동실이에게 빨간 딱지가 두 개나 붙어있다는 것이 믿어지지 않았다. 어제날과거의 일이 이렇게 철저히 관리가 되고 보위부와 보안부가 인민들의 적대행위를 호상 공유하고 있음에 혀를 내둘렀다. 빨간 딱지가 동실의 앞날에 어떻게 작용하리라는 것을 덕순은 잘 알고 있었다. 반쪽이란 핏줄이 한뉘생애 리명호의 발목을 잡고 있는 일을 생각함에 덕순 역시 모골이 송연해졌던 것이다.

덕순은 인민보안부의 정문을 향해 비틀비틀 걸어 나오면서 잠시 허리를 펴서 하늘을 올려다보았다. 여전히 뿌옇게 우울한 하늘 모서리에 태양이 비스듬히 걸려 있었다. 그녀는 오기를 내어 생각을 가다듬었다. 이렇게 주저앉을 수는 없는 노릇이라 생각하며 용기를 내어 다시 조금 전 그 정무원을 향해 비틀비틀 걸어갔다. 아들을 위해 어미로서 뭐든

해야 한다는 생각이 들자 이렇게 허무하게 걸음을 되돌릴 수가 없었던 것이다.

– 보세요, 높으신 선생님.

– 일없다 하지 않았소?

덕순은 날카롭게 꽂히는 정무원의 시선을 정면으로 마주했다.

– 울 아들애 조동실이 자본주의 사상 없습니다. 어린 학생들이 기깟 남조선 춤 좀 춰대는 게 뭐 우리 아들애만 하는 일이 아니란 말이오. 선생님, 고저 조동실 빨간 표식 지워달라요.

덕순이 마지막 기력을 모아 가까스로 이렇게 말을 했다. 덕순의 말에 담당 정무원이 한참동안 덕순을 째려보았다. 덕순은 사내의 눈빛이 따가워서 책상 위로 시선을 깔아버렸다.

– 머라? 기깟 남조선 춤이라 했소? 보자니 고 녀성 동무래 불순한 자본주의자이구만 두루~

– 그딴 소리 마오. 고 젊은 선생이 어찌 공화국 인민을 모략한답니까? 흐엇, 공화국 인민보안부는 인민에 생명을 보호한단 조직 아닙니까? 고저 오늘 우리 아들 빨간 딱지 지워대지 않음 여기서 칵 죽고 말겠소.

덕순은 일이 이렇게 된 마당에 죽자 살자 아들을 위해 매달려볼 생각이었다. 하지만 덕순의 태도를 지역 인민보안부는 용납하지 않았다. 언제 연통이 갔던지 어디서 튀어나온 지도 모를 정도로 빠르게 군복을 입은 젊은 사내들이 튀어나와 덕순의 양팔을 잡아 질질 끌어내더니 밖으로 내동댕이쳐버렸다. 덕순은 인민보안부 정문 너머로 짐짝처럼 던져지며 순간적으로 정신을 잃고 말았다.

2

신의주의 직포방직공장은 공화국에서도 제법 비중이 높은 특급 기업
소로 기계들이 하루 종일 쉴 틈이 없이 요란하게 작동하고 있었다. 머
리에 빨간 두건을 두르고 군청색 작업복을 유니폼처럼 입은 녀성 동무
들은 새하얀 천을 뽑아대느라고 손발이 닳을 정도였다. 정숙 동무가
일찍부터 일을 하고 있는 일터가 바로 직포공장이었다. 참이와 동실이
애기궁전탁아소에서 같이 자랐을 정도로 정숙과 덕순 동무는 이곳 기업
소에서 함께 일을 하고 있었다. 그러나 워낙 거대한 공장이고 각자 배
치된 부서가 다른 탓에 동무끼리 만나 대화를 나눌 기회를 갖기란 쉽
지 않았다.

– 오정숙 동무, 급한 호출이 왔는데~

기업소의 주재원이 정숙이 일하고 있는 직포방직공장의 공무직장 문
을 두드렸다. 대체 누구의 호출이란 말인가? 하며 정숙은 혹시 박태산
이 저번 날처럼 자신을 호출한 것이 아닌가 걱정하고 있었다.

– 누가 호출을 했단 말이오?

– 지역 인민보안부라는데~

– 인민보안부에요? 아니 인민보안부에서 무슨 일이라나~

정숙의 심장이 콩닥거리고 있었다. 공화국에서 보안부나 보위부의
호출은 인민들 누구에게나 반가운 일이 아니었다.

– 조사실로 빨리 가보시오.

– 알겠습니다.

정숙은 주위를 거듬거듬 치우고서 기업소를 나서는 중이었다. 그녀

의 가슴이 참이 문제로 보위부를 향하던 때처럼 떨리고 있었다. 주재원을 통한 인민보안부의 호출이란 득이 될 게 전혀 없는 일이 분명했다. 정숙은 기업소의 정문에서 잠시 마음을 진정시키며 뒤를 돌아다보았다. 대학을 포기하고 군대도 포기하면서 오직 자신들이 만들어내는 의복을 입고 좋아 강동거릴 인민들을 생각하며 직포공에서 일하는 젊은 녀성들의 땀 냄새가 느껴오는 듯했다. 하지만 여전히 기업소의 열악한 시설은 젊은 녀성들의 관절을 좀먹고 폐에 거미줄을 치는 복병이 되고 있었다. 김정숙 평양 직포공장이 노동자들 사이에 '노동자 궁전'이라는 소문이 나서 인민 노동자들이 이구동성으로 그곳처럼 작업환경을 바꿔 달라 소원을 넣었지만 공허한 메아리에 지나지 않았다. 그러나 김정숙 평양방직공장 역시 소문만 그럴싸할 뿐이고 실상은 다른 직포공장과 다를 바 없이 추레할 뿐이었다.

비닐론 등의 화학섬유로 천繡을 생산하고 날염꽃천이나 공업용 천으로 신발천이나 돛천, 방화포布 등을 만들어냈다. 여기에서 나오는 부산물이나 폐설물로 어린이옷을 만들고 양말이나 장갑 등도 만들어내고 있었다. 예전에 비하면 그래도 비교적 현대식 설비에 따른 방적과 직조가 이루어지고 있었다. 또한 모든 공정은 속도전을 외치는 상부의 다그침 속에서 고속화 되고 있는 실정이었다. 실정이 이렇다 보니 기업소의 전문 인력을 양성하는 공업대학이 소내所內에 있고 진료소나 탁아소, 유치원은 물론 요양소와 빈약하나마 이에 따른 문화시설까지 갖추고 있었다.

정숙은 기업소에서 한참을 걸어 나왔다. 무엇보다 마음이 안정되지 않았다. 인민보안부의 호출이라니 대체 무슨 일일까? 공화국에서는 특별히 잘못한 일이 없어도 동무나 이웃들의 무고로 고역을 치른다는 것을 들어 알고 있기에 보안부를 향하는 정숙의 마음은 여전히 쿵덕거리고 있었다. 겨우 진정을 시키며 무궤도전차에 몸을 실었다. 설마 명호 동무한테 무슨 일이 일어난 것은 아닌가? 아님 참이가 동무들과 더불어 사고를 친 것은 아닌가? 별의별 생각들을 하며 전차에서 내려 지역 인민보안부로 걸어 들어갔다. 정숙의 가슴은 여전히 조바심으로 팔딱팔딱 뛰고 있었다. 지난 시절의 일들이 주마등처럼 떠올라 정숙은 더욱 가슴이 조여들었다.

하지만 조사실에 들어서는 순간 정숙은 지역 인민보안부에서 무엇 때문에 자신을 호출했는지 대번에 알아차리게 되었다. 덕순이 동무가 조사실 기다란 나무 의자에 마치 죽은 사람처럼 꿈쩍 않고 누워있었던 것이다.

– 아이구, 덕순이 동무가 어찌 이래~

– 직포방직공장 근무하는 오정숙 동무 맞소?

정숙은 늘어진 덕순의 몰골에 놀라 정무원의 물음에 대답할 정신마저 없었다.

– 거 묻잖소.

– 예, 맞습니다. 오정숙이 맞아요.

몸을 제대로 가누지 못한 채 늘어진 덕순의 눈에서 정숙을 만난 반가움에 눈물이 흘러내리고 있었다. 덕순은 대체 여기서 왜 이러고 있는 것인가?

– 이 동무가 당최 몸을 가누지 못한단 말이오.

– 아니 누가 이 동물 요래 죽탕을 쳐 놨답니까?

정숙은 속에서 절로 끓어올라 저도 모르게 말꼬리를 치켜올렸다. 인민들 알기를 파리나 모기 목숨보다 가볍게 아는 정무원들의 패악질이

극에 달한 것을 모르는 인민들은 없기 때문이었다.

　- 아니 거 동무 말이 지나치누만 그래. 거 녀성 동무가 제 발로 기어 들어 왔다가 제 발로 나가면서 요 정문 앞에서 고꾸라졌단 말이요.

　- 정말이에요? 덕순이 동무, 고저 내 말 듣기나? 저 정무원 동무 말이 맞느냔 말이야~

　아무 소용이 없는 줄 알면서 정숙은 정무원에게 항변했다.

　- 보, 봄이 어머니, 나, 날 좀 일으켜 주오.

　덕순이 맥없이 정숙을 쳐다보며 말했다. 덕순의 말에 정숙은 그제야 덕순이 동무의 몸이 급속도로 악화되었다는 것을 알았다. 가만히 들여다보니 기백이 동무의 모양새와 흡사했다. 정숙은 공연히 가슴 밑바닥에서 울화가 치밀어 올랐다. 츳, 츳 하는 혓소리를 꺼내기도 전에 정숙은 설움 주머니가 터지면서 어깨가 떨리기 시작했다. 덕순의 처량한 처지를 생각하니 저도 모르게 흘러나온 눈물이었다. 정숙은 가까스로 덕순을 일으켜 의자에 앉혔다.

　- 아니 덕순 동무, 이런 몰골을 하구 어찌 보안서에 왔다니?

　- 어젯밤 검열반 동무들이 들이닥치더니 왕감자 하나 어데 갔느냐고 쪼아대더란 말이야.

　가쁜 숨을 몰아쉬며 덕순이 입을 열었다.

　- 흐어 대홍단 왕감자를 양강도에서 찾지 않고 어찌 인민들 잠자리에서 찾았을까. 우리 집에 와서도 왕감자 타령을 하더니~

　지난밤에 정숙의 집에서도 검열반들은 왕감자 타령을 했었다. 공화국에서 사람 머리만한 감자를 왕감자라고 불렀다. 양강도 특산물인 왕감자를 인민들은 대홍단 왕감자라 부르는데 아이들이 동요처럼 부르는 대홍단 감자 노래도 있었다.

둥글둥글 왕감자 대홍단 감자 너무 커서 하나를 못다 먹겠죠
야하 감자감자 왕감자 참말 참말 좋아요 못다 먹겠죠
호박만한 왕감자 대홍단 감자 장군님 사랑 속에 풍년 들었죠
야하 감자감자 왕감자 참말 참말 좋아요 풍년 들었죠

　- 고저 죽었다는 데도 출두명령설 때 주더라니 원. 죽자사자 여기 조사실 왔더니 동실 아버지 사망 처리된 거 맞다고 그냥 돌아가라면서~

　- 덕순 동무, 힘들면 입 다물라. 그저 이딴 데는 우리가 있을 데가 아니니 날래 나가자우~

　정숙은 안쓰러운 마음에 망가진 덕순 동무의 등을 쓰다듬었다.

　- 거기 녀성 동무들 보라. 수령님이 내려준 돈키 높은_{비싼} 밥 퍼먹고 어찌 쓸데없는 이바구질이니? 날래 나가라우~

　정무원들이 시선을 사납게 정숙과 덕순에게 내리 쏘아대며 사내 하나가 악다구니를 썼다. 정숙은 힐끗 한번 저들에게 눈총을 쏘아주며 덕순의 등을 일으켜 세웠다. 덕순의 몸은 마치 물에 불은 것처럼 부어 있었다. 정숙이 보니 기백이 동무처럼 아랫배에 물이 찼는지 불룩한 배가 보기에도 힘들어 보였다. 몸을 겨우 일으켜 세우고 한 발짝씩 걸음을 떼는데 덕순의 몸은 기력이 다 빠져서 지나가는 바람에도 쓰러질 듯 위태롭게 보였다. 정숙은 속으로 들가방_{손가방}을 들고 나오지 않은 것이 다행이라 생각했다.

　정무원들이 삐딱한 시선으로 지켜보는 가운데 걸음을 떼놓고 있지만 덕순의 몸은 가드라오_{그라} 들었다. 십여 발짝을 옮겨 놓았는데도 선

자리걸음제자리걸음처럼 앞으로 나아가지 못했다. 잠시 후 이네들의 모습이 딱해 보였던지 정무원으로 보이는 녀성 동무 하나가 걸어 나와 부축해주었다. 조사실 출입문 밖으로 나오는데 내내 올방자책상다리를 틀고 앉아 있던 정무원 사내가 주절거렸다.

ㅡ 저 녀성 동무래 수령님 은총 넘치누나. 몸살 좀 까야빼야 날쌘 인민공화국 인민이지~

ㅡ 크크크~

정숙의 등 뒤로 마치 강가 기러기 떼의 울음소리 같은 것이 들렸다. 그들의 웃음소리에 인민들의 아픔을 무시하는 저천底淺한 심사가 녹아 있는 듯했다. 정숙은 덕순을 부축하는 녀성 동무를 의식하지 않고 곧장 뒤를 돌아 삿대질을 하며 고아대듯 소리쳤다.

ㅡ 때식끼니 꼬박꼬박 챙겨 먹는 동무들 눈엔 고저 그렇게 보이니? 수령님 뗏국물도 못 먹어서 그저 부황이 든 게 동무들 눈엔 보이지 않는답니까?

ㅡ 아니, 여기가 감히 어데라고 저 못된 에미나 하는 짓 좀 보라.

ㅡ 머이 에 에미나? 이 짐승 같은~

정숙은 차마 욕설을 밖으로 뱉어낼 수가 없어 가까스로 참아냈다. 조사실을 빠져나와 다리 부러진 오리 마냥 뒤뚱뒤뚱 보안부 정문을 걸어 나오니 어느결에 물이 들었는지 북새노을가 벌겋게 충혈된 모습으로 정숙과 덕순을 내리덮고 있었다. 회색빛 우중충한 하늘이 정숙과 덕순의 핏빛 절규를 품에 안았음인지 북새가 되어 보안부의 지붕 머리에서 불타들고 있었다. 기력이 다해 움직이기 힘든 덕순을 데리고는 도저히 무궤도전차에 오를 수가 없어서 어쩔 수 없이 발바리차택시를 이용하여 덕순네로 돌아왔다. 지역진료소에 가자고 사정을 해도 덕순은 아는 병이라며 한사코 손사래를 쳤다. 정숙에게 이날은 유독 길고 서글픈 날이었다.

덕순을 방에 눕히고 돌아서려는데 덕순이 말했다.

— 봄이 오마니, 내래 아무래도 못 살겠지요?

— 그러니까 진료소에 한번 가자나. 여기 보건소라도 가든지~

차마 덕순 동무를 남겨놓고 떠날 수가 없어 다시 주저앉았다.

— 에구 됐어~ 그저 내래 아는 병이라니 원~

— 덕순 동무, 그런 생각 마오. 돈 걱정 말구 가자. 하루 이틀 애옥살이가난살이하는 것도 아닌데~

정숙은 덕순 동무의 배를 안타까운 심정으로 어루만졌다.

— 몸뚱이 이래 까라지는데~ 간밤엔 그저 기백이 동무 혼백까지 만나고~

— 혼백이라니~ 언간, 덕순 동무가 헛것을 보았었구나. 뭘 좀 목구멍에 밀어 넣어야 기운을 낼 거 아니야~

덕순의 말이 아니라도 정숙은 덕순의 몸에서 죽음을 보았다. 옥수수밭 공터에서 젊은 청년들이 총살을 당하는 광경을 볼 때보다 가슴이 아팠다. 덕순이 떠나가면 공화국 천지에 혼자 남겨질 동실은 천애고아로서 이 팍팍한 세상을 어찌 감당해낼 것인가. 정숙은 저도 모르게 긴 한숨을 토해내면서 자리에서 일어섰다.

— 봄이 오마니, 놀다 가오.

— 덕순 동무, 오늘따라 어찌~

가슴 깊은 데서 한숨이 흘러나왔다.

— 덕순이 많이 외롭단 말이야. 정숙 동무, 나하고 또고방질소꿉질이나 하자우.

- 에구나, 동실 어머니 지금 헤뜬잠꼬대 소리 하는가 보네~

정숙은 가슴을 쓸어내리며 다시 제자리에 주저앉았다. 초점 없는 눈망울로 정숙을 응시하는 덕순을 바라보자 차마 발길이 떨어지지 않는 것이었다.

- 헤뜬 소리 아니구~ 아께아까 보안부 조사실에서 보았었는데 울 동실이 문건에 빨간 동그라미 두 개가 박혀 있었단 말이야.

- 동실이 주민 문건에 빨간 동그라미가 박혀 있었단 말이야? 아니 어케 나 어린 동실에게 벌써~

주민들이 가장 두려워하는 게 바로 빨간 표식이었다.

- 남조선 날라리 춤을 춰댄 게 그렇게 된 거 같아요. 보위부까지 끌려가서 취조를 받았으니 원~

- 아이머나, 그러면 울 참이도 빨간 딱지 붙은 거 아니니? 아니 정무원들이 사망한 어른보고 왕 감자 타령할 땐 두루 언제고 그딴 짓거린 이렇게 눈이 밝단 말이니~

설마 자신의 아들애에게 이런 표식이 있으리란 생각은 꿈에서도 하지 못했다.

- 정숙 동무, 고저 이녁은 보위부 박태산이 동무 든든한 빽이라도 있잖소. 보위부 동지더러 우리 아이 빨간 표식 좀 지워달라 해 보지~

- 아니 그 숨 할딱거리면서 뭐라나? 덕순 동무 기딴 말 지껄이지 말라야. 봄이 아버지가 머 허재비허수아비인줄 아나?

태산이 동무를 들먹거리는 게 정숙은 가장 싫었다.

- 봄이 오마니, 내 죽더래두 할 말은 하겠소. 듣자니 태산이 동무가 안까이아내 하구 리혼을 한다는데~ 고저 공화국에서 호강하고 살려면 참이 데리고 거기로 붙어야 하지 않니?

- 언, 그저 귓구멍 틀어막을 수도 없고~ 고딴 소리 하냥 지껄여대면 내 당장 나갈 거우다. 숨넘어갈 듯 하더니 원 말 떠깡이뚜껑 열구 고아대는외치는 소리 보라~

정숙은 단숨에 자리에서 일어섰다. 실은 조금 전 어서 집에 가서 덕순이 동무 먹을 미음이라도 만들어 올 생각이었는데 이제 그런 생각이 싹둑 달아나버리고 말았다. 그렇게 돌아서는 정숙의 마음은 편치 않았지만 덕순의 가슴속에 품고 있는 말들을 듣게 되니 빗장 하나가 단단히 가슴속에 드리워졌다.

- 봄이 오마니, 창가림막커튼 좀 젖혀 달라요. 동실 아바지가 올려는지~

- 에구, 덕순 동무 그저 헛소리 하는구나~

정숙은 바람벽의 한쪽에 치우쳐진 창가림막을 젖혔다. 먼지가 수북이 앉아 있는 창틀 너머로 어둠이 칠흑같이 내려앉아 있었다. 정숙은 동실네서 나와 재바르게 집으로 향했다. 어둠 속에 유령처럼 내려앉은 덕순의 집을 뒤돌아 바라보는 정숙의 마음은 무겁기 그지없었다.

골목의 십자거리에서 학교에서 돌아오는 참이와 동실을 만났다. 십자거리를 중심으로 사방으로 뻗은 아기자기한 골목들도 익숙한 어둠을 맞이하고 있었다. 밝음보다 어둠에 익숙한 인민들은 저녁이 되고 밤이 깊어도 불알전구을 밝히지 않았다. 나쁜 전력 사정 때문이기도 하지만 어둠에 익숙한 때문에 촉이 낮은 불알조차 밝히려 들지 않았다. 차라리 어둠 속에서 누군가의 눈을 피해 생각하고 움직이는 것이 낫다고 생각했다. 먹잇감을 노리는 매의 눈이 매서워 공화국 인민들은 차라리 어둠을 기다리고 있었다. 어둠 속에서 자유를 느끼고 마음껏 상상하는 것을 이제 숙명처럼 받아들여진 모양이다. 그러나 이러한 어둠 속에서도 인민들은 메달을 모아 당증을 목에 걸겠다는 의욕만은 버리지 않고 있었다. 그것이 인민들에게는 희망이며 빛이었다.

－ 동실아, 날래 집에 들어가라.

－ 우리 집에 다녀오신 겁니까?

정숙은 어둠 속에서 고개를 끄덕거렸다. 기업소에서 호출을 받고 지역 인민보안부에 다녀왔다는 말을 들려주었다.

－ 어머니, 집에 할마니 있습니까?

－ 할마니가 집에 있지~ 해도 졌는데 어데~

정숙은 어째서 참이가 이렇게 물어오는지 알고 있었다. 이제 속도 여물고 소경 팔매질하듯 함부로 내뱉는 말이 아님을 모르지 않았다. 할머니의 따가운 눈총이 어찌 참이에게 아픈 못이 되어 박히지 않았을까. 마누라쟁이 시앗을 엿보듯 할머니를 엿보는 참이를 생각함에 정숙은 마음이 아팠다.

－ 어머니, 동실네에 들렀다 오겠습니다.

－ 그래, 네들 먼저 들어가 있어라. 동실 어머니 그저 눈에 헛거미가 잡혔더구나~

아이들이 곁에 있어 조금은 마음이 놓였다.

－ 당최 뭐를 드시지 못한단 말입니다.

－ 뭘 집어넣는 게 없는데 어찌 매가리가 있겠니. 느 아버지 온다구 글쎄 바람벽 창문 보면서 아물아물 헛소리까지 하드라니......

동실은 아마 어둠 속에서 울고 있었을 것이다. 정숙의 말에 아무런 대꾸를 하지 못하고 어깨를 들썩거리는 동실의 모습이 느껴졌다. 정숙은 걸음을 빨리하였지만 걸음보다 마음이 자꾸만 급해지고 있었다. 덕순이를 저렇게 그냥 놔두면 곧 무슨 일이 닥칠 것만 같아 마음이 자꾸만 조급해졌다.

집에 돌아오니 봄이는 퇴마루에 엎드려 책을 읽고 있었다. 얇은 종이로 바람막이를 한 호롱불이 바람에 흔들리니 붉은 기운 역시 흔들리고 있었다.

– 아버지 아직이나?

– 예 오마니. 자전거 바퀴살 손 좀 보고 오신답니다.

– 네 아버지 자전거 그하냥 말썽질이라니 원~

정숙은 부엌으로 들어가 거듬거듬 저녁거리를 준비했다. 공화국에서 배급이 끊긴 지는 이미 오래되었다. 정숙은 배급소에서 정해준 번호까지 기억나지 않을 정도였다. 쌀과 옥수수는 물론 설탕이나 참기름, 소금 같은 것들도 그저 지난 시절의 추억이 되어버렸다. 장마당에서 재량껏 조달하거나 굶지 않을 양이면 뚜룩홈침을 치거나지만 어떤 것도 쉽지 않았다. 정숙은 옥수수가루로 죽을 쒀서 퇴마루에 내어왔다. 남쪽에서 보내준 달러 덕분에 독갱이작은독에 숨겨두고 시늉으로 특별한 날에만 밥상에 올렸던 입쌀로 가루를 내어 옥수수와 섞어서 미음을 만들기 시작했다.

미음을 만들어 대문을 나서는데 봄이가 따라나섰다. 봄이는 먹는 것이 부실해도 훌쩍 키대가 커진데다 젖가슴마저 봉긋이 솟아올라오는 것이 풋풋한 녀자가 되어가고 있었다. 가슴띠브래지어도 티 나게 두르고 이제 달거리월경도 시작하였다. 골목길 중간에서 컹, 컹 이웃집 누렁이가 짖어대는 것이 공연히 발걸음을 재촉하게 만들었다. 골목의 입구 십자거리에서 오른쪽으로 뻗은 좀 더 넓은 골목길을 한참 동안 바라보다 다시 반대편 골목으로 들어섰다. 명호 동무의 모습은 보이지 않았다.

– 봄이 네 아버지 오늘 많이 늦으시는구나~

– 중앙 떼레비 정규 뉴스 시간에는 오시겠지요.

동실의 집 옆의 공터에서 참이 등이 어둠 속에 춤을 추고 있었다. 어둠 속에 보니 어제날_{과거}에 많이 유행하던 춤은 아닌 것 같았다. 예전에 한때 남쪽의 디스코 춤이 공화국에 유행했던 적이 있었다. 정숙의 기억에 코요테의 순정이나 캔의 가라가라, 박상철의 무조건, 김원중의 바위섬 같은 노래 등이 많이 불려졌던 것 같다. 요즘에는 USB에 2백여 곡 정도를 저장하여 공화국 인민들이 몰래 듣곤 한다는 것이다.

– 달밤에 춤을 춘다더니 네들 보위부에서 그래 혼쭐이 났는데도 또 날라리 짓이구나~

– 오라버니, 머리 처박고 빙빙 도는 춤이 그래 좋아?

하고 봄이가 희끄무레한 어둠 속에서 참이에게 물었다. 동실은 여전히 몸을 비비꼬며 춤사위에 여념이 없었다. 땅바닥에 두꺼운 종이 상자를 펴놓고 거기에 머리를 처박고 빙글빙글 돌다가 비틀비틀 일어나며 절도 있게 팔의 매듭을 지으면서 끝이 났다. 대체 쉽게 익힐 수도 없는 이런 춤을 어떻게 익혔는지 문득 대견하다는 생각이 들었다. 참이가 크게 한숨을 내쉬며 가쁜 목소리로 말했다.

– 춤을 춰보지 않는 사람은 모르지~

– 아 땀이 눈깔통에 들어가서 따갑네~

동실이 참이의 말자루를 부러 이어받기라도 하듯 미친 듯한 몸놀림을 멈추며 혼잣소리처럼 지껄였다. 봄이가 어디에서 꺼냈는지 희끄무레한 어둠 속에서 동실에게 손수건을 내밀었다.

– 동실 오라반, 땀 들이라_{닦다}~

– 봄이 보라, 너 이 오라버니 이마에 물 땀 번들거리는 거 안 보

이나?

참이가 봄이를 향해 장난스레 말했다.

— 참이 오라반 어두워서 물 땀 안 보이는데~

정숙이 철이 없는 애들을 재촉하듯 몰아세웠다.

— 들어가자, 동실아! 철없는 것들, 동실 어머니 숨이 간당간당하는데 달밤에 날라리 춤이 춰지니? 날래 들어가자.

정숙은 아이들을 모두 데리고 덕순의 집으로 들어섰다. 짐승처럼 우두커니 웅크린 모습의 지붕 너머로 환한 달이 처연히 걸려 있었다. 정숙은 불현듯 저 달빛이 야속하기 그지없었다. 달빛이 쏟아져 내리는 작은 마당이 적막하다 못해 쓸쓸한 느낌이 들었다. 동실이 마루에 촛불을 켜고 방안의 불알전구도 밝혔다. 마침 전기가 들어오고 있었다. 뻑 하면 꺼져버리는 힘이 없는 불알전구, 공화국 인민들은 죽은 불알을 만지작거리며 공화국의 허상을 일상처럼 들여다보는 일도 이골이 나 있었다.

정숙은 덕순을 일으켜서 미음을 먹이고 나서야 마음이 조금 놓였다. 참이를 데리고 태산에게 가야 공화국에서 호강한다는 타령을 늘어놓을 때만 해도 다시는 덕순 동무를 보고 싶지 않았지만 덕순의 처지를 생각함에 딱하기 이를 데가 없었던 것이다. 속을 끓이던 순간에야 퉁을 주었지만 망가진 몸을 생각함에 내처 후회가 되었을 뿐이다. 강냉이 가루에 푸성귀 등을 섞어 억지로 때식끼니의 흉내만을 내서 우정일부러 동실과 참이에게 함께 먹도록 했다.

— 오마니, 보건소에나 한번 다녀옵시다.

— 글쎄 어미가 죄 아는 병이래두~

덕순이 수저를 놓고 다시 맥없이 드러눕는 모습을 보고서야 정숙은 거듬거듬 치운 다음 애들을 데리고 집으로 돌아왔다. 덕순네 대문을 나설 때 동실이는 참이와 헤어지기 싫다며 바람처럼 따라왔다. 동실이 미친 듯이 춤을 추는 데는 까닭이 있을 것이라고 정숙은 생각했다. 참이 역시 춤을 추는 데에 예전보다 더 빠져들고 있음을 느끼고는 했다. 집에 돌아오니 명호 동무가 마당가에서 서성거리고 있다가 동실 등을 향해 말했다.

－ 너들 마침 잘 왔다. 네들 반에 그루빠그룹를 만들었다는 게 무슨 말이니?

－ 봄이 아버지, 갑자기 그루빠그룹라니 원~

종이막 호롱불이 바람을 따라 꺼져들 듯 심하게 흔들리고 있었다. 봄이는 뭐가 급한 지 집에 오자마자 퇴마루에 반쯤 허리를 숙이고 앉아 공책을 펼치더니 열심히 무엇인가 적고 있었다.

－ 학교에서 부교장 선생님이래 이놈들 입에 담으면서 자꾸 걸고들 더시비걸다란 말이야. 네들 반에 그루빠라니 나 어린놈들이 어찌 그딴 짓을~

－ 선생님, 우덜하구 련관 없습네다. 상철이 같은 놀새날라리들 짓거립네다.

동실이 마치 칼로 무를 자르듯이 단호히 말했다.

－ 상철이가~

－ 즈 아바지들 장마당 돈줄 쥐고 있다는 놈들이 만든 그루빠에요.

헛소문이 아니라는 것에 명호는 더 놀랐다.

－ 장마당 돈줄? 언어느놈 들이 그딴 걸 만들어~

동실의 말에 명호의 목소리가 높아졌다. 참이는 끼어들지 않고 입을 다물고 있었다.

- 상철이가 딴 반 애들 끌어들였단 말이에요. 돈줄 없는 우리들은 근처 얼씬도 못한답니다.

- 흐음, 상철이놈 짓이란 게 이거, 지깟 놈들이 모여 뭘 어케 할 거라니? 나 어린놈들이 벌써부터 그루빠나 짓고 공화국에서 아주 잘 노는 짓이구나~

상철이 이름 앞에서는 공연히 화가 돋는 것을 어쩔 수가 없었다.

- 아버지, 우리 반에도 그런 그룹 있단 말입니다.

봄이가 공책을 접어 한쪽으로 밀어 놓고 몸을 일으켜 세우며 끼어들었다. 봄이의 말에 명호와 정숙은 동시에 놀란 소처럼 어둠 속에서 눈을 휘돌리며 말했다.

- 아니, 뭐이야?

- 요새 아아이들이래 무섭구나~

명호와 정숙은 번갈아 말을 하며 달라진 공화국의 실상을 피부로 느끼고 있었다. 인민들에게 고삐를 세게 조일수록 어느 한순간에 봇물처럼 터진다는 당연한 법칙을 공화국 수뇌부들은 어찌 모르는 것인가.

- 어머니, 봄이도 우리 반 돈줄 그루빠에 속해 있단 말이에요.

- 아니 뭐가 어떻다고?

명호가 선불 맞은 날짐승처럼 펄쩍 뛰었다. 듣고 보니, 고등중학에 이런 그루빠가 만연되고 있는 모양이다.

- 네가 어떻게 돈줄 그루빠에 들어간단 말이니?

- 공부 잘 하구 아버지가 교원질을 하니까 동무들이 끌어들인 거예요. 이렇게 돈 주고 숙제도 시키고~

봄이가 마치 자랑스럽게 입을 놀렸다.

- 아니 봄이 너, 이케 구부려 앉아서 동무들 숙제해댔단 말이니? 이

거 통 클 날 소리로구나, 클 날 소리야~

명호 역시 놀라 입이 다물어지지 않았다. 돈으로 숙제를 사고 공부를 사는 시대로구나. 이거 순 자본주의 짓거리 아닌가. 명호는 씁쓸한 마음에 두 손으로 턱을 쓸어내렸다.

– 미숫가루를 받기로 했단 말입니다. 장마당 돈줄 잡은 부모의 자식들은 돈이 넘치고 먹을 량식도 넘친다 말이에요.

– 그렇다고 그런 자본주의 짓거릴 해대니? 이거 경을 치겠구나. 봄이 너 당장 돈줄 그루빠에서 탈퇴하라.

명호는 생각할수록 화가 나서 순간 이성을 잃을 정도였다.

– 아버지, 아니 된단 말입니다. 이거 파워그룹이에요.

– 봄이야, 아버지 말씀 들어야지~ 공화국에서 그루빠라니~

정숙 동무가 끼어들었다.

– 우리는 다른 집안과는 다르단 말이야. 할아바이가 남쪽 국군 출신이란 걸 모르니? 당장 탈퇴하라. 이거 정말 경을 치겠구나~

명호는 가슴 속에서 끓어오르는 격정을 참을 수가 없었다. 장독대 뒤로 가서 바람벽 너머로 어둠에 쌓인 하늘을 우러러보았다. 품속에 말아두었던 마라초를 꺼내 피워 물었다. 매섭게 명호를 바라보던 부교장 선생의 시선이 눈앞에서 달아나지 않았다. 명호는 담배 연기를 푸우 뿜어내며 불안한 생각들을 밀어내려고 애를 썼다. 정숙 동무가 천천히 걸어와서 가만히 명호의 어깨에 손을 얹었다.

– 여보, 철없는 우리 봄이 어찌한단 말이오?

– 이거 어물어물하다 경을 치겠구나. 부교장 선생에 송곳 같은 시선이 다 까닭이 있었던 것이야.

– 듣자니 군인 가족들도 배급이 끊겼다지요?

정숙이 염려 섞인 목소리로 말했다. 학교에서 배급이 끊겨 정숙 역시 허리띠를 조르고 있다는 것을 명호는 모르지 않았다. 남쪽 형님네가 아니었다면 벌써 뱃가죽이 달라붙어 참이나 봄이 등도 다른 학생들처럼 무슨 짓들을 하게 될지 모르는 일이었다.

- 울 학교에도 군인 가족이 몇 있는 모양인데 말이 좋아 별_{군인}이지 다 옛말이더라니. 군인들에겐 고저 다른 일을 못하게 만들어놨으니 무장 힘들어질 수밖에 없단 말이야~

- 기업소 아낙네들이 지껄이는 소릴 듣자니까 글쎄 가방에 딱 책 한 권만 넣고 다니는 학생들이 많다 하잖소.

명호는 희미한 달빛 아래서 묵묵히 고개를 끄덕거렸다. 명호 역시 이런 얘기를 학교에서 들은 적이 있다. 책가방을 비워둔 후 귀가할 때 닥치는 대로 공터 텃밭 등에 심어놓은 무나 배추, 상추, 파 같은 남의 남새들을 훔쳐서 담아간다고 했다. 버젓이 장마당에 들러 잽싸게 먹을 것을 훔쳐 달아나는 학생들도 있다는 것이다.

- 다들 힘든 판국이지~ 요즘엔 그저 학교 그만두는 아애들이래 많지 않니~ 경제가 어려운데 공부는 해서 뭐하냐는 데 우리가 무슨 할 말이 있갔대서~

- 봄이 아버지, 교원들 배급사정도 좋지 않지요?

- 하루 때식_{끼니} 때우기도 어려운 학부형들이 교원 배급까지 신경 쓸 수야 있나~

학부형들을 생각하면 배급을 재촉할 수가 없었다.

- 당신 그래도 배급 못 가져온 애들 미워하지 말라요. 공화국도 못하는 배급을 학부형들이 무슨 재간 있겠어요.

- 것 보다 당장 내일 애들 데리러 나가봐야 하는데~ 교실 빈자리가

한 둘이어야지~ 그저 굶지나 말구 있어야 할 텐데들~

다른 반의 담당 교원들은 가난한 집안 학생들을 구박하고 공공연히 학생들 앞에서 망신을 준다고 했다. 그렇다고 뭐가 달라지는 것이 아닌데도 교원들은 학부형들로부터 배급을 받아내려고 피타는(피나는) 노력들을 하고 있었다. 명호 역시 남쪽 형님의 지원이 없었다면 다른 교원들과 다르지 않았을 것이다.

명호는 정숙이가 뒤에서 팔을 둘러 허리를 껴안아 오는 것을 느꼈다. 철이 없는 아이들은 마당 한쪽에서 다시 남쪽 춤을 추고 있었다. 골목 중간 집의 누렁이가 허기진 탓인지 설핏한 달빛 탓인지 꺼져가는 목소리로 짖고 있었다. 명호는 갑자기 죽은 기백이 동무 생각이 떠올랐다.

– 오늘따라 기백이 동무 생각이 간절하누나. 그저 살아 있다면 이바구 주고받으면서 티격태격 하루하루 버텼을 텐데~

– 에그나, 정숙이 정신 보라. 여보, 오늘 낮뒤(오후)에 지역 인민보안부 호출이 있었단 말입니다.

정숙이 일의 시종始終을 명호에게 말해주었다. 그리고 덕순이 동무로부터 들은 동실의 주민 문건에 표식이 되어 있는 붉은 동그라미에 대해 염려 섞인 목소리로 말했다.

– 내일 짬내서 당신이 당장 한번 가보시라요. 우덜 참이마저 빨간 딱지 매달고 살 수 없지 않아요?

– 알겠소. 정숙 동무, 피곤한데 들어 가자우.

명호의 머리에 싸늘한 기운이 스며드는 느낌이었다.

– 불피코(반드시) 그리하세요, 봄이 아버지.

– 글쎄 알았다는데~ 음~ 정숙 동무 고저 내일엔 짬 내서 동실 어머

니 데리고 진료소에 한 번 다녀오라.

명호는 얼른 말의 머리를 다른 데로 돌렸다.

– 에구 그러게나 말이에요. 인민보안부에서 돌아오면서도 우정일부러 진료소에 가재도 아는 병이라고 도리질을 치는데 그만 기백이 동무하고 하는 짓도 똑같습데다.

– 언, 고집불통 하군~ 그러구새구그렇든 말든 츳 츳~

– 봄이 아버지, 인민보안부 가달라는 거 잊지 마세요.

정숙으로서는 몇 번이고 다짐해도 부족한 일이었다. 정숙은 아들한테 붉은 딱지라는 멍에를 짊어지게 할 수는 없음이었다. 정숙은 밤에 잠을 이루지 못했다. 참이의 붉은 동그라미 문제며, 무엇보다 덕순 동무한테 무슨 일이 일어나지 않을지도 염려되었다. 만약 덕순이 동무가 죽는다면 당장 동실의 앞날이 걱정이었다. 당장 동실이가 학교에 다니는 일도 문제 아닌가 말이다. 명호 역시 잠을 이루지 못하는지 먼동이 틀 때까지 뒤척거리고 있었다.

3

명호는 상학시간수업시간을 피해 일찍부터 학생들 집에 방문할 생각이었다. 담임으로서 아이들의 무단결석을 보고만 있을 수가 없었기 때문이다. 명호뿐만 아니라 다른 교원들도 결석중인 학생들의 상황을 파악하느라 분주히 움직이고 있었다. 공화국 인민의 길은 뭐니 뭐니 해도 배움의 전당에서 닦아진다고 명호는 생각하고 있었다. 주체성의 자각은 물론 인민답게 살아가기 위해 학교의 공부가 필수라고 여기고 있었다.

— 력사 선생 반엔 가방을 거꾸로 멘 아이들이 몇 명이나 되오?

— 십여 명 됩니다. 부교장 선생님.

교실에 모습을 드러내지 않은 애들을 생각하면 명호는 가장 가슴이 아팠다.

— 력사 선생, 오늘 낮뒤오후 상학시간 끝나고 이녁하고 장마당 가서 대포나 한 잔 합시다.

— 부교장 선생님, 무슨 일이라도~

이런 일이 없었기에 마음은 더욱 불안하기만 했다.

— 고저 회포나 풀잔 말이오.

명호는 부교장 선생의 말에 마음이 꺼림칙하면서도 고개를 끄덕였다. 아무래도 봄이의 돈줄 그룹에 대해 교원인 자신을 직접 성토할 모양이라고 명호는 생각했다. 학교에 이렇게 그루빠가 난립할 때까지 파악조차 못한 교원으로서의 자책이 밀려오기 시작했다. 명호는 허리를 크게 숙여 부교장 선생의 제의에 승낙을 한 다음 밖으로 나왔다. 자전거를 다시 살펴본 다음 안장에 올랐다. 페달을 밟으니 제법 바퀴살이 경쾌하게 돌았다. 어제날에 손을 본 덕인지 치륵치륵 소리는 나지만 굴러가는 데는 제법이었다. 자전거도 한참을 타고 다니니 자꾸만 체인도 말썽을 부리고 바퀴살이 제자리에서 이탈하여 튀어나왔었다. 사람뿐만 아니라 자전거 바퀴살도 지나온 세월만큼 나이를 먹어가는가 보다. 명호는 페달을 세차게 밟기 시작했다.

공화국의 거리에는 인민들이 들끓고 있었다. 인민군 최고사령부가 남조선의 청와대를 타격하겠다고 성명을 발표한 뒤끝이었다. 인민들은 전국 각지에서 저마다 미제와 남조선 괴뢰도당들에 대한 치솟는 적개심을 일떠세우며 멸적의 의지를 다지고 있었다. 이런 의지는 생활전선을 버리고 총을 쥐고 전쟁으로 나가자는 서명으로 이어지고 있었다. 무엇보다 박근혜 패당을 무너뜨릴 절호의 기회라고 떠벌이며 인민의 사명을 다하고 본분을 지켜내기 위한 필승의 임전태세를 고양하자 소리쳤다.

그러나 이런 공화국의 중대성명이야말로 인민들을 다잡기 위한 김정은 정권의 비틀기에 지나지 않음이었다. 인민들의 정신자세를 비틀어 적들의 도발책동을 분쇄하고 전쟁에 미친 미국 깡패들과 그들의 앞잡이 남조선 괴뢰들을 씨종자 하나 남기지 말고 죽탕쳐버리자는 내부 결속에 다름 아니었다. 호상 인민들은 이웃 주민의 눈치를 보고 학생들은 학생들끼리의 눈치를 보고 심지어 부모자식간에까지도 서로 눈치를 보며 공화국에 대한 충성심을 나타내 보이려고 애를 쓰고 있었다. 이렇게 어수선한 분위기 속을 헤치고 달리면서 명호는 당장 한 치 앞의 일도 분간하기 어려운 현실에 근심만 쌓여갔다.

들리는 말로는 너도나도 입대를 앞당기고 재입대까지 한다고들 했지만 명호의 고등중학에서는 아직 입대를 앞당기는 학생들은 나타나지 않았다. 교원들 또한 직분마저 버리고 재입대를 하겠다는 자들은 아직 나타나지 않았다. 이런 모든 소란들이 명호는 공화국에 대한 과잉충성이라고 생각했다. 허리띠를 조이며 충성을 보여주었지만 인민들에게 달라진 것이 무엇이더란 말인가? 이런 인민들의 충성열기를 보여주듯 골목마다 인민반장을 중심으로 인민들에게 서명을 하도록 하고 있는 모습도 보였다.

명호는 포장되지 않은 울퉁불퉁한 골목길을 돌고 돌아 헤집고 다녔다. 학생들의 집을 방문했지만 부재중인 학생들을 직접 만나기는 어려웠다. 먹고 살길을 찾아 떠돌고 있을 학생들을 만나본들 명호가 대체 무슨 말을 해줄 수가 있을 것인가? 허물어질 듯 낡은 집들, 생기 없고 추레해 보이는 인민들의 모습, 마음들은 바쁜 듯 발길들만 종종걸음치고 있는 모습이었다. 다섯 학생의 집을 방문하여 겨우 한 학생을 만났다. 학교에 왜 나오지 않느냐는 명호의 물음에 태연하게 대답했다.

— 선생님, 공부하면 죽이 나옵니까, 밥이 나옵니까?

— 홍탁아, 그래도 고등중학은 마쳐야 하지 않겠니?

명호는 제자의 눈을 응시하지 못했다.

— 내 어머니가 아파 누워계십니다. 내 머라도 하지 않으면 울 어머니 굶어 죽습니다.

학생의 말에 명호는 아무런 대꾸를 하지 못했다. 학생의 담임 교원으로서 부끄러워 자신에 대한 책망을 하게 되었다. 명호는 뜻 없이 고개를 끄덕이면서 학생의 어깨를 다독거려주면서 되돌아 설 수밖에 없었다.

명호는 돌아오는 길에 정숙의 말이 생각나서 지역 인민보안부에 들렀다. 조사실에 들러 정무원에게 아들의 문건을 보여 달라고 말했다. 처음에는 함부로 문건을 보여줄 수 없다고 단호히 거절했지만 명호가 약간의 뒷돈을 찔러주고 고등중학 교원임을 밝히자 살짝 시치미를 떼면서 문건을 보여주었다. 명호는 참이의 문건에서 세 겹의 빨간 동그라미 표식을 발견했다. 동실의 문건에는 두 겹의 빨간 동그라미 표식이 있다고 하지 않았던가? 명호는 아직 자신의 문건에 빨간 표식이 있다는 것을 눈으로 확인하지 않았지만 아들의 문건을 두 눈으로 확인하는 순간 그 빨간 표식이 가족의 목에 걸려 있는 죽음의 멍에가 될지도 모른다는 불안감이 엄습했다. 공화국에서 살아가는 한은 영원히 붙어 다닐 빨간 딱지일 것이라는 두려움이 밀려오는 것을 느꼈다. 아버지의 핏줄로부터 물려받은 빨간 멍에, 명호는 새삼 가족에게 죄를 짓는 느낌이 들어 재빨리 정무원에게 문건을 건네주고 밖으로 도망치듯 나왔다. 아아, 아버지의 가슴속에 생애를 두고 남아 있었을 쓰라림이란 바로 이런 것이었으리라. 돌이켜 생각해보니, 참이한테 만은 이런 멍에를 물려주지 말았어야 했다는 생각이 들었다. 그러나 명호가 처한 당시의 상황을 생각함에 모든 것이 운명적일 수밖에 없음이었다. 집에 돌아가서 정숙에게 무슨 말을 들려주어야 할지 눈앞이 아득해져 선뜻 자전거에 올라타지 못했다.

학교가 파한 후에 명호는 장마당 술집에서 부교장 선생과 자리를 같이 했다. 부교장은 학교 차원에서 김정은 위원장에게 어떻게 충성심을 보여줄 수 있을지 면밀히 계획을 세워보라고 말했다. 학생들 사이에 계층을 만들어 위화감을 조성하는 남쪽 반동 짓거리를 언급하며 돈줄 그루빠에 대한 얘기도 빼놓지 않으면서 뿌리째 뽑아달라고 강조했다. 그리고 학생 중에 누군가 선봉에서 군에 조기 입대를 자원하고 교원 중에서도 누군가는 선봉에서 군에 재입대를 자원하는 모습을 보여주어야 하지 않겠느냐고 명령을 내리듯이 반문했다. 명호는 부교장 선생의 이런 말이 마치 명호 자신에게 자원입대를 서둘러 달라는 뜻으로 받아들여졌다.

— 부교장 선생님, 나나이 어린 학생들이 어떻게 군에 입대를 한단 말입니까?

— 력사 선생, 고저 다른 학교에선 공화국에 충성질을 하느라 야단법석인데 우리가 이렇게 구경만 하고 있을 수야 없지 않겠느냐 말이오~

딱하다는 듯 부교장이 말했다.

- 선생님들이 재입대를 하문 공화국 교육이 일시에 무너지지 않겠습
니까?

- 거 보니 력사 선생 참 에누리 없다. 그저 시늉만 하자니까 그런다.
말인즉슨 공화국 인민들에 내부 결속에 동참하는 시늉을 하자는 거라
니까는 글쎄. 어찌 곧이곧대로 생각하려 하오?

부교장이 답답하다는 듯 말했다. 명호는 고개를 끄덕였다.

- 부교장 선생님, 알겠습니다. 무슨 말인지 알겠어요.

- 헙 헙 헙~ 력사 선생, 시늉만 하자구요 시늉만~ 자, 한 잔 들
어요.

명호는 부교장 선생의 심중을 이제 이해할 수 있을 듯했다. 어차피
형식적인 과정이라면 부교장의 기분을 맞춰주지 못할 이유가 없었다.
더구나 부교장은 항상 명호에게 겉으로는 데면데면해도 속은 깊은 사
람이었다. 명호는 노동당의 직속인 부교장 선생의 줄이 대단한 것은
아니지만 놓치지 않으리라 결심했다. 명호는 부교장이 따라준 탁주잔
을 한입에 털어 넣고 정중히 부교장에게 잔을 올렸다.

장마당 술집에서 자리를 마치고 일어서는데 부교감이 명호에게 은밀
히 말했다.

- 보라, 력사 선생~

- 예 부교장 선생님~

부교장 뿐만 아니라 명호 역시 술기운이 약간 올라 있었다. 기백
이 동무 조의장에서 술을 입에 대고 난 후 처음이니 상당한 기간이
흘렀다.

- 거 보위부 박태산 동지가 리혼을 한다는데~

명호는 부교장의 입술 끝을 노려보았다. 갑자기 태산이 동무의 리혼

이야기라니 원. 공연히 불길한 예감이 오한이 들 듯 엄습해 오는 것을
느꼈다.

－ 공화국이 온통 전시 분위긴데 어찌 기깟 보위부원 리혼 얘깁니까?

－ 언, 리명호 선생 보오. 이녁 아들애 리 참이 말이야.

명호는 그때서야 천천히 떼던 걸음을 우뚝 멈춰 섰다. 박태산의 얘기
중에 부교감의 입에서 튀어나온 참이라는 이름이 갑작스럽다 못해 두
렵게 느껴지고 있었다.

－ 울 아들애 얘길 왜~

－ 것 무던한 동무 보게나. 보위부 박 동지래 이녁 아들에 발뒤축을
하냥 밟아대는 거이 이상하지 않느냐 말이야. 고저 력사 선생, 보위부
박 동지하구 무슨 악연이 있소?

－ 허 부교장 선생님도 참, 어릴 적 동무 사인데 무슨 악연입니까 악
연이~허허허~

－ 보라, 박 동지 야박하구 인정 머저리 없는 사람이야 리 선생, 듣자
니 어제날과거 이녁 동네 강변에서 살인사건 났잖소. 한땐 두루 이녁이
수모를 당하지 않았는가 말이오?

명호는 몸을 털어내며 정신을 바짝 차렸다. 부교장 선생의 말은 잊
었던 아픈 기억을 돌이켜 세워 정신이 번쩍 들도록 했다. 명호는 긴장
한 눈빛으로 말시답은 하지 않고 부교장 선생을 빤히 바라보았다.

－ 거 보위부 박 동지 짓이라는 소리가 은밀히 돌더란 말이요.

－ 아이쿠, 부교장 선생님, 입 조심 하시라요.

다그치는 듯한 명호의 태도에 부교장 선생 역시 입을 틀어막으며 저
도 모르게 주위를 살피고 있었다.

명호는 부교장 선생과 헤어져 자전거를 밀면서 천천히 걸었다. 하루

내내 자신의 인생에서 많은 일들이 지나쳐간 느낌이 들었다. 어둠 속에 잠든 인민들의 머리맡에 김정은의 은총이 어떻게 내려질 것인지~ 저토록 공화국에 충성을 다짐하느라 하루종일 한숨 돌릴 겨를이 없었을 인민들이 편안히 잠들기를 명호는 속으로 기원했다.

밤이 이슥해서야 명호는 집에 도착했다. 술에 취한 모습을 보고 정숙 동무는 놀라는 눈치였다. 정숙이 지역 인민보안부에 들러보았느냐고 물었지만 명호는 대답하지 않고 잠자리에 누웠다. 잠속에 빨려들면서 아아, 이대로 영원토록 깨어나지 않았으면 좋겠다는 생각을 하고 있었다.

제15장 백두장군

1

　명호는 상학수업시간임에도 책을 손에 들지 못했다. 지난밤 술기운에 금방 곯아떨어졌을 법해도 잡다한 생각들로 오히려 정신이 맑아지며 잠을 이루지 못하고 뒤척거렸었다. 돈줄 그룹을 조직한 학생들을 뿌리째 뽑아달라는 부교장 선생의 당부는 어쩌면 당연한 것이지만 김정은 위원장에 대한 공화국 인민들의 충성대열에 교원으로서 선봉에 서달라는 당부는 자칫 납청장이 될 수 있겠다는 생각이 심하게 가슴을 짓눌렀다.

　명호는 참이와 동실, 상철 등이 속한 반의 상학시간을 이용하여 교원으로서의 직분을 수행하고 있었지만 사실은 부교장 선생의 눈초리를 의식했기 때문이다.

　– 너들 중 공화국을 위해 가장 먼저 군에 입대할 학생 누구 있나?

　명호는 약간 떨리는 목소리로 입을 떼었다. 학생들을 배워주는가르치는 교원으로서 어린 학생들에게 용서받지 못할 말임을 명호는 모르지 않았기 때문이다. 그러나 상황이 생각보다 급박하게 치닫고 있음을 알아차렸다. 부교장 선생이 복도에서 날카로운 시선으로 강탁 앞의 명호를 감시하고 있었기 때문이다. 명호는 지난 고난의 행군 시기에 장대한 충성심의 대가代價로 얻어낸 훈장을 떠올리고 있었다. 학생들 중에 누구도 자원입대를 하겠다고 손을 드는 학생은 나타나지 않았다.

　– 김정은 최고 존엄이 지금 미제국주의자들한테 위협받고 있다는 거 알지? 우리 공화국 인민들이 당장 어찌해야 하겠느냐 말이야!

　명호의 목소리가 갑자기 가파른 벼랑을 타고 올라가는 듯했다.

- 김정은 위원장님의 털끝 하나라도 건드린다면 가차 없이 달려나가 죽탕쳐 버려야 합니다.

누군가 결기가 섞인 목소리로 대답했다. 소리 나는 쪽을 바라보니 가장 키대가 작은 학생이었다. 키대는 작지만 가슴속에 타오르는 충성심은 장대하게 굽이치는 듯했다.

- 어허 만룡이가 괜한 만용蠻勇은 아니겠지?

- 하하하~

명호의 말에 학생들이 일제히 웃어재꼈다. 항상 학생들 틈에 끼어 표가 나지 않고 있는 듯 없는 듯하던 만룡의 결기는 분명 다른 날과는 달랐다.

- 웃지 말라, 종간나 새키들아.

- 조용, 조용, 그래 만룡이는 그 불타는 충성심을 어떻게 보여주겠니?

명호는 뜻밖에 만룡의 존재감을 확인하며 이렇게 물었다. 여전히 복도 창문 너머에서 부교장 선생의 시선이 날카롭게 강탁으로 꽂히고 있었다.

- 선생님, 내래 자원입대 하겠습니다.

- 우우우~

하고 학생들이 만룡에게 야유를 보내고 있었다. 학생들은 키가 작은 만룡이가 군복을 입고 88식 보총AK소총 : 현 북한 주력 소총을 메고 뛰는 상상을 했을 것이다. 명호는 만룡의 대답을 듣자마자 바로 이 순간을 이용해서 학생들의 참여를 슬기롭게 유도할 생각이었다.

- 공화국을 향한 만룡이 동무의 충성심이야말로 미제국주의자들을 단칼에 무찌르고도 남겠구나야. 좋아, 배만룡이 앞으로 나와 여기에다

수표서명 하라!

명호의 말에 만룡은 씩씩하게 걸어 나왔다. 비록 키대는 작아도 지금 만룡의 존재감은 하늘을 찌르고 있었다. 만룡은 한 치의 망설임도 없이 자원입대자의 수표란에 정확히 배만룡이라고 또박또박 수표를 했다. 만룡의 용기에 보답을 하듯 명호 역시 각오를 다지기 시작했다.

– 선생님두 자원입대 하겠어. 김정은 최고 존엄 앞에 공화국을 사수하고 혁명 보위의 총대를 틀어잡을 것을 맹세하겠단 말이다.

명호는 만룡이처럼 망설임 없이 학생들이 지켜보는 가운데 자원 재입대신청서에 또박또박 수표를 하기 시작했다. 이런 모습을 지켜보던 부교장 선생은 그때에서야 돌아서서 자리를 뜨고 있었다. 명호는 만룡이를 제외한 다른 학생들의 태도에 순간 안도를 하면서도 한편으로는 괘씸하기 그지없었다. 동무와 담당 교원이 수표를 하는 마당에 소 닭 보듯 하는 학생들의 태도에 순간 분노가 일어나고 있었다.

– 여기 돈줄 그루빠가 있다는데 손들고 자수하라.

하고 명호는 돈줄 그룹의 뿌리를 뽑아버리라는 부교장 선생의 당부를 명분으로 삼아 강력하게 질타를 하기 시작했다.

– 학생 넘들이 감히 자본주의 반동 짓을 하다니, 그루빠란 말이야 자본주의 반동들이나 하는 짓거리란 말이지. 학급반장이래 언 넘이 이 딴 짓을 벌였는지 알고 있나?

명호가 학급반장을 호명하는 순간 학생들이 웅성거리기 시작했다. 명호는 날카로운 시선으로 상철을 노려보았다.

– 몽둥이 쳐들기 전에 돈줄 그루빠 놈들은 자수하라. 자수하면 내 래 부교장 선생님한테 말씀드려 한 번은 용서해 주갔어.

명호의 단호한 태도에도 불구하고 학생들은 무반응이었다. 명호는 상철뿐만 아니라 부모가 돈줄깨나 쥐고 있다는 학생들로부터 코빵무안을 맞아버린 셈이다. 자수하면 용서한다고 몇 번을 반복해 말했지만 학생들 중에 누구도 반응하지 않았다. 명호는 순간 교원으로서 치욕스러움을 느끼고 있었다.

— 좋아, 죄 책상 위로 올라가 무릎 꿇어라!

순간적으로 화를 다스리지 못해 명호는 뜻밖의 지시를 하고 말았다. 학생들이 처음에는 눈치들을 보다가 하나씩 책상 위에 올라가 무릎을 꿇고 있었다. 등교하지 않은 학생의 자리를 제외하면 20명 남짓, 마지막 눈치를 보던 상철이가 책상 위에 무릎을 꿇는 순간, 명호는 강탁 밑에서 두툼한 회초리를 꺼내 들어 차례대로 10대씩 가격하기 시작했다. 공화국의 자식들은 김일성 수령의 자식들, 교원질을 하는 사람이 함부로 매를 휘두름은 언간 공화국에 반항하는 짓이 되리라. 하지만 설마, 보위부 태산이라도 자본주의 반동 짓거리를 다스리는 것에는 감히 간섭하지 못할 것이라는 자신감이 있었다. 한 놈씩 차례대로 힘을 다해 가격했다. 참이나 동실 역시 예외일 수 없었고 상철의 패거리들에겐 더욱 호되게 휘둘렀다.

— 선생님이 네들에게 이렇게 배워주었나, 조국 사술 위해서 어찌해야 한다 했니?

— 심장이 펄펄 끓어대는 애국심으로 똘똘 뭉쳐야 한다 했습니다.

여전히 열혈 충성을 보인 학생은 배만룡이었다. 여느 때와는 다르게 있는 듯 마는 듯하던 만룡이가 이날따라 유별났다. 도깨비 쓸개같이 작고 추레하던 만룡이가 눈치 빠른 도갓집 강아지로 변한 것을 보고 명호는 의아했지만 만룡의 태도에 속으로 박수를 보냈다.

— 혁명보위의 총대는 고사하구 뭐이 어드래? 돈줄 그루빠!

- 선생님! 박상철 동무래 돈줄 그루빠를 만들었답니다.

박상철을 손끝으로 가리키며 만룡이가 말했다. 명호는 생전 처음 보는 만룡의 넘치는 기개에 놀라면서 박상철을 앞으로 불러냈다. 학생들의 시선이 일제히 박상철에게 쏠리고 있었다. 어느 결에 다가왔는지 부교장 선생이 다시 복도에 서서 교실 안쪽을 응시하고 있었다.

- 박상철이는 자본주의 사상에 쩔었나? 머 돈줄 그루빠!

- 선생님, 상철이 동무가 조직한 거 아닙니다. 내래 상철 동물 꾀서 이케 된 거에요. 우리 반만 이런 게 아니고 딴 반 애들도 돈줄 그루빠 있습니다.

박상철을 엄호한 사람은 상철의 오른팔인 김강철이였다. 강철은 두 치 세 치 앞을 미리 내다보는 남다른 촉수를 지닌 영악한 아이처럼 얼굴 표정 하나 흔들림 없이 상철을 엄호하고 나섰다. 이미 봄이에게 들어 알고 있었기에 강철의 변명에도 명호는 놀라지 않았다.

- 선생님, 딴 반 동무들도 죄 적출해내야 하지 않겠습니까?

- 뭐이 종간나 짜식아~

명호는 정곡을 찌르고 드는 강철의 기지에 당황한 나머지 큰소리를 쳤지만 슬며시 꼬리를 내릴 수밖에 없었다. 강철의 말처럼 다른 반까지 적발했다가는 봄이마저 위험에 처할 수가 있음이었다. 상철의 입장과 봄이의 입장은 하늘과 땅의 차이라고 명호는 생각했다.

그런데 이런 명호의 난처함을 동실이가 막아주는 것이었다. 동실이 자리에서 성큼성큼 걸어 나오더니 강탁 위에 놓인 자원입대 수표란에 수표서명를 하고 있었다. 동실의 이런 모습을 물끄러미 바라보던 학생들이 일제히 줄을 지어 자원입대 명단에 서명하기 시작했다. 부교장 선생은 기다렸다는 듯이 재빨리 교실 안으로 들어와서 박수까지 쳐대고 있었다.

　명호의 이날 성과에 부교장의 믿음이 더욱 깊어졌음은 말할 나위 없었다. 이날, 교원실에서도 동료 교원들이 명호의 재입대 수표에 자극을 받아 거의 모든 교원들이 수표_{서명}를 했다. 그런데 이런 상황은 비단 명호네 고등중학 뿐만 아니라 공화국 전역에서 일어난 것이었다. 공화국은 이튿날, 150만 열혈 인민들의 자원입대를 높이 평가하며 뜨거운 감사와 전투적 경례를 보낸다는 김정은 위원장의 감사문을 중앙 텔레비전을 통하여 하루종일 내보내고 있었다. 공화국의 이런 작태는 핵실험과 장거리 미사일의 발사에 대한 유엔 안보리의 대북제재에 따른 내부결속 다지기에 지나지 않았다. 연일 미 호전광 깡패무리와 앞잡이 남조선 괴뢰도당들을 씨종자도 없이 죽탕치자를 외치며 결사용위의 자세로 거리를 행진했지만 과시용일뿐 실제 입대조치는 이루어지진 않았던 것이다. 명호는 누구보다 먼저 솔선하여 총대를 메는 일에 앞장서서 열혈적으로 충성하였기에 부교장 선생으로부터 공화국에 대한 충성심을 인정받았을 뿐만 아니라 동료 교원들이나 학생들에게 강인한 인상을 심어주었음은 당연한 것이었다. 명호는 이번 일이 또 한번 메달을 따기 위한 중요한 기회가 되리라고 생각하고 있었다.

2

　박태산의 발등에 불똥이 떨어진 것은 북남 관계의 악화에 따른 당연한 수순이었다. 태산의 돈줄 잡기에 대한 특유한 감각은 유달리 뛰어났다. 그는 돈줄을 정확히 짚었고 남다른 수단으로 돈 자루를 더듬어 자기 주머니에 움켜 담았다. 보위부의 권력으로 잡을 수 있는 돈줄은 뜻밖에 다양했지만 불법인 것은 분명했다. 말로는 사회주의 위업을 위해 몸이 가루가 되도록 충성을 다짐하면서도 한편으로는 가장 부패한 자본주의적 방식으로 살고 있는 사람들이다. 공화국에서는 이들과 그 자녀들을 일컬어 애플족이라 비아냥거렸다. 겉과 속의 색깔이 적赤과 백白으로 사과의 속과 겉처럼 시치미를 떼는 듯이 다르다는 리유였다.

그들은 고급 승용차를 타고 좋은 집에 살면서 달러만 받는다는 식당에서 식사를 한다고 했다. 또한 아름다운 아가씨를 끼고 다니며 유흥을 하고 외화상점에다 달러를 뿌린다는 것이다. 대외무역을 하기 위해서 공화국에서는 '와크'라는 무역 허가증을 받아내야 하는데 보위부 간부들은 힘을 이용해 이것을 취득하고 이렇게 취득한 허가증을 무역회사에 빌려주어 누워서도 돈을 버는 구조를 만든다고 했다.

애플족들 중에서는 좋은 자리를 얻거나 진급하기 위해 상당한 꾹돈뇌물을 상납하는데 보위부의 간부들이 이런 자들에게 다리를 놓아 잇속을 챙기기도 한다는 것이다. 하지만 공화국의 돈줄을 철저하게 봉쇄하겠다는 국제사회의 제재 결의에 따라 이제 상황이 어려움 속에 빠지고 있는 것이었다. 태산은 돈줄이 끊어지면 여태 누려왔던 사치는 물론 꾹돈뇌물을 찔러주고 따내려는 진급의 문제까지 차질이 생길 것 같다고 생각하고 있었다. 머릿속에 그려놓았던 화려한 그림들이 지워질 위기를 맞자 태산은 머리를 비틀어 해법들을 짜내기 시작했다.

– 우리가 상부만 바라볼 게 아니라 자구책을 강구해야 한단 말이야~

태산은 보위부의 직속 부하들을 자신의 정무실에 불러 은밀히 일장 훈시를 하고 있었다. 정치범수용소에서도 살아남아 권력의 고리를 거머쥔 이력이 말해주듯 그의 머리는 활기차고 야금받게 돌아갔다. 반탐

과 소속으로 특히 태산이가 부여받은 사명이란 탈북자들을 체포하고
적대세력들의 동향을 비밀리에 감시하는 것이다.

－ 이 보, 책임지도원 동지, 부과장 동지 어데 갔대서?

－ 예, 위생실에 갔습니다.

책임지도원의 목소리는 호흡이 바쁘게 들렸다.

－ 뭘 퍼먹어 댔는데 그저~ 거 책임지도원 들으라.

－ 예 박 과장 동지~

부과장 문제로 책임지도원의 똥줄만 타들었다.

－ 구류장 계호원 놈들 말이지~

－ 보위소대원들 말입니까?

한 마디 응대하고 빤히 박 과장을 올려다보았다.

－ 그래, 어찌 상납이 이렇게 더디는 지 말 해 보라.

태산은 아주 작정을 한 사람처럼 부하들을 날카롭게 닦달했다.

－ 하사관들 권총집이 누구에 은총이니?

하며 부하의 대답이 뜸을 들이자 답답하다는 듯이 책상을 치면서 태
산이 되물었다.

－ 예, 김정은 위원장님 은총입니다.

쩔쩔매는 목소리로 책임지도원이란 사내가 말했다.

－ 고 알면서 그런다. 윗선에서 그저 어드렇게 생각하갔어? 거 한 떼
거리 남김없이 내달엔 고저 곧장 올려 받도록 하라.

－ 예, 박 과장 동지.

이때, 부과장 동지가 허리를 굽실대면서 들어오고 있었다. 불룩한
뱃살이 걸을 때마다 셔츠 단추 구멍 사이로 삐죽 모습을 드러냈다. 젊
어 보이는 외모에 비해 앞머리가 벗겨져서 이마빼기가 번들번들 빛이

나는 모습이었다.

– 부과장 동지, 뭘 퍼먹어 댔기에 이케 위생실에 들락거리나?

– 배탈이 좀 났습니다.

부과장의 목소리는 정작 여유로웠다.

– 고 작작 퍼먹어라. 부과장 동지, 우리 공화국이 지금 어떻게 코나에 내몰렸는지 알고 있지?

– 알고 있습니다.

부과장의 목소리에는 아직도 편안한 기운이 묻어 있었다.

– 이번 미국 놈들 포악질을 어찌 당해내야 할지 부과장 동지 생각해 보았나?

태산의 머릿속에 이미 부하들에게 투사할 말들이 차례대로 기다리고 있는 듯이 부하들에 따라 적절히 묻고 있었다.

– 혁명자금을 악착같이 만들어대야 하잖겠습니까?

– 이케 아둔한 동지 봤나. 말인즉슨 맞지만 어떻게 완수해야 하는지 말해보란 말이야. 중앙당 38호실 39호실 산하 지도국들 난리법석 아니네?

태산은 다시 답답하다는 듯이 서류철로 책상머리를 탁, 탁 내려쳤다. 이때, 구류장의 계호원들이 무리지어 들어왔다. 무역은행들마저 돈줄이 끊길 위기에서 똥줄이 타고 있는 사람은 태산이뿐만이 아니었다. 산하 지도국들과 무역은행들이 정기적으로 중앙당 김정은에게 바치는 자금이 멈춰지게 생겼기 때문이었다. 공화국 인민들 역시 김정은에게 충성의 외화벌이로 바치는 0.2그람의 금을 만들기에 난관을 맞고 있었다.

– 우리도 지하경젤 양성합시다, 과장 동지~

중사 계급장을 단 구류장의 계호원이 말했다. 보위부 구류장은 계호
원들이 관리하고 있었다. 구류장의 계호원들은 어깨에 권총집이 달린
어깨띠를 착용하고 있었으며 그들의 책임자는 계급이 소위였다.

– 너들 머리가 그렇게 안 돌아가니? 무슨 수루 지하경젤 양성하겠
어? 마약? 장비? 위조달러? 이런~ 죄 개털 됐다니까 글쎄~

태산의 표정은 정말 심각해 보였다. 여전히 답답함이 목울대까지
차오르는 모양으로 서류철로 책상을 신경질적으로 내려치고 있었다.
태산의 신경질에 가장 답답한 사람은 부과장 동지였다. 부과장은 늘
태산이 진급해야 자신이 그 자리를 치고 올라간다는 생각을 하고 있
었다.

– 박 과장 동지, 좋은 생각이 났소.

– 그래 거 부과장 동지, 이마빼기가 오늘 번들 하구나. 말해보라.

태산은 부과장의 이마빼기를 뚫어지게 응시하고 있었다.

– 탈북 가족들 말이오. 여기 남은 가족들 있잖소.

– 있지~ 우리 관내 비밀 문건 고저 우리 생명줄 아이니?

태산의 눈빛이 순간 먹잇감을 찾는 매의 눈빛처럼 빛이 났다.

– 고 남조선 선택한 반동들이야 공화국 가족들 먹여대느라구 무장
안달들일 것이오. 여기 남은 가족들 교묘히 이용하잔 말이오.

태산의 입가에 삐죽이 주름이 지기 시작했다. 탈북자 가족들의 돈을
착취하는 것은 이미 공공연한 일이지만 사태가 급하게 생겨 바짝 당기
지 않으면 안 되는 상황이었다. 태산은 고개를 끄덕이며 머릿속이 마
치 거미가 거미줄을 치듯 복잡하게 움직이고 있었다. 이때, 하급 계호
원이 부과장의 생각에 자신의 생각을 보태고 있었다.

– 들자니, 흩어진 가족이산가족들도 남쪽에서 돈들이 올라온다잖소?

- 머이, 흩어진 가족?

태산의 머릿속에 번개처럼 생각 하나가 떠올랐다. 사실 진작부터 머릿속에 담아두었던 생각인데 상황이 어렵게 되고 보니 이제 미룰 여지가 없었다.

- 브로커한테 현금도 올리고 인민소모품생필품까지 올려댄답니다.

- 다이궁代工들 내래 알고 있지~

태산의 머릿속은 여전히 복잡하고 분주히 움직이고 있었다. 다이궁들이야말로 한국과 중국을 은밀히 드나드는 보따리상들이기에 적당히 묶인하고 이용할 가치가 있었다. 탈북자 가족과 흩어진 가족을 파악해 그들의 남쪽 대방상대방들의 정보를 입수하여 선별적으로 다룬다면 효과적인 방법일 듯했다.

- 들으라, 우리가 탈북자 가족들에게 당장 남쪽으로 내려간 가족들을 공화국으로 되돌아오게 하라는 얘기는 하지 말자.

- 박 과장 동지와 같은 생각입니다.

- 거 들으라, 아무데고 찔러 박지 말라야. 좋은 아이디아 달아나잖네~

태산의 다그치는 말에 아무도 끼어들지 못했다. 태산의 말이 마치 여기에서는 법이라 해도 그르지 않을 듯한 분위기였다.

- 북송이니 뭐니 당최 지껄여대지 말구 오로지 돈줄을 낚아야 우리가 굶지 않고 산단 말이지. 동무들 진급도 해야 할 거 아니겠어?

태산은 보위부 동지들에게 행방불명자들의 신원을 파악하고 중국에서 외화벌이를 하는 공화국 인민들 가운데 남쪽으로 이탈한 사람들 중 관내에 거소를 두었던 자들을 철저히 파악하라고 지시하고 있었다.

- 부과장 동진 관내 10호 초소에 하달하라.

- 예, 박 과장 동지.

10호 초소란 보위부가 공화국 처처 도로에 배치한 초소로 간첩을 적발하는 임무를 띠고 있었다.

- 여행증명서 미소지자들 보안서 노동 단련대 보내지 말고 죄 린근 농장에 보내라.

- 예, 박 과장 동지.

부과장이 목책수첩에 태산의 지시사항을 빠짐없이 기록했다.

- 장사꾼들은 상하 분류해서 나한테 넘기고~ 알아듣나?

- 아, 알겠습니다.

이제야 부과장의 표정이 바짝 조여든 느낌이었다.

- 410호 사업은 잘 준비되어가고 있지? 우리 관내에 난쟁이들, 보기 흉한 장애자들이 눈에 띄지 않아야지, 김정은 위원장님 방문 시 눈을 피곤하게 하지 말잔 말이야.

- 아, 알겠습니다.

공화국에서는 몇 년 간격으로 필요에 따라 주민들의 소개疏開작업을 하고 있었다. 이른바 410호 사업이 바로 그것으로 평양의 도시미관이나 산아제한 등을 위해 은밀히 특정 지역에 신체적인 결함이 있거나 지능이 부족해 보이는 주민들을 골라 이주시키고 있었다. 뿐만 아니라 개성이나 배천, 연안 같은 신해방지구의 원주민들을 북쪽으로 이주시켰다. 반면에 북쪽 지방에서 믿음직스런 기본계급들, 즉 선진분자들을 아래쪽으로 옮기는 것이었다. 주민 교체사업은 공화국에서 은밀히 주민을 통제하는 수단이었던 것이다.

태산은 노동당 상부로부터 지시받은 내용들을 부하들에게 은밀히 하달했다. 국보위의 생명은 항상 은밀함임을 보위원들에게 철저히 교육되었다. 공화국 인민들이 굶주림에 시달려도 보위부는 살아남을 방도를 스스로 찾아내고 있었다. 그런 배경에는 보위부 자체가 지닌 든든한 권력이 항상 뒷받침되고 있었기 때문이다.

– 대남연락소 123 공작원들, 접촉하지 말아야 합니까?

계호 책임자인 키가 훌쩍 큰 소위가 물었다.

– 지금 상황이 좋지 않은데 어떻게 접촉하가서. 고저 11호 종합 진료소 변 사장이래 이참에 손 털지나 않을지 걱정되는군 그래~

태산의 표정이 사뭇 시무룩해지고 있었다. 국보위와 보위사령부에서 은밀히 거래하는 조직이 바로 마약을 생산, 거래하는 조직이었다. '덴다'나 '돌이돌이'같은 얼음 마약은 공화국 주민들 사이에서도 인기가 있었다. 특히 '덴다'는 원래 전시戰時에 부상당한 병사들의 진통제로 사용되었지만 지금은 외화벌이에 이용되고 있었다.

– 흥남비료 6직장도 손을 놓았대는 소문 들었습니다.

흥남비료 6직장은 호주에서 수입한 마황을 가지고 마약을 생산하고 있었다. 마약을 은밀히 제조하여 공화국에 상납하면서 은근히 해외 판매를 통해 달러를 벌어들이고 있었다.

– 당장 판매 루트가 공격을 당할 판이니 어찌 아니 그러 하겠나. 자, 자 다들 돌아들 가구 거 부과장 동지만 나 하구 얘기 더 하자우.

부하들이 빠져나간 자리에는 박태산과 부과장 동지만 남아 있었다. 태산은 품속에서 뽀디담배를 꺼내 부과장과 나누어 물었다. 둘은 한동안 흡, 흡 소리가 나도록 깊게 뽀디를 빨아들이고 있었다. 태산뿐만 아니라 부과장 동지 역시 매우 긴장하고 있었다. 공화국 역사에 가장 큰 위기에 직면한 상황임을 그들은 잘 알고 있었다. 이윽고 태산이 담배를 재떨이에 짓이겨 버리고서 은밀한 목소리로 부과장 동지에게 말했다.

– 부과장 동지, 여기 국경 세관 통장通帳 사건 알고 있지?

– 아이쿠 언제 적 사건입니까? 그게 아마도 10년은 됐을 것이오.

부과장이 열심히 머리를 조아렸다.

– 글치? 거 다른 게 아니라 동무~

태산은 휴우 길게 한숨을 내쉬면서 쉬이 말을 꺼내지 못하고 멈칫거렸다. 자칫 동료 간에도 꾸미는 일이 새어나가 자뿌룩하면자칫하면 목이 달아날 수도 있는 일이었기 때문이다. 216 숫자가 표시된 통장은 국보위 혁명자금 공작조들이 사용하고 있었다. 불법으로 거래되는 것이지만 공화국 어떤 세관에서도 216 통장은 무사통과하는 것이었다. 당시 중앙당 35호실 산하 123 연락소 소속의 어떤 미모 녀성이 제시한 통장을 통과시키지 않은 죄로 세관 담당 정무원의 가족이 정치범수용소에 몽땅 붙들려 들어갔고, 세관장까지 철직撤職되었던 일이 있었다.

– 당시 수용소 끌려간 동무래 지금 살아 있대나? 들자니까 그 종간나 새끼 사촌이 장마당서 돈줄을 쥐고 있다는데 부과장 동지, 한번 살짝 캐보라.

– 알겠습니다.

부과장은 허리를 연신 굽실거렸다.

– 그카구 내가 시킨 거 어찌 됐나?

– 어느 분부라굽쇼. 그저 반짝반짝 준비해 놨지요.

부과장이 입을 헤벌리고 웃었다.

– 어, 그럼, 날래 나가자. 이게 다 혁명 완술 위한 일이란 말이야, 부과장 동지~

박태산은 부과장 동지와 같이 정무실을 빠져나와 미리 대기시킨 써비차를 앞세우고 자동차를 몰아 나갔다. 태산의 표정에는 야릇한 결

기마저 느껴지고 있었다. 지역 보위부를 벗어나 달리자 써비차 운전석
에서 남쪽 유행가가 흘러나왔다. 태산은 자신의 자동차 경적을 빵, 빵
하고 두 번 눌러 써비차를 정지시킨 다음 '거, 상황 파악 좀 하자우, 보
위부 사타구니도 아직 벗어나지 않았는데 간드러진 남조선 간나들 주
둥이 맛을 보려드네에~' 하고 능청을 떨면서 정작 자신은 남쪽 대중가
요 일발을 장전하고 있었다.

　태산의 일행을 태운 차량은 묘하게도 명호네 마을 뒷산을 향하고 있
었다. 멀리 넘실대는 강물이 보이는 완만하게 경사진 산의 입구까지
먼지를 풀썩거리며 달리던 차량이 모두 멈춰 섰다. 태산은 어깨를 으
쓱대며 부하들을 향해 뭐라 지시를 하고 있었다. 부하들이 써비차의
짐칸에서 무엇인가를 힘겹게 내리고 있었다. 태산의 앞에 나타난 것은
다름 아닌 묘비였다. 반짝반짝 잘 다듬어진 비석, 대리석으로 된 비석
에 환하게 도드라져 눈에 들어온 것은 뜻밖에도 '조기백의 묘'라는 묘
비명이었다.

3

　이튿날 아침, 기업소로 향하려는 정숙은 명호의 말을 듣고 얼굴이
납빛으로 변하며 굳어버렸다. 명호는 지역 인민보안부에서 확인한 참
이의 문건에 대해 더는 숨길 수가 없었다.

　- 정숙 동무, 이 일을 어찌하면 좋으니 응?

　- 참이 문건 확인했어요?

　명호는 고개를 힘없이 끄덕거렸다. 퇴마루에서 이들을 바라보던

명호의 어머니는 먼산바라기를 하는 듯 하면서 한쪽 귀로만 듣고 있었다.

- 한데 우리 참이한테 빨간 동그라미가 셋이란 말이야.

- 아이구나, 하나도 아니고 셋씩이나~ 어찌하면 좋을까~

정숙의 낯바닥이 까맣게 일그러졌다.

- 갈수록 사상적 차별이 심해질 것이오. 듣자니 윗지방 하구 아래지방 주민들을 은밀히 이주 교체를 시켰다는 건데~

- 아이어머니나, 사상 불량자들 소개疏開한다더니~

- 그야 인민들 다잡으려는 공화국 행사잖소.

명호는 정숙에게 더이상 아무런 말을 하지 못했다. 문제는 참이의 문건을 이대로 두었다간 결국 참이의 발목을 망가뜨리는 지뢰가 되리라는 걱정이었다. 명호는 정숙을 대문 앞 골목에서 배웅한 뒤에 삐거덕거리는 자전거를 세워두고 다시 집안으로 들어왔다. 어머니의 요즘 표정이 아무래도 심상찮아 보였기 때문이다.

- 어머니, 어데 편찮한 데라두~

- 그저 꿈자리가 뒤숭숭해서 말이야~

어머니는 퇴마루에서 내려와 장독대 뒤 담벼락을 향하여 걸어갔다. 어머니의 뒷모습이 쓸쓸해 보였다. 명호는 어머니의 아들애로서 살갑게 대해주지 못한 게 항상 마음에 걸렸다. 돌아서면 이러지 말아야지 하면서도 막상 실천하기 어려웠다.

- 간밤에 무슨 몹쓸 꿈이라도 꿨답니까?

- 글쎄나, 좋은 꿈인지 몹쓸 꿈인지 원~

- 얘길 해보시라요, 어머니~

명호는 담벼락에 기대어 어머니와 나란히 섰다. 먼산바라기를 하시는 어머니는 지금 아버지를 생각하고 계실 것이다. 부쩍 타서 검게 그을린 얼굴에는 까닭 모를 수심으로 가득차 있는 듯이 보였다.

– 느 아버지래 하얀 두루마길 입구 남쪽 광화문인지 모를 동상 앞에서 날 기다리는데~

– 아니 남조선 서울 광화문이라구요?

명호는 광화문 얘기에 귀가 솔깃해지는 느낌이 들었다. 아버지가 살아생전 광화문에서 남쪽의 큰어머니를 만나기로 했다는 말을 종종 들었기 때문이다.

– 글쎄 그렇다니까, 오마니 한테 날래 오라고 손을 뻗지 뭐이니, 그저 내래 손을 내밀면 주춤 뒤로 물러서고 손을 내밀면 주춤 뒤로 물러서고~

– 어머니, 그게 다 기력이 딸려서 그럽니다.

명호는 이런 어머니를 생각하자 불효자란 생각으로 마음이 답답했다.

– 글쎄 모르겠지만 나하고 무슨 숨을내기_{숨바꼭질} 하자는 것도 아닐테고~

어머니의 얼굴이 우수에 젖어 있었다.

– 어머니, 그저 단고기_{개고기} 한번 먹고 기력 찾으시지요. 기 딸리는 덴 두루 단고기가 최고에요. 내래 무슨 수를 써서라도~

명호는 순간 옆집 황구黃狗를 떠올렸다.

– 아니, 글쎄 네 아바이래 그하냥 손을 내민 게 이거 기력 없어 이런 꿈을 꾸는 게 아니란 말이야. 무슨 영문 있겠지~

손을 내젓는 어머니의 얼굴에서 명호는 아버지에 대한 그리움을 읽고 있었다. 그래서 어머니께 듣기좋은 얘기를 해드리자고 순간 생각했다.

– 어머니 말씀 맞습니다. 고저 아버지가 어머니 못 잊어 그렇지요.

– 글쎄 그렇다니~

아버지가 어머니를 못 잊어 그렇다는 명호의 말을 듣고서야 표정이 환하게 밝아졌다. 명호는 기력이 떨어져서 그런 꿈을 꾸게 된다는 명호의 말을 어머니가 자꾸 믿으려 들지 않으려는 까닭을 깨닫고 순간 후회했다. 아들로서 어머니의 심중에 남은 아버지에 대한 그리움을 어찌 이해하지 못했는가 말이다. 어머니의 가슴 속에는 여전히 남쪽 큰어머니에 대한 시샘과 아버지에 대한 그리움이 남아 있었던 것임을~ 그럼에도 명호는 어머니에게 좋은 음식으로 봉양하지 못한 불효에 가슴이 아플 따름이었다. 쫓고 쫓기는 꿈이거나 달아나도 달아나지 못한 꿈이거나 신체의 기력이 다했을 때 나타나는 증세임을 명호는 알고 있었기 때문이다.

낮전오전 상학수업시간이 끝났는데도 만룡의 모습이 보이지 않았다. 간변지난변의 일이 있고서 만룡의 태도는 사뭇 달라지고 있었다. 존재감이 항상 드러나지 않던 것과는 달리 동무들의 말자루를 낚아채어 자신의 생각을 피력하는가 하면 몸놀림 등도 매우 활동적이었다. 명호는 학생을 지도하는 교원으로서 만룡의 가정에 대해 여태 무관심했던 것이 마음에 걸렸다. 담당 교원은 아니지만 항상 초라하게만 보였던 만룡이에 대해 명호는 이제부터라도 더욱 많은 관심을 가지리라 마음먹고 있었다. 같은 반의 동무들도 만룡이와 각별하게 지내는 동무는 없는 모양이었다.

– 배만룡 학생 어데 사는지 아는 동무 누구 있나?

명호의 물음에 대답을 하는 학생은 한 명도 없었다.

- 만룡이 집에 무슨 일이 있는지 누구 말 잠 해 보라.

명호의 두 번째 물음에도 관심을 가지고 대답하는 학생은 없었던 것이다. 명호는 수업을 마치고 만룡의 담임을 만나보았다. 만룡의 간번 달라진 영웅적 태도에 대하여 명호의 감정을 적당히 과장하여 담임에게 말했다.

- 과학 선생, 만룡이의 이번 영웅적 기백은 정말 놀라울 일입니다.

- 만룡이의 작태가 영웅적 기백이란 말이오?

명호의 감상적 태도가 못마땅하다는 듯 만룡이 담임 교원의 말투가 날카로웠다. 그러나 명호는 이런 담임의 말투에 굴복하지 않고 팽팽히 말자루를 잡아당겼다.

- 당연한 말이지요~ 공화국을 향한 열화 같은 충성심을 일떠세운 동무가 바루 만룡이 아닙니까?

- 그래 만룡인 학생동무들 선봉장이 되고 력사 선생님이 교원들 선봉장이 되었단 말 하려는 거 아닙니까?

과학 선생은 명호를 비소訕笑하는 듯한 투로 대꾸했다.

- 말을 하다 보니 삐딱선을 탔소. 영웅심에 넘쳐나던 만룡이가 보이지 않아서 반班 동무들한테 물었더니 어데 사는지도 모르고 무슨 일인지도 모른다기에~

- 성분불량자 자식이래 기깟 영웅심이 솟구친대서 군대 들어가면 공화국이 머이 되겠시오. 고저 날 샌 공화국 밖에 되잖겠소?

만룡의 담임은 뜻밖에도 불순한 정보를 입에 올렸다. 순간 명호는 숫구멍 위쪽에 벼락을 맞은 듯한 충격을 느꼈다. 만룡의 담임인 과학 선생은 또한 참이의 담임이기도 했던 것이다. 만룡의 불순한 정보를 이렇게 숙지하고 있다면 명호의 아들 참이의 불순한 정보에 대해서도 똑같이 숙지하고 있을 것이었다. 노동당 고급 간부조차 쉬이 들여다 볼 수 없는 평정서를 만룡의 담임은 무슨 수로 들여다보았단 말인가? 아님 다른 경로를 통해 이런 정보를 알게 되었던 것인가? 명호의 머릿속이 순간 복잡해지면서 얼굴이 붉어지는 느낌이었다. 마치 오랜 세월 몰래 숨겨온 비밀들의 민낯을 들켜버린 느낌 때문이었다.

— 흐음, 과학 선생은 고저 제 새끼가 영웅이 되는 거 이거 못마땅해 안달입니다. 담임 교원이니깐 두루 만룡이 학교 못나온 련유야 알겠지요?

명호는 공연히 속에서 끓어오르는 느낌 때문에 말에 심지를 박아 말했다. 평소에도 명호에게 살갑잖게 대하곤 하던 참이의 담임을 명호 역시 못마땅한 것은 사실이었다. 같은 교원들 간에도 부교장 선생한테 은근히 비벼대면서 진급을 하거나 노동당 당증을 한번 매보려는 수작질을 하는 경우가 많았다. 명호가 공화국으로부터 받은 훈장은 학교 교원들 입장에서 보면 부러움의 대상이기 보다 질투의 대상이었다.

— 력사 선생은 고저 남에 문턱 넘나보지 말라요. 가사방문을 나가도 내래 나가는 거이구 회초리질을 해도 내래 해대는 거 입니다. 거 간번 지난번에 우리 자식들한테 회초릴 들었다지요? 이거 공화국에서 어데다 회초리질을 하오? 공화국에서 감히 누구가 원수의 자식들한테 매타작을 하는 거예요? 이거 순 엉터리 아니니~

— 허허~ 과학 선생 거품 물어대지 말라요. 고저 됐수다래. 학생 동무들 배워주는가르치는 데 무슨 번지수가 있겠시오. 공화국이 낳은 자식들이야 공화국 교원들이 합심해서 배워주는 게 당연한 깨움현상 아니겠시오?

— 거 보자하니, 력사 선생 내래 참이 담임 교원이에요. 리 선생 아들

애의 내일날미래이 이 양대국이 손아귀에 달려 있다는 거를 모르십니까?

하고 마치 목숨 줄을 쥐고 있는 듯한 기세로 몰아붙였다. 명호는 순간 담임 교원의 마음에 따라 학생의 내일날이 어떻게 달라진다는 것을 떠올렸다. 특히 학생들의 대학 진학의 생사여탈을 좌지우지 하는 위치에 있는 자가 바로 담임 교원이었기 때문이다. 공화국에서 교원의 힘이란 생각보다 막강한 것이다. 교원의 선택 여부에 따라 학생의 대학진학 여부가 결정된다. 먼저 담임의 이런 결정이 있은 후에 학생은 시험을 치르게 되는 것이다. 명호는 참이의 담임교원과 더는 부딪치고 싶지 않아 씁쓸한 마음으로 자리를 떴다.

방과 후에 수소문을 하여 만룡이의 집을 알아냈다. 같은 반의 동무들 중에 만룡이와 비교적 가깝다는 동무 하나가 참이를 통해 은밀히 만룡의 집을 가르쳐주었던 것이다. 명호는 학교에서 귀가하는 길에 자전거를 타고 만룡의 집을 찾아 갔다. 명호는 공화국에 살면서 이런 동네가 있다는 소리를 들어보긴 했지만 직접 방문한 경험은 없었다. 만룡이의 어머니는 다름 아닌 만신무당이었다. 공화국 주민들 사이에 당국의 눈을 피해 사주를 보고 점을 보는 주민들이 늘어나는 추세라고 했다. 방토方土를 정하고 운세도 보며 일상생활에서 겪는 다양한 분야에 대해 점집을 찾아 의지하려는 미신행위가 급속히 퍼지고 있는 실정이었다. 혼인 날짜를 잡고 신랑 신부의 궁합을 보며 이사를 할 때에도 손이 없는 날을 잡아 지신제를 지낸다는 것이었다. 소원을 비는 것은 물론 대학 진학의 합격 운이나 원한 관계를 맺은 자에 대한 복수의 방토도 하고 불치의 병을 치유하고 장마당의 잇속을 따지는 경우에도 점집을 찾는다고 했다. 공화국에서 인민들의 전 계층에서 이러한 점술이 활발하게 이루어지고 있었고, 이상하게 내륙보다 해안 등지에 이런 현상이 만연되고 있는 중이었다. 점을 보는 비용이 저렴하고 용한 만신이 주민들의 생활 깊숙이 관여하여 즉각 효험을 보도록 하기 때문이라고 했다. 중국 국경지역을 통해 다양한 중국 문화의 유입과 중국 종교문물의 급속한 전파가 이루어진 것도 공화국에 이런 토속신앙이 번지고 있는 중요한 까닭이라고 했다. 공화국 당국에선 특별히 정치에 관한 점술이 아닌 바에야 크게 단속하지 않고 있다는 것이었다. 하지만 사회주의 공화국에서 무속행위란 내놓고 활동할 수 있는 종교가 아니라는 것을 명호는 알고 있었다.

후미진 골목길에 만신의 집임을 알리는 하얀 깃대가 펄럭이고 있었다. 공화국에서 무속행위란 엄연한 불법이다. 그럼에도 골목의 군데군데 나부끼는 깃대는 하나둘이 아니었다. 지난 고난의 행군시기를 겪으며 공화국 인민들의 생활이 어렵게 되자 은밀하게 이런 무속신앙이 자리를 잡아가는 것 같다.

이러한 사회변화는 뜻밖에 무리를 지어 점쟁이 집단 촌락으로 형성되어가고 있었다. '배만룡'이란 이름을 수소문하여 겨우 집을 찾아간 만룡의 집에서도 점을 치는 집이라는 표시가 명호의 눈길을 끌었다. 대문 중앙에 큼지막하게 도드라져 보이는 것은 '백두장군'이라는 푯말과 펄럭펄럭 춤을 추고 있는 하얀 깃발이었다. 까닭 모를 엄숙함과 비장함 같은 것이 명호의 어깨에 무겁게 내려앉아 섣불리 발을 들여놓지 못하고 있었다. 심호흡을 한 다음에야 겨우 대문 안으로 슬며시 발을 들이밀었다. 목향木香이 타는 냄새가 코를 눅신하게 간질이고 있었다. 마당을 가로지를 때에 인기척을 느꼈는지 방문이 열리면서 깨나 젊어 보이는 아낙이 마루로 나왔다. 명호는 순간 기습적인 공격을 당한 사람처럼 주눅이 들어 아무 말도 못 하고 물끄러미 바라다볼 뿐이었다.

— 점 보러 왔습니까?

— 아, 아닙니다. 만룡이를 찾아 왔습니다.

하고 명호는 겨우 이렇게 대답하며 안쪽을 살폈다. 명호 앞에 나타
난 아낙은 만룡이의 어머니가 아니라 이곳에서 보조 일을 하는 사람처
럼 보였다.

— 백두장군님이 지금 바쁘신데~

— 아니 백두장군이라니~

귀에 생소한 이상한 이름이었다.

— 만룡이 오마니가 백두장군 이잖소.

하고 아낙이 목소리를 낮추어 말했다. 명호는 놀란 표정을 숨기며
고개를 끄덕였다.

— 만룡이 고등중학 력사 담당 교원입니다.

— 아하, 만룡이래 백두장군 맏게맏아들인데 울고불고 데굴데굴 구르
다가 어데 나가부렀습니다~

백두신장神將이라면 모를까 감히 백두장군이라니……보아하니 은밀
히 백두장군이란 호칭을 사용하고 있는 모양이었다.

— 아니, 만룡이가 데굴데굴 구르다니~

— 백두장군님, 만룡이 고등중학 력사 담당 교원이 가사방문 나오셨
나 봅니다.

명호의 대꾸에 응대하지 않고 아낙은 방 쪽에 대고 외쳤다. 명호는
방 쪽에서 점을 보러왔던 사람이 나오는 것을 보았다. 뜻밖에 점쟁이
일이 결코 공화국에서 한가한 일이 아님을 알아차릴 수가 있었다. 하
루가 다르게 변화하는 시절에 어떻게 살아가야 하는지를 인민들이 무

슨 수로 터득할 수가 있으랴. 명호는 손님이 나온 뒤 안쪽에서 만룡의 어머니로 보이는 늙수그레한 아낙이 마루로 걸어 나오는 것을 보고 꾸벅 허리를 숙였다.

– 만룡이 력사 담당 교원입니다.

– 울 만룡이 력사담당 교원이라 했소?

명호는 대답 대신에 고개를 몇 번 끄덕거려주었다. 만룡의 어머니한테서 첫눈에 사람을 제압하는 서슬이 느껴지고 있었다. 까닭모를 두려움이 명호의 명치를 호되게 누르고 있는 듯한 중압감을 느끼고 있었다. 뭔지 모를 이 불안함이란 무어란 말인가? 만룡의 어머니로부터 전해오는 이 보이지 않는 기운이란 무엇이란 말인가.

– 담당교원두 아니구 력사 담당 교원이 무슨 일이예요? 울 만룡이래 집을 나갔시요.

– 아니, 만룡이 한테 무슨 일이 있었습니까?

– 난데없는 인민군이 되겠다면서 요게 시 인민병원에 가서 말이요, 뭐래나 그 신체검사를 받았던가 봅니다~

명호는 뜻밖이었다. 만룡이의 지난 자원입대 수표_{서명}가 공연한 영웅심만은 아니었던 것이라는 생각을 가지게 했다. 인민군에 입대하기 위해 인민이 거쳐야 하는 절차 중의 하나가 바로 시나 도 병원에서 두 차례에 걸쳐 초모_{징집}에 따른 신체검사를 거쳐야 하는 것이다. 키와 몸무게, 시력 등에 있어서 합격 기준을 충족해야 입대가 가능했다. 공화국에서는 청소년들의 체격이 유약하고 왜소해지자 지난 1994년부터 입대할 수 있는 키와 몸무게, 시력 등을 소폭 하향 조정했다.

– 만룡이가 자원입대 하겠다면서 즈네 반 동무들 앞에서 가장 먼저 수표_{서명}를 했더랬는데 그것은 고저 미제국주의자들을 단칼에 제압할

인민들의 열혈충성심을 보여주는 형식적인 절차였단 말입니다.

– 울 만룡이가 김정은 국방위원장님에 대한 열혈충성심이 그저 넘쳐 났구만요. 하하, 키대가 모자라서 만룡이는 불합격 먹었시요. 그래 길길이 날뛰더니 어데로 나갔는지 원~

명호의 가슴이 먹먹해져 왔다. 자원입대 수표를 위해 선봉에서 떨치고 나오던 순간 동무들의 비아냥거림을 묵살하고 당당히 나와 수표를 하던 만룡의 당찬 모습이 명호의 눈앞에 어른거렸다. 명호는 만룡의 어머니를 바라보며 깊은 한숨을 내쉬었다. 배워주는 담임교원으로서 만룡이를 위해 이 순간에 무엇을 해주어야 할지 갈피가 잡히지 않았기 때문이다.

– 만룡이 키대가 어찌 나왔답니까?

설령 인민군에 입대를 한다 하더라도 만룡을 생각함에 명호가 가장 염려한 것은 만룡의 키대와 몸무게였다. 다른 학생들도 빈약하지만 만룡이는 다른 학생들에 비해 더욱 빈약해 보였기 때문이다. 명호는 만룡이가 먹지 못해 자라지 못하거나 몸무게가 떨어지는 것으로 여겼으나 이제보니 먹는 문제가 아닌 모양이었다.

– 머라나 142에 40이 나왔답니다.

– 아이쿠 저런, 키대두 몸무게두 딱 여덟이 부족했구나 그저 쯧, 쯧~

키대 150센티미터, 몸무게 48킬로그램, 시력 0.4 정도는 되어야 군에 입대가 가능한 것으로 명호는 알고 있었다. 간번^{지난번}에 수표를 할 때 동무들이 웃음바다를 이룬 것도 만룡의 키대나 몸무게 등이 합격기준에 크게 미달할 것임을 알았기 때문이리라. 만룡이가 이번 기회에 정말 군에 입대할 생각이 컸던 만큼 실망 또한 매우 컸던 모양이다.

명호는 만룡의 어머니에게 정중히 허리를 굽혀 절을 하고 대문을 향해 뒤돌아 나왔다. 그런데 명호가 대문을 나와 몇 발짝 떼지 않았을 때 아까 예의 그 젊어 보이는 아낙이 호들갑스럽게 뛰어오더니 말했다.

― 만룡이 선생님, 울 백두장군님이래 부르십니다.

― 예에?

백두신장神將이라면 모를까 감히 번번이 백두장군이라니……하지만 당당하게 백두장군이란 호칭을 사용하고 있었다. 아낙이 역시 목소리를 은근히 낮추며 말했다.

― 만룡이 오마니가 알아주는 백두산 백두장군이잖소.

― 아하, 백두산 백두장군~

명호는 다시 놀라면서 젊은 아낙의 말을 따라 백두산 백두장군의 이름을 되뇌었다. 젊은 아낙을 따라 다시 만룡의 집으로 들어간 명호는 만룡의 어머니가 무속 일을 하는 불당 같은 데로 안내를 받아 들어갔다. 명호는 무엇보다 먼저 바람벽에 붙은 무섭게 생긴 할아버지의 모습에 놀라움을 금치 못했다. 사찰의 탱화 같은 모습의 신장神將이 눈을 부라리며 명호를 노려보고 있는 듯한 모습에 절로 압도 되고 말았다. 명호가 만룡의 어머니 앞에 기가 질린 모습으로 잔뜩 긴장되어 앉아 있는데 만룡의 어머니는 아까와는 다른 모습으로 명호를 노려보았다.

― 애고 애고 애고~

― 만룡이 어머니 어찌 그러십니까?

명호는 만룡의 어머니가 자신을 노려보고 혀를 쯧쯧 차대며 한숨 섞인 말을 흘려놓는 것을 보고 영문을 알지 못했다.

― 쯧 쯧 누구라 막을 수 있겠소?

― 뭘 말입니까? 만룡이 어머니 무슨~

명호의 뇌리 속에 공연히 불길한 생각이 가득 찼다.

– 고향이라 천 리 길을 누구라 찾아가나~

– 관절대관절 무슨 낮도깨비 같은 소리예요?

명호는 백두장군이라는 점쟁이의 말을 이해하지 못했다. 이제 만룡의 어머니 모습이 아니라 철저히 백두장군 점쟁이의 모습으로 명호에게 다가서는 것이었다.

– 어허, 어데 감히 백두장군더러 낮도깨비라니~

– 아주마니 만룡이 송구아직 안 왔소?

명호는 공연히 불안한 마음에 말공부공염불를 늘어놓았다. 집을 나갔다던 만룡이가 어찌 이 순간에 당장 돌아올 수 있을 것인가.

– 만룡인 고저 때 되면 들어온단 말이오. 한데 거기 마누라쟁이 어느메어디에 간갔느냐?

낯바닥의 표정을 바꾸며 만룡 모가 말했다.

– 울 마누라쟁이 집에 있지 어드메 가다니요? 대체도대체 무슨 느닷없는 소리예요?

– 애고 가련타 이녁 팔자~ 리별이별 수야 리별이별 수야~

명호는 머릿속에 찌르르 전류가 관통하는 느낌이었다. 아내와의 이별 수라니 난생처음 들어보는 무시무시한 말이었다. 아무리 점을 치는 만신이라 해도 밑도 끝도 없이 대방상대방의 급소를 공략함은 경우에 없는 짓이었다. 이렇게 교묘히 비틀어서 점을 치도록 상술을 부리는지 모른다고 생각했다.

– 아니 누가 누구하고 리별을 한다는 말이오?

– 이녁 안까이아내 하구 리별 수가 있단 말이에요~

만룡 모의 입은 거침없이 열렸다.

- 아니, 만룡 어머니 고저 듣자니 못 할 소리 없습니다.

명호는 눈을 부라리듯 화를 냈다.

- 애고 애고 원통하다 원통하다 백두장군이 말씀하신다. 리별 수래 리별 수래~ 이거 보통 리별 수가 아니구나~

만룡의 어머니는 교원 앞의 학생 어머니가 아니라 백척간두의 위험한 고비를 지키는 엄한 백두장군의 모습으로 명호 앞에 있는 것이었다. 명호는 만룡 어머니의 말에 무장 빨려들기 시작했다. 이별 수에 보통 이별 수가 아니라니 대관절~

- 거 백두산 호랑이 풀 뜯어 먹는 소리 듣잖겠습니다.

- 어허, 네 이놈! 어데 감히 백두 신령님 앞에서 호랑이 풀 뜯어 묵는 소리라니~

만룡의 어머니는 이제 숫제 장군이 버릇없는 부하를 나무라듯 호통을 치고 있었다. 명호는 공연히 만룡의 어머니 말에 뒤가 걸렸지만 재게 일어서야겠다고 생각했다. 앉은 자리에서 불끈 일어서려는데 백두장군은 아주 기상이 서린 목소리로 명호를 제압했다.

- 듣거라, 보자니 옆 구멍으로 들어온 자식 때문에 가정이 풍비박산이 되겠구나.

- 만룡이 어머니 머라굽쇼?

명호의 뇌리에 총성이 울리는 듯했다. 여태 미신 따위로 취급하며 당장 여기에서 날래 빠져나갈 생각만을 하고 있었는데 이제 상황이 달라진 것이다. 호랑이 풀 뜯어 먹는 소리도 호랑이 잠꼬대하는 소리도 아니라 호랑이가 위엄 있게 산짐승들을 호령하는 소리였다.

- 백두신령님 그러신다, 옆치기 자식 내다 버리지 못하면 리별 수가 겹친다고~ 어허 이거~

마치 굿판에 점쟁이가 공수를 주듯 요령까지 흔들어대고 있었다. 그 요령 소리는 명호의 가슴을 무겁게 짓누르는 보이지 않는 힘을 지니고 있었다.

— 리별 수가 겹치다니~

— 마누라쟁이 떨어져 나가고 오마니가 떨어져 나갈 운이로구나~

명호는 한참동안 입을 다문채로 만룡 모를 바라보았다. 이윽고 감정을 가라앉힌 다음 애걸하는 투로 입을 열었다.

— 만룡 어머니, 아, 아니 백두장군님, 내래 어찌 해야 이 불행을 막을 수가 있겠소?

명호의 목소리는 이제 만룡의 어머니에게 애걸조가 되고 있었다. 명호의 가슴 속에 숨겨진 인생 역정을 한 치의 오차도 없이 짚어대는 것을 본즉 미신 따위로 치부하던 자신의 생각을 돌려놓고 해결책을 찾고자 하였음이었다.

— 날래 옆치기 자식 내다 버리라~

— 아니, 가슴에 품은 자식을 어찌 내다 버린단 말이에요?

— 제 새끼 돌려달라 할 제 고저 미련 갖지 말고 보내 버리라~

명호는 백두장군의 말에 다시 한번 놀라지 않을 수가 없었다. 어제 날과겨에 기백이 동무 앞에서 했던 맹세가 떠올랐다. 불피코 명호는 가슴에 품은 자식을 빼앗기지 않겠다고 다짐했던 것이다. 백두장군은 마치 명호의 모든 운명을 들여다보고 있다는 듯이 확신에 찬 목소리로 근엄하게 말했다.

— 가슴에 품은 내 자식을 빼앗으러 누가 온단 말이오? 백두장군님~

— 호시탐탐 기회를 엿보고 있구나! 호시탐탐~

명호는 태산의 입장이라면 백두장군의 말이 결코 틀리지 않겠다는 것을 알아차렸다. 백두장군의 말인즉슨 참이를 태산에게 돌려보내야 한다는 것을 의미하는 것이었다. 명호는 뜻밖에 백두장군의 영험함이 대단하다는 것을 알게 되었다. 앞날을 분간하기 어려운 이 시국에 인민들이 왜 점집 골목을 찾아들어 오는지 이제 알 것만 같았다.

명호는 수없이 허리를 굽혀 만룡이 어머니한테 절을 올렸다. 그리고 주머니 속에서 인민폐를 몇 장 꺼내어 백두장군 앞에 내밀었다. 하지만 만룡이 어머니는 되레 호통을 치며 인민폐를 받지 않았다. 아들을 배워주는 교원에 대한 배려까지 잊지 않음이었다. 백두장군은 만룡이에 대해서는 제풀에 지쳐 며칠 뒤에 들어오게 되어 있다며 한사코 염려하지 말라는 당부를 잊지 않았다. 명호는 뜻밖에 만룡의 집을 찾았다가 새로운 경험을 하게 되었고, 만룡이에 대한 교원으로서의 염려까지 내려놓는 계기가 되었다.

하지만 만룡의 담임 교원으로부터 들었던 불량성분에 대한 정보는 하나도 얻어듣지 못했다. 만룡이의 신체 조건이 미달인 점은 속상하지만 차라리 신체조건의 미달이기에 다행인 것인지 모른다. 만룡이가 성분불량자 신분 때문에 군에 입대하지 못한다는 사실을 알게 되면 더욱 충격을 받을지도 모르는 일이기 때문이었다. 공화국에서는 월남자 가족과 반동 가족의 6촌까지, 외가 쪽의 경우 4촌 이내 그리고 형刑 복무 전력자 등을 초모징집에서 제외하고 있었다. 특수 분야 종사자나 인민 보안성 요원, 과학기술이나 산업 필수요원, 예술이나 교육, 행정 요원, 고령의 부모를 모신 독자의 경우도 정책적으로 초모에서 제외하고 있었다.

명호는 돌아오는 길에 자전거의 페달을 어떻게 밟았는지 모를 정도로 백두장군의 예시像視에 빠져 있었다. 참이의 문제는 명호에게 매우 심각한 문제가 아닐 수 없다. 만룡의 어머니가 신통한 도력道力을 가진 게 아니라면 명호의 비밀스런 가족사에 대해 어찌 이렇게 상세히 꿰뚫고 있다는 말인가? 정숙 동무와의 이별 수나 어머니와의 이별 수라니 백두장군이 예견한 일을 피하려면 어찌해야 할까? 복잡한 생각들이 거미줄처럼 얽혀들었다. 그렇다고 참이를 태산에게 돌려보낸다는 것은 단언컨대 있을 수도 없는 일이라고 생각하고 있었다.

집에 도착하니 정숙이 이날따라 시무룩한 표정으로 말하는 것이었다.

— 봄이 아버지, 어데서 이래 늦었습니까?

— 아니 갑자기 무슨 일이 있나?

명호는 만룡의 모를 머릿속에서 지우며 시치미를 뗐다.

— 아녜요. 오늘따라 봄이 아버지가 보고 싶어서~

— 느닷없이 백두산 호랑이 풀 뜯어 묵는 소릴 하고 그러니~

— 하하하~ 봄이 아버지 농지거리도 참 듣기 좋단 말이에요.

백두장군의 말을 듣지 않았다면 정숙의 이런 행동이 대수롭지 않았을 것이다. 하지만 백두장군의 말처럼 정숙 동무와 이별 수를 생각하면 공연히 심상하지 않은 말처럼 들렸다. 전에 없던 행동이라 새삼 명호의 심금을 울렸다. 명호는 자전거를 장독대 뒤쪽에 밀어놓고 담벼락 너머로 먼산바라기를 하면서 곁에 나란히 서 있는 정숙 동무의 어깨를 한 팔을 뻗어 살며시 끌어안았다. 제발, 백두장군의 말이 백두산 호랑이 풀 뜯어 먹는 말이 되어주길 마음속으로 간절히 기원하고 있었다.

— 정숙 동무, 울 애들 어디들 갔대나?

— 동실네 갔습니다. 참, 봄이 아버지, 덕순이 동무한테 가봐야 하겠습니다.

정숙 동무를 끌어안으면서도 참새처럼 조잘거리는 아내를 똑바로 바라볼 수가 없었다.

– 머, 덕순 동무 목숨이 간당간당하기라도?

– 목숨도 간당간당한 모양이지만 희한한 일이 벌어졌단 말이에요.

명호는 이제야 아내를 빤히 바라보았다.

– 머이? 희한한 일이라니 무슨?

– 글쎄 덕순이 동무가 머인지 숨기는 거 같긴 한데 귀신 놀랄 일이라나 뭐라나~

정숙 동무의 눈을 들여다볼수록 애틋함이 더해졌다. 명호가 시선을 비끼면서 말했다.

– 아니 머 귀, 귀신? 대체 무슨 일이란 말이니?

– 어서 가 보시라요.

정숙은 명호의 물음에 흔쾌히 대답하지 못했다. 명호는 정숙의 대답을 상세히 듣지 않고 곧장 대문을 나서 동실네로 향하고 있었다. 어둠 속에 잠긴 골목이 숨을 죽이고 있었다. 명호의 발자국 소리가 골목을 울리며 밤공기의 정적을 깨트리고 있었다. 골목의 중간 정도에서 누렁이가 컹, 컹 담장 너머를 향해 짖어대고 있었다. 덕순 동무에게 희한한 일이란 대체 뭐란 말인가? 덕순 동무에게 향하는 명호의 호기심이 굵은 삿자리 엮이듯 은근한 불안감으로 얽히고 있었다.

제16장 백두장군의 아들

1

땅거미가 내려앉은 동실의 집 앞 공터에서 명호는 참이와 봄이 그리고 동실과 마주쳤다. 아이들은 여전히 남쪽의 춤사위에 빠져 있었다. 명호는 습관적으로 하늘을 올려다보았다. 어둑한 하늘에 별빛들이 반짝반짝 눈을 뜨고 있는 게 보였다. 이토록이나 맑고 고요한 별빛처럼 평온히 잠들 수 있는 인민들이 몇이나 될까? 명호는 공연히 가슴이 무거워지는 생각들을 하고 있었다. 아버지의 습관 중 하나가 밤에 하늘을 올려다보는 일이었다. 명호는 구태어 아버지가 말을 하지 않아도 그 까닭이야 모를 리가 없었다. 남쪽에 있는 가족들 생각, 언제던가 햇살의 기운이 살짝 남아있는 초저녁 강가에서 아버지는 이런 말도 했었다.

－ 달 밝은 밤이 아무리 좋더라도 흐린 낮만 못하더니라.

－ 어째 그렇습니까?

명호는 흐린 낮만 못하다는 말이 얼른 리해가 가지 않았다.

－ 쳐다볼 땐 좋다만서두 이렇게 아바지 속을 후벼파는 게 저 달이 아니니~

－ 달이 가슴을 후벼 판단 말입니까? 아버지, 저 달은 무슨 달입니까?

달이 가슴을 후벼판다는 말이 일시에 가슴으로 밀려들었다.

－ 해가 질 때 떠 있으니 초생달이지~

－ 아버지, 태양이 초생달을 데리고 다닌다는데 맞습니까?

명호는 동무들로부터 들은 기억을 되살려 아버지한테 물었다.

- 그럴 거다. 해가 먼저 뜨고 따라서 뜨는 달이니 데리고 다닌다는 말이 맞는 것이지~

달을 보며 남쪽에 두고 온 가족들을 날마다 떠올렸을 것이다.

- 예에, 그럼 태양보다 먼저 뜨는 달은 그럼 무슨 달이랍니까?

- 클큰일날 소리, 태양보다 먼저 뜨는 달이 있기는 있지만 우리 인민들 가슴에 태양보다 먼저 뜨는 달이라니 이거 클날 소리야.

태양보다 먼저 뜨는 달이란 말을 들을 때는 정말 무슨 영문인지 몰랐다.

- 아니, 어째서 클날 소립니까?

- 우리 명호 사상이 어찌 이래 무디니?

명호는 아버지에게서 이상한 말을 들었던 기억이 있었다. 당시에는 아버지의 이런 말이 정말 이상하게 들렸었다. 영문을 모른 채 빤히 쳐다보는 명호에게 아버지가 말했다.

- 우리네한테는 태양이란 존잰 고저 김일성 수령님밖에 없단 말이지, 태양보다 먼저 뜨는 달이라는 게 그믐달이겠지만 함부로 그런 말을 지껄이면 안 된단 말이다~

- 예에~

당시 달밤이 아무리 좋더라도 흐린 낮만 못하다는 아버지 말씀을 명호는 명쾌하게 리해하지 못했었다. 그러나 점차 자라면서 아버지의 말이 무슨 의미였는가를 리해하게 되었다. 태양보다 먼저 뜨는 달을 보기 위해서는 새벽잠을 설쳐야 하는 것이다. 태양보다 먼저 떠 있는 달은 그믐달이고 태양이 삐쭉 동쪽에서 머리를 드러낼 시간보다 먼저 바라보지 않는다면 달이 태양 빛에 가려 보이지 않는 것이다. 명호는 이런 사실을 나중에야 깨닫게 되면서 아버지의 아픈 심정을 리해할 수 있게 되었던 것이다. 공화국 인민들의 가슴에 이토록 설핏한 초생달의 여운이 깃들 수 있는 마음속의 공간이 과연 있을까?

명호는 여전히 하늘을 쳐다보고 있었다.

- 아버지, 달도 없는데 달구경 하십니까?

- 아, 아니다. 보, 봄아. 동실 어머니 좀 어떻드나?

그제야 명호는 아버지와의 기억에서 벗어났다.

- 숨이 가쁜 모양이에요. 한 번 들어가 보세요.

- 어, 그래. 언 녀석들, 내래 오는 줄도 모르고 그저 춤이나 춰대고~

철없는 애들이라도 아픈 사람 눕혀놓고 춤을 추고 있는 모습을 보며 명호는 아이들은 역시 아이들이라는 생각이 들었다.

- 선생님, 그러잖아도 어머니가 기다리고 있던 모양입니다.

- 그래, 같이 들어가자. 동실아, 어머니 몸이 저러신데 춤이 춰지나?

입을 열지 않으려다가 불쑥 나무라는 말이 튀어나왔는데 명호는 바로 후회하고 말았다.

- 아들애라고 저 하나 있는데 아무 데도 힘이 되어 주지 못하니깐 이래 춤이라도 춰대는 거지요, 선생님.

잠시 동실의 뒷모습을 묵묵히 바라보았다. 공연한 죄스러움에 낯바닥이 달아올랐다. 동실이 듣지 못할 작은 소리로 명호는 푸념을 했다.

- 언간본시 핑계 없는 무덤 없다더니 원~

명호는 퇴마루에서 헛기침을 하며 인기척을 냈다. 대체 희한하고 귀신도 놀랄 일이란 무엇이란 말인가? 명호 역시 공연히 호기심이 일어나고 있었다. 덕순에게 일어날 수 있는 일이란 무엇일까? 기백이 동무의 자취를 더듬어 보면서 순간적으로 이런 생각을 했다. 덕순이 동무의 목숨이 얼마나 지속될까? 공화국에서 덕순 동무의 목숨을 연장시

킬 방법은 정말 없는 것일까? 명호는 사실 그동안 덕순 동무에게 무심했다는 생각이 들었다. 방문을 열자 희미한 촛불이 바람에 흔들거리고 있었다. 흔들리는 촛불처럼 가녀린 덕순 동무의 숨소리도 흔들리고 있었다.

명호는 바람벽의 스위치를 눌러 불알백열등을 밝혔다. 흔들리는 촛불의 자취에 불알의 설핏한 빛이 어지럽게 내려앉고 있었다. 덕순이 실낱같은 기운을 모아 머리를 들어 올린 후 겨우 상체를 비스듬히 일으켜 세우고 벽에 기대며 초점 잃은 눈빛으로 명호를 바라보았다.

- 덕순 동무 그냥 누우오.

- 어, 어서 오시라요~

하고 덕순이 겨우 모기만 한 소리로 입을 열었다.

- 글쎄 들어 눕자니까요. 저녁은 좀~

- 입맛이 통 없어요.

눈이 움펑 꺼진 모습이었다.

- 거 내일엔 고저 진료소 한 번 갑시다.

명호는 이런 얘기가 소용없는 소리인 줄 알면서도 덕순을 바라보는 측은한 마음에 말공부공염불나마 지껄이는 것이었다. 명호의 말에 덕순은 힘없이 고개를 내저었다. 덕순 동무의 아랫배가 상당히 불러보였다. 필시 기백이 동무처럼 간장肝腸의 기능이 망가져서 아래쪽에 물이 차는 모양이었다. 기백이 동무 역시 황달에 복수腹水가 차면서 결국 한 뉘생애를 마친 것이었는데 덕순 역시 증세가 비슷한 것 같았다.

- 봄이 아버지~

- 글쎄 내래 지금 정숙 동무한테 듣고 오는 중이에요. 고저 희한한 일이라는 게 무슨?

명호는 심각한 표정으로 덕순을 바라보며 먼저 넘겨짚어 물었다.

– 동실 아버지 뫼등묘지 앞에 묘비가 박혔더란 말입니다.

– 기백이 동무 묘 앞에 묘비가 섰더란 말이에요?

명호는 난데없는 기백의 묘비라는 말에 놀라고 있었다. 동네 공동묘지에 자리 잡고 있는 기백이 동무의 묘에 누가 묘비를 세웠다는 말인가? 명호는 기백이 동무의 묘비를 세우는 일이라면 당연히 덕순이 동무가 상의해 왔을 일이라고 생각하고 있었다.

– 봄이 아버지도 맹탕 모르는 일인가 봅니다.

– 허엇 덕순 동무가 이거 얼근한 소리는 아닐 테고~ 거 난데없는 묘비라니 원~

정숙 동무가 묘비라는 말을 들었다면 정말 입이 떡 벌어졌을 것이다.

– 혹여 봄이 아버지래 기백이 동무 묘비를 세웠나 해서~

하고 덕순은 숨을 가쁘게 내쉬고 있었다.

– 동실 어머니, 거 입 닫고 누시라요. 어서 누우시라요.

명호는 덕순 동무의 가쁜 숨소리에 애가 타들었다.

– 정숙 동무한텐 묘비 얘긴 꺼내지 못하고서~

– 아니 글쎄 덕순 동무 고저 알아들었으니 어서 누라요. 어서 누라요.

명호는 뇌리에서 기백의 묘지로 올라가는 산등품산허리을 더듬고 있었다. 묘지의 주인도 모르는 사이 대체 누가 산허리를 올라 묘비를 세웠다는 말인가?

– 그저 귀신 곡할 일이 생겼으니 봄이 아버지 좀 보내 달라 했시요.

– 귀신 놀랄 일이고 말고, 거 참 희한한 일이구나 그래.

명호는 덕순 동무의 말을 듣고 일의 자초지종을 리해하게 되었다. 명호는 덕순의 어깨를 부축하여 천천히 자리에 눕혔다. 그나저나 대저 누가 기백이 동무의 묘에 묘비를 세웠다는 말인가? 정말 귀신이 놀랄 일이 아니고 뭐란 말인가?

덕순은 기백이 동무의 일가붙이 중에 묘비를 몰래 세워줄 만한 위인도 없다고 했다. 혹시 기백이 고등중학 교원들이 묘비를 세웠다면 덕순 동무와 사전에 론의의논를 했을 터였다. 생각할수록 안개 속에 휩싸여드는 느낌이었다. 덕순으로부터 이런 얘기를 듣고 보니 명호는 갑자기 얼굴이 화끈거렸다. 문득 오랜 동무로서 기백의 묘비를 생각 못한 자신이 부끄러워 덕순의 시선을 피했다. 시절이 아무리 각박해도 사람의 도리라는 것은 지켜야 하는데~명호는 공연히 마음속으로 츳, 츳 혀를 차대고 있었다. 덕순의 마음속에도 명호가 기백의 묘비를 세워주었을 수도 있었겠다는 은근한 기대가 있었기에 정숙에게는 조심스러워 묘비에 관해 말을 하지 못했던 것이리라.

명호는 당장 다음날 일찍 묘비의 내막을 알아보리라 다짐하고 집으로 돌아왔다. 정숙 동무한테 기백의 묘비에 대해 말해주었다.

- 누구 생각나는 동무라도 없나요?

- 글쎄, 누가 가족에게 얘기도 없이 묘비를 세웠겠는가 말이야~

- 흐읍 참, 덕순 동무는 거기가 어디라고 그런 몸뚱일 끌고 공동묘질 찾아 갔을까~

명호는 밤새 머리를 붙들고 생각에 잠겨보았지만 딱히 떠오르는 사람이 없었다. 아무려나 죽은 동무의 묘비를 세워주었으니 명호는 동무로서 당연히 고마울 만한 일이었다. 공연히 잠을 이루지 못하고 뒤척거리는데 만룡이 어머니 백두장군의 말씀이 불현듯 떠올랐다. 정숙 동무와의 이별 수라나 뭐라나. 명호는 공연히 헛기침을 내뱉으며 정숙 동무를 이윽히 바라다보았다. 여전히 예쁘고 소중한 정숙 동무와의 이별이라니 원~명호의 생애에 점쟁이로부터 이런 끔찍한 얘기를 들은 것은 처음이었다. 하지만 그의 뇌리에 깊이 박힌 만룡이 어머니의 위엄스런 목소리가 내내 잠을 이루지 못하게 하고 있었다. 명호는 종일 일에 지쳐 곤히 잠든 정숙의 모습을 다른 날과 달리 눈에 박을 듯이 담아내고 있었다.

2

명호는 기백이 동무가 다니던 고등중학에 들러 동료 교원들로부터 기백이 동무의 묘비에 대해 알아보았다. 그러나 동료 교원들로부터 어떤 실마리도 찾아내지 못하고 터덜터덜 자전거를 끌고 돌아올 수밖에 없었다. 공동묘지로 향하는 길목에 위치한 주민의 집에 들러 혹시 며칠 전에 공동묘지에 묘비를 세우던 인민들을 보았는지 물었으나 대답을 듣지 못했다. 급기야 신의주시의 석물 공장을 수소문해 보았지만 역시 기백이 동무의 묘비와 관련해서는 아는 사람을 찾을 수 없었던 것이다.

학교로 돌아왔지만 낮뒤오후의 상학시간에 책이 손에 잡히지 않았다. 만룡의 모습 역시 학교에서 볼 수가 없었다. 만룡은 집을 나간 이후 여전히 귀가하지 않고 있는 모양이었다. 그러나 제 발로 돌아올 것이라는 만룡이 어머니의 대수롭지 않다는 듯한 말이 있었기에 명호는 크게 염려하지 않았다. 낮뒤 수업을 하다가 명호는 만룡의 빈자리 옆에 동실의 자리 역시 비어 있음을 알았다. 밤새 무슨 일이 있었을까? 생각하며 허둥대듯 수업을 마쳤다. 참이를 가만히 불러 동실의 결석에 대한 까닭을 물었지만 참이 역시 모른다는 대답이었다.

명호는 자전거 짐받이에 참이를 태우고 한적한 도로를 달려서 집으로 돌아오는 중이었다. 오늘 하루도 정신없이 바쁜 일상이었지만 기백의 묘비에 대한 어떤 정보도 얻지 못했다. 해가 뉘엿뉘엿 지더니 서쪽 하늘에 초생달이 희미하게 얼굴을 내밀고 있었다. 도로를 따라 자전거 페달을 천천히 밟으면서 명호가 참이에게 물었다.

– 참아, 상철이 동무하군 살갑게 지내나?

– 아니에요, 아버지.

공연히 물었다는 생각이 들었지만 묻는 김에 되물었다.

– 상철이가 뭔간 달라지지 않았드나?

– 달라질 게 뭐에 있겠습니까? 모르겠어요.

명호는 속으로 고개를 끄덕거렸다. 명호가 물었던 까닭은 상철이가 참이와의 관계를 알고 있는지의 여부를 알아보려 함이었다. 명호는 더는 상철에 대한 얘기를 하지 않았다. 집에 당도하여 자전거를 마당 가녘에 받쳐두고 퇴마루에 엉덩이를 부리면서 참이한테 말했다.

– 넌 동실네 한번 가보라. 동무가 결석을 했는데 어찌된 일인지 알아봐야 하지 않니?

– 그래야지요.

참이는 퇴마루에 잠시 앉지도 않고 책가방을 던지듯 하며 동실네를 향해 나가버렸다. 명호는 잠시 부엌간에 들어가 찬물을 벌컥벌컥 들이켰다. 하루종일 타들던 속을 조금 가라앉힐 요량이었다. 명호는 장독대 옆 돌담에 기대어 멀리 서쪽 하늘을 올려다보았다. 온종일 태양을 뒤쫓던 초승달도 지쳐 슬그머니 잠자리에 떨어질 시간이었다. 이렇게 조용히 스러지는 초승달의 여운을 뒤쫓아 지난 생각에 잠겨들었다.

― 봄이 아비 뒤태가 어찌 네 아바지 뒤태하구 이렇게 같나?

하고 어머니가 언제 걸어 나왔는지 불쑥 끼어들었다.

― 어머니두 참, 아버지 생각 간절하단 말씀이에요?

어머니와의 나란한 이런 모습이 명호는 싫지 않았다. 이렇게 오붓하던 모자간의 시간이 언제 적 일이던가 말이다.

― 아, 아니야, 그저 그렇다는 말이지~

― 내일 아버지 산소에 한번 다녀오시렵니까?

명호의 제의에 어머니는 그냥 한 번 고개를 내저었다. 시늉은 그러해도 아버지를 그리워하는 어머니의 속내를 명호가 모를 리가 없었다. 또한 백두장군의 말도 머릿속에 맴돌다가 불쑥 튀어나오며 의식의 한쪽 끝을 사로잡았다.

― 아범이 시간이 있대나?

― 낮뒤오후 상학시간수업시간이 온통 비었습니다.

어머니가 겉으로는 고개를 저었지만 이렇게 묻는 것이 속으로는 얼마나 아버지를 그리워하였는지 명호는 알아차릴 수가 있었다. 아버지 묘소에 가자고 시늉질만 하는 자식은 불효요 당장에 묘소에 가자고 앞장서는 자식은 효자라고 했다는 말이 갑자기 떠올랐다. 이렇게 담벼락에 기대어 서쪽 하늘 끝에 지는 초승달을 어머니와 같이 바라보는 이 순간이 소중하고 정겹다는 생각이 들었다. 백두산 산신령 같은 모습으로 엄숙하며 신비롭게 예견하던 백두장군의 말이 다시 떠올랐다. 데려온 아들을 버리지 못하면 아내와 어머니와도 이별 수가 있다는 말이 명호에게 결코 말공부공염불로 들리지 않았다. 어머니와 이별하는 일이 생긴다면 지금 이시간은 명호에게 두고두고 지울 수 없는 추억거리가 될 거라는 괜한 생각이 들었다. 그리고 참이의 일이란 불피코 태산이 동무와의 사이에서 불거지는 문제이리라 생각하고 있었다.

저녁 늦은 시간에 봄이와 함께 귀가한 정숙 동무는 불평부터 늘어놓았다.

－장마당 물가가 이케 비싸서야 공화국 인민들 어찌 살겠어오. 뻑하면 고저 무슨 무슨 행군이니 전투니~

－어비, 정숙 동무 그 입조심 하자요. 70일 전투 갓 시작한 마당인데 어찌 불순한 말을~

명호는 항상 사상의 굴레에서 벗어나지 못했다. 조선공화국 인민들은 누구나 명호처럼 자기검열에서 자유롭지 못했다.

－흐웅, 전투 좋아하시구려. 말이 좋아 전투지 듣자니 속은 딴 데 있다던데요~

－거 정숙 동무, 울 담 밖에 듣는 귀가 있다는 거 잊었나? 고저 낮추라니까, 목소릴 낮추시라오~

명호의 목소리가 마치 타드는 듯 간절했다.

－벼화가 나서 그런다 말이에요. 뻴주깨활동적인 여자들 설쳐대는 것도 꼴불견이구~

명호는 정숙의 말에 더는 간섭을 하지 않았다. 정숙 역시 공화국의 행태에 잔뜩 화가 치오른 모양이었다.

개성공단 폐쇄 이후 미국을 중심으로 세계 각국들이 공화국을 압박하고 있었다. 거의 모든 외부와의 물자거래를 차단하고 있었고 선박이나 항공편까지 나라 밖으로 자유롭게 나고 들고를 하지 못했다. 공화국 당국에서 당장 닥칠 경제적 위기를 타개하기 위해 내세운 것이 바로

70일 전투였다.

　기업소마다 공장마다 마을마다 허리띠를 조여 절약하고, 주민들은 전기를 끊어 공장에 반납하자는 등 삶의 전반적인 부문에서 충정의 구슬땀을 흘릴 것을 고아대고외치고 있었다. 조직적으로 선동원까지 뽑아 선동질에 나서고 있었다. 서커스단을 조직해 공장 앞마당을 찾아가 격려를 하고 아찔한 곡예 공연을 보여주면서 공화국 인민들의 사상과 허리띠를 동시에 조여 매고 있었다. 지역 녀맹위원장을 중심으로 선동원들이 광산의 탄광촌이나 농촌의 남새밭까지 찾아가서 노동자들을 독려하고 있었다.

　출근길의 인민들을 격려하며 깃발을 흔들고 꽃술을 줄기차게 흔들었다. 중년의 아리따운 녀성 선동원은 지난 74년의 70일 전투 때의 대혁신, 대비약을 모범 삼아 우리도 적극 공화국에 이바지하자고 목에 핏대가 돋도록 선동했다. 듣자니, 평양의 어느 대학에서는 대학생 선동대회를 열어 누가 선동질을 잘 하는지 경연까지 해댔다는 소문이 들려왔다. 이른바 70일 전투라는 명목하에 모든 인민들이 속도전에 내몰리고 있는 상황이었다.

　공화국 주민들의 고삐를 단단히 틀어잡는 것은 바로 핵폭탄과 장거리 미사일이었다. 공화국에서 유일하게 인민들을 틀어잡을 수 있는 수단이 바로 핵무기였다. 핵탄두를 경량화해서 탄도 로케트에 맞도록 규격화 하고 표준화를 실현했다고 연일 선전하고 있었다. 공화국은 이런 선동질에 선동원들을 최대로 동원하여 명중포화, 집중포화, 연속포화라는 구호를 끊임없이 외쳐대고 있었다. 그러나 이런 선동질의 이면에서는 은밀히 조선공화국 당국을 비꼬는 소리도 만연하고 있었다.

　- 흐응, 빛 좋은 개살구라더니~ 거기 쏟아부을 돈을 1퍼센트만 줄

여도 인민들이 이래 굶어대진 않가서~

　- 기깟 핵 강국이면 뭐하나~덩치 큰 나라도 못 올리는 인공위성 쏘아 올렸다고 글쎄 인민들 자존심이 로켓마냥 하냥 치솟음? 아님 텅텅 빈 배때기가 차오르니? 흐응~

　남조선이 미 제국주의 괴뢰들과 평양진격 훈련을 실시한다고 겁을 주며 불안한 공화국 인민들을 다잡기 위한 수단으로 인민군 총참모부에서는 서울해방작전이란 이름으로 맞불을 놓고 있었다. 서울과 평택, 계룡, 동해, 부산까지 미군부대가 소재한 지역을 일거에 경량화 탄도 미사일로 공격하고 울진의 원자력발전소까지 타격하겠다고 연일 퍼부어대고 있었다. 이른바 남조선의 전역을 족집게식으로 타격하겠다고 목소리를 높이고 있었다.

　공화국 당국은 3천 킬로미터까지 공략할 수 있다는 무수단 미사일의 위용을 때때로 과시하며 인민들의 사기를 높이는 데 이용하고 있었다. 그리고 12,000킬로미터 이상을 날아간다는 노동미사일로는 미국 본토까지 쑥대밭으로 만들겠노라고 선전을 하고 있었다. 1단 추진체에 2개의 엔진을 부착하여 추진력을 높였다는 것과 60센티미터의 핵탄두를 무게 200~300킬로로 소형화하였다며 구체적인 숫자를 제시하면서까지 선전하는 공화국의 선동에 인민들은 하릴없이 미친 듯이 환호할 뿐이었다. 이런 기세를 몰아 인민들로 하여금 사적지를 방문하도록 하고 건설현장에 동원하고 있었으며 도로정비사업장 등에도 지원하도록 연일 독려하고 있었다.

　그러나 이런 70일 전투의 실상을 통해 공화국 당국의 은밀한 계략을 들여다볼 수가 있었다. 경제제재로 물가가 치솟기 시작하고 돈줄이 막히자 공화국은 뒷돈을 만들 계략이 필요했던 것이다. 공화국 장마당에서 자리 잡은 돈주들이나 돈을 제법 만지는 인민들은 꾹돈뇌물을 주면서 70일 전투에서 빠져나올 수가 있었다. 인민페 3위안만 뒷돈으로 찔러주면 하루 동안 휴식을 취할 수가 있는 것이었다. 말로는 제국주의 반동들 어쩌고 외쳐대지만 뒤켠에선 달러를 모으기 위해서 0.5달러로 하루의 휴식을 보장해주는 거래가 이루어지고 있었다. 70일 전투를 완전히 면제받으려면 인민페 210위안4만원 안팎이면 충분했던 것이다.

그런데 가만히 들여다보면 이런 거래는 철저히 고급 간부들의 속구구속셈에서 나온 것이었다. 왜냐하면 일선 하급간부들은 이렇게 거둬들인 인민페나 달러를 몰래 뒤로 빼돌릴 수가 없었기 때문이다. 인민보안부가 인민 자치소에 보관하고 있는 허가증을 매일 검열함으로써 하급간부들의 착복을 철저히 방지하고 있는 것이었다.

명호는 이런 상황에서 공화국을 향한 정숙 동무의 하소연을 더는 막을 수가 없었다. 정숙 동무의 말이 결코 틀린 말이 아니기 때문이었다. 정숙은 부엌에서 저녁거리를 만들면서도 마냥 공화국에 대한 비난을 늘어놓았다.

— 남포 감진리가 그냥 정은이 발바닥에 닳고 닳았다 하지요~

— 어찌 아니 그러겠나~정은이 고저 믿는다는 게 것밖에 뭐가 있겠냐 말이야~

객쩍은 마음에 정숙의 생각에 마음을 보탰다.

— 흐응, 기깟 혁명적으루 살면 뭐 한단 말이에요. 이케 궁색하기 그지없게 하루하루 살아대는 게 공화국이 추켜대는 혁명완수에 길이라구요~

— 저, 정숙 동무~ 그만 하자요, 이거 이거 누가 듣겠구나 그래~

평양 인근의 남포 감진리는 공화국의 최고 자존심이랄 수 있는 미사일 핵심 생산기지였던 것이다. 김정은 국방제1위원장의 발길이 닳고 닳은 까닭이란 바로 남포시 감진리에 핵심 미사일을 생산하는 태성기계공장이 있기 때문이었다. 태성기계공장의 뛰어난 업적의 계승이야말로 김정은이 아버지 김정일로부터 유훈으로 물려받은 핵에 대한 혁명적 실천의지로서 금수산 태양궁전에 잠들어 있는 김일성 수령과 김정일 원수를 위한 최대 영광의 길이요 공화국을 지킬 수 있는 마지막 수단이었다.

– 아버지, 동실네 다녀왔습니다.

– 그래, 동실이 어째 학교 안나왔대나?

참이를 찬찬히 바라보며 물었다.

– 이상합니다.

– 뭐이가 이상하다니?

하고 정숙 동무가 끼어들었다. 명호는 순간 공연히 뒷골이 서늘해지는 것을 느꼈다.

– 동실네 집에 아무도 없더란 말입니다.

– 아니 그저 아파 숨넘어갈 동무가 우리하고 론의_{의논}도 없이 진료소에 입소를 했대나?

참이의 말은 느닷없이 명호의 가슴을 휑하게 뚫고 들어왔다. 이웃으로서 오랜 세월 함께한 사이인데 한 마디 론의도 없었다는 게 서운하게 들렸다.

– 설마하니 덕순 동무가 그렇겠어요? 이거 무슨 좋잖은 가마구_{까마귀} 징조 아니에요?

– 가세_{그릇} 깨지는 소리 말자요. 리웃_{이웃} 집에 한 번 물어보면 될 일 아니겠어~

- 리웃들이 저 먹고 살기도 힘든 판국에 어데 남에 일에 관심이나 있답니까?

정숙의 말은 결코 틀리지 않은 것이었다. 그러나 명호는 당장 동실네의 부재不在에 신경이 날카롭게 곤두서고 있었다. 기백이 동무의 묘비와도 분명 무슨 연관이 있는지도 모르는 일이었다. 명호는 온기 잃은 죽 그릇을 슬며시 밀어내며 자리에서 일어섰다. 손전등을 챙겨들고 동실네로 향했다. 공화국에서 손전등이야말로 밤길을 다니는데 아주 긴요한 도구였다.

동실의 집은 어둠 속에 웅크리고 있었다. 저녁 어둠 속에 흐릿한 불알백열등의 자취마저 모습을 드러내지 않고 있었다. 헐렁해서 삐걱거리는 대문이 바람에 간헐적으로 삐걱이다가 이따금씩 한번 재채기를 하듯 와다닥 내팽개쳐질 때 어둠은 산발하듯 흔들리며 곤두박질을 하고 있었다. 어둠이 심연처럼 깊어지면서 동실의 작은 집채도 죽은 영혼처럼 어둠 속에 묻혀 어디론가 정처 없이 떠내려가는 듯했다. 덕순 동무와 동실이 그리고 기백의 너덜해진 혼백까지 명호의 뇌리에 겹쳐지면서 허망한 마음이 더욱 깊어지고 있었다.

- 대체 어찌된 일이지~

기백이 동무가 훌쩍 떠날 때의 휑함이 명호의 가슴속에 다시 저며 들었다. 명호는 옆집의 대문을 삐걱 열며 들어갔다. 어둑한 집에서 가족들이 소곤거리는 소리가 들렸다. 명호는 부러 흐읍, 흐읍 하고 헛기침을 했다. 안쪽의 소리들이 갑자기 꽁무니를 빼고 있었다. 공화국의 인민들은 가족들이 도란도란 얘기하다가도 인기척이 들리면 잽싸게 말꼬리를 감춰버리는 습관들이 있었다. 마음껏 말할 자유조차 용납하지 않는 공화국의 눈초리는 언제라도 가족의 머리맡에 도사리고 있었다.

명호가 일부러 헛기침을 하고 발자국 소리를 컹, 컹 피워 올리자 안쪽에서 주인이 문을 열고 나오고 있었다. 주인의 그림자가 희미한 불알백열등의 불빛에 겁먹은 모습을 보여주듯 흔들리고 있었다. 정체를 모르는 낯선 침입자를 대하는 주인의 낯바닥은 들여다볼 수가 없었지만 명호의 헛기침 소리에 아마 때아닌 시간에 무슨 불청객이람 하는 듯이 여겨졌다. 명호는 이제야 손전등을 환하게 밝혔다. 처음부터 손전등을 밝히지 않은 까닭은 주인에게 어둠 속을 관통하며 쏟아질 빛에 의한 눈부신 위압감을 주지 않기 위함이었다.

— 뉘십니까?

— 옆집 동실 네 어데 갔는지 모르십니까?

동실 네 집안사를 옆집에 묻다니 여전히 서운한 마음이었다.

— 옆집 동무네 찾아왔나요?

하고 안쪽에서 안해아내인 듯한 녀성 동무가 뒤따라 나오면서 되물었다.

— 옆집 동실이가 오늘 학교에 나오지 않아 이렇게 찾아 왔는데~

— 오나칙오늘 아침 해뜨기 전에 병원에 검병하러 가는 모양이던데~

녀성 동무가 머리에 둘러쓴 수건을 매만지며 말꼬리를 흘렸다. 녀성의 나그네남편인 듯한 중년이 말시답을 하고 나왔다.

— 아니 어데로 가는데 아직 아니 돌아왔단 말이오?

— 글쎄 거 평양으로 간단 모양이지 아마~

— 아니 뭐, 뭐이 평양으로 검병진찰을 가더란 말에요?

명호의 머리가 갸우뚱해졌다. 지역 보건소에도 극구 우겨대고 가지 않겠다던 덕순 동무가 평양 병원에 검병진찰을 가다니 앞뒤가 맞지 않는 말이었기 때문이다. 감히 거기가 어디라고 평양에 있는 병원을 가다니 원. 그러나 명호는 그 녀성 동무의 이어지는 말에 더욱 황당하지 않을 수가 없었던 것이다.

― 보자니까 인민들 구경하기 힘든 자동차까지 척하니 타구 가잖겠소. 누구 아마 동실 아바지 동무라지~

― 아니, 뭐이요? 동실 아버지 동무에 자동차를 타구 평양 병원에 검병을 가더란 말이에요?

― 아니 글쎄 그렇다니까요. 동무나 내나 이거 참 놀랄 일이잖소.

명호는 허리를 숙여 인사를 건네고 이웃집 대문 밖으로 나왔다. 이웃의 얘기를 듣고 보니 이제 상황이 어떻게 전개되고 있는지 짐작이 되었다. 박태산이 동무가 덕순이 동무를 자신의 승용차에 태워 평양 병원에 데리고 갔다는 말이었다. 대체 지금 이런 상황을 어떻게 이해해야 할지 명호는 쉽게 생각을 정리할 수가 없었다. 골목을 되돌아 나오면서 명호는 일단 덕순 동무의 평양 병원 검병을 긍정적으로 생각했다. 불행 중에 다행이 아닌가 말이다. 문제는 피 한 방울 나오지 않는 냉정한 태산이가 어떻게 이런 일을 하게 되었는가에 관함이었다. 그렇다면 기백이 동무의 묘비 역시 태산이 동무와 관련이 있음이 분명해 보였다. 대체 그가 어찌 이런 동에 닿지 않는 일을 벌인단 말인가?

명호는 끊임없이 이어지는 생각에 젖으며 집으로 돌아왔다. 퇴마루에는 희미하게 빛을 발하고 있는 종이 호롱등이 서글프게 흔들리고 있었다. 봄이는 퇴마루 끝에 엉덩이를 걸치고 앉아 책을 읽고 있었으며 참이는 마당 한쪽에서 날라리 춤사위를 하고 있었다. 명호가 들어서자 봄이가 허리를 펴며 명호 쪽을 바라보았다. 참이 역시 춤사위를 멈추고 명호 쪽으로 걸어와서 궁겁다는 표정으로 바라보고 있었다. 정숙도 명호의 목소리를 듣고 퇴마루로 나오며 명호에게 물었다.

- 봄이 아버지, 여태 덕순 동무가 안돌아 왔습니까?

- 아버지, 동실 동무 어쩨 학교 빠진 거예요?

하고 봄이가 재장바른예민한 모습으로 물어왔다.

- 글쎄~거 관절대관절 알 수가 있어야지~

- 봄이 아버지 헛걸음치고 왔소?

- 그 정숙 동무, 나 좀 보오.

하고 명호는 살짝 정숙 동무를 데리고 마당 저쪽 담벼락을 향해 걸어갔다. 사실, 참이가 있는 데서 태산이 동무 얘기를 늘어놓을 수가 없었기 때문이다. 희미한 기적소리가 담벼락을 넘어오고 있었다. 어제날과거에는 이렇게 담벼락에 서서 멀리 밤새 소리도 듣고 기차의 기적소리를 듣는 것을 좋아했었다. 제법 하루 여러 차례 왕래하는 기차의 울음소리 가운데 밤공기를 가르며 들려오는 기적소리가 듣기에는 그만이었다. 까닭 모를 향수를 자아내게 하는 기적소리는 명호의 아버지에게 더없는 위안이 되었을 것이다. 지금은 공화국의 살림살이가 힘들어지고 전기가 절대적으로 부족해서 근래에는 이런 기적소리를 겨우 하루에 한번 들을까 말까 할 정도였다.

- 여보, 기적소리 듣기 좋잖소?

- 난데없이 어인 기적소리 타령이에요. 봄이 아버지, 이 정숙이한테 무슨 할 말이 있지요?

명호의 머릿속에는 덕순이 동무의 행방에 대한 생각으로 계속 맴을 돌았다.

- 거 이상도 하지. 아니 덕순이 동무래 꼭두새벽에 평양 병원에 갔다는 거예요.

- 아니 뭐예요? 평양 병원에 가다니 무슨 억지 춘향이 짓거리에요?

정숙에게는 누구보다 어이없는 소식일 것이다. 몇 번이나 진료소에 가자고 해도 귀를 닫고 돌부처처럼 돌아눕던 덕순 동무였기 때문이다.

- 죽을 때 되니 돌봐준 리웃 버리고 얼커니면 일가 찾는다는 말도 있잖소.

- 얼커니라구요? 덕순 동무한테 얼커니라 하면 친정 오라버니가 왔대나?

정숙에게 가장 먼저 떠오른 생각이 덕순네 친정 오라버니였다. 친정에서 가져온 조밥을 얻어먹은 적이 있었기 때문이다.

- 아니 글쎄 태산이 동무에 자동차를 타고 가더라는 말이에요~

- 예? 게 정말이에요?

정숙의 목소리가 어둠 속에서 놀라 담장을 넘었다. 봄이가 어느새 다가왔는지 뒤에 서서 역시 놀라고 있었다. 정숙이 입을 벌린 채로 빤히 명호를 올려다보고 있었다. 정숙이 봄이를 향해 말했다.

- 봄아, 참이 오라비한테 어서 가보아.

- 아바지, 동실 오라반 정말 평양 간 거 맞아요?

봄이의 관심이 동실에게 쏠려있는 것이 봄이는 동실의 안부가 궁금한 모양이었다. 명호는 순간적으로 이런 봄이의 태도가 마음에 거슬리고 있었다.

- 글쎄 그렇다니까~한데 봄인 고저 동실이가 마냥 좋은가 보구나. 너 혹시 동실이 련분사랑 하니?

- 에그나, 봄이 아버지 나나이 어린 딸애 앞에서 못할 소릴 그저~

- 봄이 어린애 아녜요. 동실 오라반을 좋아하든 날라리 오라반을 좋아하든 다 봄이 맘이란 말입니다.

- 아니 뭐라고? 날라리 오라반? 이 이런 철딱서니 없는 에미네여자

보라지~

봄이가 버럭 목소리를 높이면서 바람을 일으키며 돌아서자 명호가 뒤에 대고 끌탕을 하고 나섰다. 명호는 공연한 말을 했나 싶을 정도로 마음속으로 민망했지만 언제부터 불피코반드시 한번 짚을 생각이었다. 자식을 키운 아버지로서 운명의 싹을 잘못 틔우는 딸애의 내일날미래이 염려되기는 여느 부모와 마찬가지이기 때문이었다. 들창코에 밋밋한 눈썹의 생김새는 차치하더라도 장차 한 가닥 믿고 맡길 구석이 없는 기백이 동무의 아들애와 봄이가 운명 짓는 것에 대해 명호는 가당찮은 일이라고 생각했다.

― 봄이 아버지, 실랑이 그만 하자요.

― 언 철딱서니 없는 에미나~ 저거 손들어나 제대로 알려나?

― 에그, 봄이 아버지 제발 그만하오.

공화국 아이들이 영어와 일본어로 반드시 알아야 하는 말이 ‘손들어’ 라는 말이었다. 전쟁이 일어날 경우 미 제국주의 주적들을 만나거나 혹은 일본국 병사들을 만났을 때 무엇보다 시급한 말이 ‘손들어’라는 말이었다. ‘손들어’, 다음에 ‘총을 버리고 투항하면 쏘지 않는다.’라는 말이 이어져 나와야 하는 것이었다. 다른 말은 몰라도 영어와 일본어로 반드시 이 두 마디는 익혀야 하는 것이 공화국 아이들의 의무와도 같은 것이었다. 명호 등이 어릴 적에도 반드시 영어와 일본어로 이 두 마디 정도는 입에 닳도록 외워댔던 일이다. ‘핸접’hand up, ‘티오 아니 떼’手大上什了 등은 아이들의 입에 항상 달라붙은 말이 되어 있었다.

― 내래 태산이 동무 속구구속셈를 리해이해 할 수가 없단 말이야.

― 봄이 아버지, 그저 누구든지 인민 목숨 살려내는 게 이거 우이대한위대한 충성심으로다 생각하자고요. 덕순 동물 누구든 살려내야지

동실이 생각하면 처지가 딱하잖소.

정숙 동무의 말에서도 명호는 서운함 같은 것을 느꼈다.

— 맞는 말이지만 태산이 동무래 동이치 닿지 않는 일을 하잖소. 그게 이상하단 말이지~

— 한데 평양 병원에 갔다면 어느 병원엘 가서 검평진찰을 받겠다는 말일까요?

정숙이 얼른 말의 방향을 틀었다. 명호의 가슴에는 내내 태산이 동무가 박혀 있었다.

— 제2간염 전문 진료소나 데리고 가겠지 기깟 태산이 놈이 무슨 봉화 진료솔 가겠나, 남산 병원엘 가겠나?

명호는 태산이 동무 말만 나오면 공연히 스스로 신경질적임을 모르지 않았다. 특히 정숙 동무 앞에서는 더욱 정도가 심하다는 것을 알고 있었다. 문득문득 먼산바라기를 하면서 태산이 동무와 정숙 동무 그리고 참이가 하나의 끈끈한 가족이 되어 한데 어울려 사는 상상을 했던 적도 있음이었다. 명호는 까닭모를 질투심이 마음속에 너울너울 일어서고 있다는 것을 느끼고 있었다.

— 혹시 모를 일이지요. 보위부 입김이야 아무도 모르잖소. 하냥 봉화 진료소나 남산 병원 못가면 그저 김만유 병원이라도 ~

평양시 보통강 구역에 있는 봉화진료소는 공화국 최고위 권력자들만 이용할 수 있는 병원이다. 김정은 지도체제가 되면서 정권의 유지를 위해 권력층이 대거 늘어나자 병원의 규모 또한 늘어날 수밖에 없는 실정이었다. 직승기헬리콥터 이착륙장까지 갖추었다는 말은 공연한 말이 아니었다.

— 거 정숙 동무도 듣자니 어지간하군 그래. 무슨 시 보위부장두 아

니고 부부장두 아닌데 어데 감히 넘볼 데를 넘봐야지~

평양시 대동강 구역에 있는 남산 병원 역시 공화국 정부의 고관들만 이용할 수 있는 특수층 병원에 속했다. 명호는 저도 모르게 이처럼 불만 섞인 말을 지껄이고 말았다. 순간적인 질투심을 참지 못하고 정숙에게 통을 던지는 말을 흘려버린 것을 바로 후회했다.

― 명호 동무 참 재장바르다이예민하다~ 참이 보위부에서 꺼내온 거 이 죄 누구 덕이야요? 인정할 거는 인정하자우요.

김만유 병원 역시 평양시 대동강 구역에 있었다. 조총련계인 김만유란 사람이 투자하여 설립한 병원으로 어마한 높이의 건물 3개동에 입원실이 200여개가 넘는다고 했다. 최고위층은 아니라도 나름 힘이 있는 자들은 김만유 병원을 이용하는 경우가 많았다.

― 미안하오 정숙 동무, 내래 원래 쑤왁한부끄러운 짓거리 하는 놈이 아닌데 그저~

― 됐시요. 한데 듣자니 공화국 인민들 다수가 만성 B형 간염이라는데~덕순 동무두 간염 다스리지 못해 이케 된 거 아냐요? 기백이 동무두 그렇구~

공화국 인민들의 15퍼센트 이상이 B형 간염을 앓고 있다고 했다. 하지만 공화국에는 이런 간염의 치료 사정이 매우 열악한 실정이었다.

― 나도 같은 생각이에요. 우리도 시 보건소에 가서 간염 검평진찰이나 한번 받자고요.

명호의 말에 정숙이 고개를 끄덕이며 물었다.

― 봄이 아버지 들었나요? 듣자니 미 제국주의 구호단체하고 공화국 보건성이 손을 잡고 치료사업을 벌이기로 했다는데~

― 나도 들은 얘기요. 결핵도 간염도 요양원도 코쟁이들이 그저 들어

잡아야 공화국이 살아남을 판이라니~

미국 서부의 한 구호단체로부터 공화국의 열악한 의료사정을 돕기 위해 의료진들이 공화국에 들어왔다는 소식은 진작부터 듣고 있었다. 정숙이 낮은 목소리로 말했다.

－ 참 정은이 동무 낯바닥이 어찌 이래 두껍단 말이요? 미제 괴뢰들 때려잡잘 땐 언제고 쑤왁허게 부끄럽게 뒤로 손을 벌린단 말인지~

－ 미제들 고사하구 남쪽 동무들한테까지 손 벌린 거 이거 언제 적 일이니. 거 정숙 동무 하냥 입조심 하라니까~

명호는 잠을 제대로 이루지 못했다. 수많은 생각들이 머릿속에서 종 잡을 수가 없도록 부유하고 있었다. 거의 뜬눈으로 밤을 지새웠다. 잠 을 이루지 못하고 들락거리면서 몇 번이나 동실네에 들러보고 싶었지 만 겨우 참았다. 이제 더는 태산이 동무와 마주치기 싫은 것이 명호의 솔직한 심정이었다. 공연히 아내 정숙과 참이가 태산이 동무와 얽히는 것이 싫었기 때문이다.

3

이튿날, 아침 일찍 등교 전에 동실 네를 다녀온 사람은 명호였다. 밤 새 뜬눈으로 지새우다가 겨우 눈을 비비면서 동실 네로 향했다. 그러 나 여전히 동실 네는 아무도 돌아오지 않은 상태였다. 명호는 자전거 를 타고 학교로 향했다. 낮전 오전 상학시간이 되었음에도 동실의 모습 은 보이지 않았다. 덕순이 동무가 평양의 어느 병원에 입원을 했을지도 모른다고 생각했다. 대체 박태산이 덕순이 동무에게 이토록 배려를 하는 까닭이란 무엇인가? 명호의 머릿속이 여전히 엉클어진 무명실 타래처럼 복잡하게 얽혀져 있었다.

얼마 후 놀랍게도 만룡이가 집에 돌아왔던지 학교에 나와 자리를 지키고 있었다. 명호는 만룡이가 때가 되면 돌아올 거라는 백두장군의 확신에 찼던 모습이 떠올랐다. 백두장군은 이렇게 믿는 구석이 있어서 명호처럼 걱정을 하지 않았던 모양이다. 명호는 만룡의 모습을 보게 되어 한편 다행스럽고 반갑다는 생각이 들었다. 만룡이가 군에 자원입대하기 위해 나름으로 시 인민병원에 가서 신체검사까지 받았다는 사실은 만룡이를 더욱 기특하게 여겨지도록 했다.

이날, 명호의 수업은 하루종일 산만했다. 상학을 함에도 정신을 한 군데 집중하지 못하고 헤매고 있었다. 박태산이 간밤에 집에 돌아왔는지도 궁금했다. 상철에게 물어보면 간단히 알 수 있는 일임에도 섣불리 상철에게 물을 수가 없었다. 상철과는 언제부턴가 까닭모를 담벼락이 가로막고 있음을 명호 스스로 느끼고 있었다. 항상 참이와 예민하게 대립하고 있는 상철이가 태산의 자식이란 사실 앞에 명호는 태연할 수가 없었다. 명호의 마음속에 경계의 선을 긋고 어쨌든 그 선을 넘지 않으려는 자신을 발견하며 저도 모르게 움츠러들었다.

학생들을 보면서 상학을 하면서도 명호의 시선은 상철에게도 참이에게도 머물지 못하고 자꾸 비껴가고 있었다. 그런데 놀라운 일은 만룡이의 태도였다. 상철이가 돈줄 그루빠를 만들었다는 득달같은 고자질에 상철의 반격이 두려워 좌불안석해야 하는 상황임에도 전혀 주눅이 들어있지 않음이었다. 명호는 상학수업 중에 이런 만룡의 태도에 놀라면서 호기심마저 일었다. 그래서 공연히 수업 중에 이야기의 주제를 다른 데로 바꿔서 만룡을 일으켜 세웠다. 지난번 만룡의 불타는 충성

심에 역사를 담당하는 교원으로서 그에게 뭔가 용기를 주어야 도리라
고 생각했다.

– 배만룡이 일어나 보라.

– 어찌 그러십니까?

하고 배만룡이 당당한 목소리로 일어서며 물었다. 만룡의 당당하고
씩씩한 목소리에 비하면 키대는 절반에도 미치지 못하고 다른 아이들
의 앉은키를 조금 벗어날 정도였다. 명호는 만룡의 기세를 동무들 앞
에서 추켜 세워주고 싶었다.

– 전쟁터에서 쪽발이 놈들을 만났다면 가장 먼저 어떻게 외쳐야 하
겠나?

– 티오 아니떼! 손들엇!

만룡의 목소리는 마치 적병을 당장에 제압할 수 있을 정도로 고압
적이었다. 만룡의 키대를 보지 않고 목소리 하나만 듣는다면 일개 소
대의 적병을 주저앉힐 만한 기세였다. 간변^{지난번}에 시 인민병원에서
자원입대하기 위해 신체검사를 받았다면 군인이 반드시 알아야 하는
이런 정도의 수칙은 충분히 암기하고 있을 것이란 믿음이 있었기 때
문이다.

– 박상철이 일어나 보라.

명호는 갑자기 상철을 일으켜 세웠다. 상철은 꾸물대는 듯하더니 동
무들의 시선이 자기에게 모아지자 마지못해 일어서는 듯했다.

– 만룡이 동무가 붙잡아 세운 적들을 투항시켜 보라.

– 쥬오 스 – 테 – 테~

하며 상철이 럭비공 구르듯이 말을 더듬거렸다. 반 동무들이 일제히
상철을 바라보았다. 상철과 평소 사이가 좋지 않은 동무들은 상철이가

엄벙뗑 흘려버리자 인상을 찌푸리며 고소하다는 표정들이었다. 명호는 그때 기세가 등등하게 상철을 노려보고 있는 배만룡을 턱짓으로 지시했다. 그러자 만룡이가 기회를 잡았다는 듯이 쩌렁쩌렁 하게 외쳐대는 것이었다.

　- 쥬오 스테테 도코 스루토 타나이!총을 버리고 투항하면 쏘지 않는다.

　- 빼스!～흥을 돋울 때 내는 응원 구호

　- 빼스!～

만룡의 둥근 호박이 구르는 듯한 외침에 여기저기서 동무들이 박수를 치며 빼스까지 외치면서 환호했다. 만룡의 기세는 하늘을 찔렀고 상철은 뜻밖에 적을 제압하는 기본적인 구호조차 제대로 대답하지 못하고 머뭇거리면서 기세가 꺾이고 말았다.

　- 자 자, 진정들 하라. 이번엔 그저 적을 무찌른 김에 미제 놈들 한번 무찔러 보자～

　- 저요, 저요～

학생들이 여기저기서 손을 들었다. 뜻밖에 교실이 활기에 넘치는 느낌이 들었다. 마침 이때 교실이 소란스럽다고 느꼈던지 부교장 선생이 다가와 창문 너머에서 안쪽을 응시하고 있었다.

　- 그럼 일제히 전장에서 맞닥뜨린 미제 놈들 항복 시켜보라!

　- 핸즈업손들엇! 핸즈업손들엇!～

학생들이 일제히 '손들어'를 외치고 있었다. 그래도 학생들에게 주입시켰던 이런 교육이 교실에 활기를 불러오고 더러 어떤 학생들에게는 자신감을 일깨워준다는 생각이 들었다. 명호는 항상 상철에게 달라붙어 간교하기 그지없고 그악스럽기까지 하던 강철이를 일으켜 세웠다.

　- 김강철 일어나라!

느닷없는 지적에 강철은 당황하는 듯하더니 겨우 미적거리면서 일어섰다. 학생들의 시선이 일제히 강철에게 쏠리면서 한쪽에선 야유까지 일었다.

- 자, 진정들 하자야. 강철이래 동무들이 붙잡아 세운 미제 간나새끼들을 투항시켜 보라!

- ~ ~

그러나 강철은 평소 기세가 당당하고 동무들 사이에서 저돌적인 행동을 일삼는 태도와는 대조적으로 꿀 먹은 벙어리가 되고 말았다. 명호는 속으로 회심의 미소를 지으면서 이번에도 만룡이를 다시 일으켜 세웠다.

- 배만룡 학생이 강철이가 놓친 미제 반동 놈들을 투항시켜 보라!

- 하하하~

- 하하하~

하고 여기저기에서 강철이에게 평소 불만을 가지고 있던 학생들이 야유와도 같은 웃음을 매달고 있었다. 배만룡이 더욱 기세가 당당하게 토란 잎사귀 위에 물방울을 굴리듯 외치고 있었다.

- 두낫 슛더건 어웨이 웬 유 서렌더!총을 버리고 투항하면 쏘지 않는다.

- 빼스!

- 빼스!

학생들이 역시 흥을 돋우는 추임새까지 장전하여 미제들을 투항시킨 만룡에게 아낌없는 박수를 보내고 있었다. 부교장 선생은 아직도 자리에서 떠나지 않고 명호의 수업을 관찰하고 있었다. 상철과 강철의 기를 단숨에 꺾고 만룡의 기세를 일거에 일으켜 세운 다음 부교장의 신임까지 받아냈으니 명호로서 매우 만족한 시간이었다. 그날, 방과 후에 부교장 선생은 다른 교원들이 모여 있는 자리에서 모든 인민들이 기세를 끌어올려 공화국을 공격하는 세계의 예리한 칼날을 무디게 하여야 한다면서 명호의 독특한 수업방식에 호의를 표했던 것이다.

만룡이는 그날 이후로 상철이 패들에게 공연히 눈엣가시 같은 존재가 되어버렸다. 간번지난번의 일에 이번의 일까지 사납게 겹쳐 그들은 호상 일촉즉발이었다. 하지만 키대나 체격에서 불리한 만룡의 용기는 동무들의 눈에는 만용으로밖에 보이지 않았다. 애당초 대결의 상대가 되지 못함을 동무들은 모르지 않았기 때문이었다. 그럼에도 상철의 자존심을 동무들 앞에서 추락시킨 것에 대한 대갚음이 어떤 식으로든 남아 있으리라는 것을 만룡이 역시 짐작하고 있을 것이었다.

귀가하는 길에 명호는 부러 만룡이를 자전거의 짐받이에 태워 백두장군 집으로 향했다. 명호가 발길을 그곳으로 잡은 것은 만룡이 어머니를 다시 한번 만나보기 위함이었다. 만룡이 문제가 아니라 명호 자신의 문제가 여간 염려되기 때문이었다.

− 만룡이는 상철이가 두렵지 않나?

먼지 풀썩이는 신작로를 달리면서 명호가 물었다. 한 떼의 인민들이 건늠길을 느릿하게 걸어가고 있었다.

− 기깟 상철이가 뭐이 무섭습니까?

− 어비, 만룡이는 용감한 사내구나. 깐죽대는 상철이 놈들도 무서워하지 않고 말이야∼

− 기깟놈들 일 없습니다. 이 만룡이는 어제날과거 만룡이가 아니다 이런 말입니다.

명호는 만룡의 다부진 대답에 슬쩍 고개를 돌려 바라보았다. 만룡이의 이런 다부진 결기는 대체 어디서 비롯되는 것일까? 명호는 삼거리

길에 주질러 앉아 있는 청량음료 가게 앞에서 자전거를 멈춰 세웠다.

  - 만룡아, 청량음료 하나 마시지 않을래?

  - 사주시라요, 선생님.

만룡이와 같이 청량음료를 나눠 마시면서 자전거 페달을 밟을 때 낯바닥을 스치는 바람의 맛이 감미롭다는 생각이 들었다. 공화국의 바람이 이렇게 감미롭게 여겨진 적이 얼마나 되었을까? 체수 작은 만룡이를 짐받이에 태우고서 백두장군을 향해 달리는 명호의 기분은 이상할 정도로 묘하기만 하였다.

만룡이와 같이 백두장군의 집으로 들어서자 예의 그 젊어 보이는 아낙이 기다리고 있었다는 듯이 반갑게 명호 등을 맞아주었다. 백두장군은 명호가 만룡이를 자전거에 태우고 직접 이렇게 찾아오자 반가운 기색을 감추지 않았다.

  - 아이구머니나, 울 만룡이하고 어찌 하낭함께 오십니까?

  - 만룡이 어머니, 아, 아니 백두장군님 좀 만나보고 싶어서 이래 왔습니다.

하는 명호의 말에 백두장군의 표정이 더 활짝 밝아졌다. 명호는 신장神將의 위엄 있는 화상畵像을 바로 앞에서 바라보니 공연히 잔뜩 긴장이 되었다. 만룡이 어머니는 백두신장을 수호신으로 모시는 무당이었다. 무당들은 동서남북 그리고 중앙의 다섯 방향을 자신이 모시는 신들이 지켜준다고 믿고 있는 것이다. 이렇게 신을 받들어 위엄을 세워야 하기에 무당은 장군의 모습을 본 따 칼을 휘두르며 위엄을 부리거나 춤을 추면서 신을 불러 청, 홍, 백, 황, 흑의 깃발을 뽑도록 해서 점을 치는 것이다. 홍색 깃발을 뽑으면 운이 트이고 흑색 깃발을 뽑으면 잡귀가 들어 운이 나쁘기 때문에 주술을 이용해서 잡귀를 쫓아버린다는 것이다.

백두장군의 지시대로 명호는 점사를 보는 방으로 안내되어 깃발을 뽑는 의식을 치렀다. 그런데 정말 이상하게도 뽑을 때마다 흑색기가 손에 잡히는 것이었다. 만룡의 어머니 아니 백두장군은 계속해서 잡귀를 쫓아내는 주술행위를 하고 있었다. 그런 다음에 다시 깃발을 뽑는 식이었다. 여러 차례 이런 과정을 거친 다음에야 겨우 홍색 깃발이 손에 잡히는 것이었다.

그때 명호는 만룡의 모습을 보고 깜짝 놀랐다. 뜻밖에 만룡이가 장군의 의상을 입고 마치 어린 꼭두각시 장군의 모습으로 나타나서 공수를 내리는 것이었다. 명호는 깜짝 놀라 입이 다물어지지 않았으나 어찌나 고약한 표정을 지으며 노려보는 통에 명호에게는 정말 제자 만룡이가 아닌 장군의 혼령이 깃든 신장처럼 보였던 것이다. 나중에 듣게 되었던 얘기지만 만룡이는 어머니로부터 무당의 일을 물려받고 있는 과정 중에 있었다.

- 엣쉬! 물렀거라~
- 총에 맞아 가시든 영산이로구나~

명호는 난데없는 만룡의 고함에 압도되었다. 명호가 생각하는 체수작은 만룡이 아니라 어느새 변했는지 머리에는 붉은 갓이 씌어져 있었으며 왼손과 오른손에 삼지창과 반달 모양의 청룡언월도를 움켜쥐고 번갈아 휘두르며 단호히 소리치고 있었다.

- 엣쉬 오다 죽던 령산~
- 엣쉬 가다 죽던 령산~

만룡의 목소리가 벼랑 끝을 타듯 가파르게 오를수록 이상하게 명호의 온몸에서 신열이 오르기 시작했다. 이상한 기운이 명호의 몸속으로 순간적으로 침입해 들어오는 느낌이 들었다.

– 엣쉬 총 맞아 가구, 엣쉬 칼 맞아 가구~

– 저 소사에 가시는 령산~ 고저~ 극락세계루 가옵서사아아~

만룡의 목청이 저토록 간드러진 것을 명호는 고등중학에서 단 한 차례도 듣고 본 적이 없었다. 지금까지 명호가 만룡에게서 보았던 작고 약하고 뒤 무르던 모습은 오간 데 없고 단호하며 용감하고 아주 높은 데서 투시하며 예견하는 듯한 신비로운 세계의 인물처럼 느껴졌던 것이다. 만룡의 모습에 처음에는 난데없는 웃음이 터질 듯도 했지만 노려보는 만룡의 진지함에 자세를 고쳐 잡고 죄인처럼 머리를 조아리고 있었다.

명호는 그렇게 머리를 조아리면서도 만룡에게 일어난 저간의 놀라운 일들을 되새기고 있었다. 상철 등을 대하던 당당하고 굳건한 태도, 앞을 다투어 미리 예견하는 듯한 투시력, 기죽지 않고 앞지르는 대범함 등이 바로 여기에서 나온 태도라는 생각이 들었던 것이다. 그럼에도 만룡이가 태연히 조용한 학생으로 지내올 수 있었음에 의아할 뿐이었다. 또한 자원입대를 하겠다며 동무들 앞에서 공화국에 대한 충성심을 보여주던 모습 역시 이해하기 어려웠다. 지난번 만룡의 가출에도 괘념하지 않고 때를 기다리던 백두장군의 모습 또한 괜한 허세는 아니었구나, 라는 생각이 들었다.

명호는 간번지난번에 이별 수가 있다는 백두장군의 예견에 마음 한 쪽이 허탈했지만 이런 의식을 통해 마음의 상처를 조금은 아물게 하는 계기가 되었다. 밤이 이슥한 시간에야 만룡의 집에서 나와 자전거 페달을 밟았다. 만룡이가 골목 입구까지 따라 나왔다. 이럴 때는 에누리 없이 체수 작은 학생이요 나이 어린 동무였다.

- 그래 만룡이는 장차 뭐가 되려 하나?

- 선생님, 내래 점쟁이남자 무당 되는 거 싫습니다.

명호의 뇌리에 순간 많은 생각들이 스쳐갔다.

- 그래 군대 들어가려고 했던가 보구나?

- 맞습니다. 한데 이상타 말입니다.

만룡의 말은 사뭇 진지함이 묻어 있었다. 만룡이 자신의 앞날에 대해 뜻밖에 많은 갈등을 일으켰던 것임을 직감할 수가 있었다.

- 아니 뭐가 이상하단 말이니?

- 집을 나가 장마당 돌아다니고 동무네 집에 있어 봤더니 이상하게 피가 끓더란 말입니다.

- 아니 만룡이 네가 피가 끓다니?

만룡은 결코 체수 작고 나이 어린 고등중학 학생이 아닌 듯했다.

- 삼지창두 휘두루구 청룡도두 휘두루구 펄쩍 펄쩍 뛰어대구 싶더란 말입니다.

- 아이구나 놀랄 일이구나, 이거 만룡이가 영락없는 점쟁이 팔자로구나, 그래~

명호는 담당 교원으로서 제자에게 이럴 때 무슨 말을 들려줘야 할지 가닥이 잡히지 않았다. 공화국에서 무당 일이란 화통을 짊어지고 불구덩이에 뛰어드는 일보다 위험한 일이기 때문이다. 명호는 공연히 만룡의 처지가 안타깝고 애처롭게 느껴졌다. 잠시 자전거를 세워두고 만룡의 작은 몸을 품에 안고서 등을 두드려주었다. 만룡의 작은 몸이 정말 화통처럼 뜨겁게 달아올라 있었다. 명호는 저도 모르게 흐느끼고 있는 자신을 발견했다. 순간 자신의 속내를 만룡에게 들킨 느낌에 무안한 생각마저 들었다.

- 선생님, 만룡이 괜찮습니다. 괜찮단 말입니다.

- 그래, 만룡아~

만룡의 목소리에 물기가 배어 있음이 느껴졌다. 명호는 한참동안 만룡의 작은 몸을 끌어안은 다음 객적어 마른기침을 하며 자전거에 올라탔다. 명호가 멀어지는 데도 만룡의 모습은 오래오래 움직이지 않고 명호를 바라보며 서 있었다. 미친 듯이 자전거 페달을 밟고 집에 돌아올 때까지 속력을 줄이지 않았음에도 힘든 줄을 못 느꼈다.

대문 앞에서 겨우 가쁜 호흡을 가다듬은 다음 삐걱 대문을 열고 들어섰다. 장독대를 등지고 정숙이 어둑한 밤하늘을 바라보다가 명호의 등장에 화들짝 놀라 종종걸음으로 명호를 향해 걸어 나왔다. 정숙의 모습을 보는 순간 명호의 마음이 이제 조금 안정이 되는 느낌이었다.

- 정숙 동무, 시혹혹시 백두장군 소문 들었나?

- 에구머니나, 저주 굿에 용하다는 점쟁이잖소. 한데 봄이 아버지가 어찌~

정숙이 동무가 알고 있음으로 미루어 만룡의 어머니가 지역에서 상당히 알려진 점쟁이임에 틀림없는 듯했다.

- 저주 굿이라니?

- 거 백두장군이래 저주굿을 하면서 방패를 하면 그냥 반동들이 죄 죽는다잖소.

명호는 정숙 동무로부터 도저히 믿기지 않은 말을 들었다.

- 뭐라~ 반동들이 죄 죽는다고? 하하하~

- 글쎄 그렇다니요.

정숙의 말은 결코 헛소문이 아니었다. 나중에 명호 역시 백두장군에 대한 인민들 사이의 소문을 듣게 되었던 것이다. 닭이나 돼지한테 저주를 걸어 죄를 지은 자로 하여금 그 닭이나 돼지를 보게 하고 또한 그 닭이나 돼지고기를 먹게 하면 거짓말처럼 죽거나 앓는다는 것이었다.

　심지어 대학 입학시험을 앞둔 공화국 고등중학생들에게 부적처럼 고 춧가루, 소금, 손톱이나 발톱, 머리카락 등을 종이에 싸서 두 달 동안 몸에 지니고 다니면 원하는 대학에 합격한다는 소문까지 돌고 있었다. 공화국의 종이는 품질이 많이 떨어져서 두 달은커녕 이틀 사흘 만에 종이가 터져 사타구니가 곤욕을 치른다는 우스갯소리까지 나돌고 있었다.

제17장 이상한 나라

1

정숙은 사람의 마음이 이토록 간사하다는 것을 문득 깨달았다. 70일 전투를 한답시고 기업소나 공장에서 뻘쭈깨_{활동적} 여성들이 꼭두새벽부터 설쳐대는 꼴을 아니꼽게 바라보았던 그녀였다. 나그네인 명호와 얘기를 하면서도 정숙은 70일 전투의 선봉에서 온갖 구호를 외치고 다니는 녀성 동무들을 꼴불견이라고까지 하며 폄하해 왔었다.

그런데 무슨 의식의 굴절이었단 말인가? 정숙은 신의주시 직포공장_{방직공장}의 70일 전투 선전원 모집에 자발적으로 응모해서 재깍 달라붙었던 것이다. 정숙의 귀에 들리는 소문 하나가 정숙으로 하여금 앞뒤를 가리지 않고 당장 응모하여 선동원 대열에 합류하도록 종용했기 때문이다. 다름 아닌 70일 전투 선전원으로서 할당량을 달성할 경우 공화국으로부터 메달을 받을 수 있다는 소문이었다.

정숙은 새벽 일찍 일어나 부엌일을 마치고 가족의 눈에 띄지 않게 준비해둔 한복을 챙겨 기업소로 향했다. 기업소의 일터에서 맵시 나게 한복으로 갈아입은 다음 어깨에 두르는 구호 띠와 목에 거는 표찰을 착용했다. 그리고 기업소 정문에서 선전원으로 뽑힌 여러 명의 동무들과 목이 터져라 외쳐대기 시작했다. 며칠 전만 해도 여기저기에서 70일 전투를 독려하는 선전원들을 보며 마음속에 은근히 핏대를 세우던 자신이 이토록 열성적으로 목이 터져라 고아대고_{외치고} 있다는 현실에 조금은 무안한 일이었지만 신경 쓰지 않기로 했다.

— 온 사회를 김정은 주의화 합시다!

— 위대한 수령님의 후손, 위대한 장군님의 전사답게 한마음 한뜻으

로 굳게 뭉쳐 힘껏 싸우자!

선전원들끼리 선창과 후창을 번갈아 외치면서 출근길 기업소 동무들의 결의를 다지고 있었다. 더군다나 위에서 지도원들이 내려와 이들의 활동을 꼼꼼히 감시하고 있었다. 정숙은 내면에서 자신에게 손가락질하는 다른 자신의 모습을 들여다보았지만 당장 자신의 마음을 다독일만한 여력이 없었던 것이다. 정숙에겐 오직 하나, 이런 기회를 잡아 메달이나 훈장을 받아낼 수만 있다면, 그래서 아들에게 겹겹이 둘러 씌워진 빨간 동그라미를 벗겨낼 수만 있다면 부모로서 무엇이든지 해야 한다는 생각뿐이었다.

선전선동부에는 부장이 최고 책임자를 맡고 있고 부장 아래 부부장과 지도원을 두고 있었다. 지도원이 밑에 내려가 강연 등을 하며 사상사업 등의 결과를 상부에 보고한다. 지도원은 어떤 의미에서 가장 가까운 현장에서 선전원들을 지휘하는 직책이라 할 수 있다. 지도원의 지시를 받은 선전원들은 당이나 공화국의 방침을 인민들에게 선전하고 교육시키는 것이 주요 임무이다. 선전원들에 대한 전반적인 감시와 점검은 비록 말단 직책이지만 바로 지도원에 의해 이루어지는 것이다. 공화국에서는 최근에 선전선동부의 권위가 상당히 추락한 상황이었다. 그런 연유에선지 선전부의 간부에게 꾹돈_{뇌물}이 상납되어지는 경우가 많이 줄었다는 것이었다. 반면에 조직부는 권한이 막강해서 아랫단위로부터 꾹돈을 많이 받는 부서라는 소문이 인민들 사이에 이미 파다하게 퍼져 있었다. 지도원들은 자신의 구역에서 말을 잘하고 당의 방침을 잘 따르는 노동자나 농장원들을 선발하여 학습시키고 있었다. 이들로 하여금 선전선동을 진행하도록 하는 역할을 하고 있었다.

정숙은 아침 내내 목의 핏줄이 터지도록 소리를 질렀다. 여전히 지도원의 눈초리는 날카롭게 선전원들을 감시하고 있었다.

　- 위대한 김정은 동지를 목숨으로 사수하자!

　- 사수하자!

　- 사수하자!

선전원을 따라 후창하는 동료들의 열기는 뜨거웠다.

　- 물을 절약하고 전기를 절약하자!

　- 절약하자!

　- 절약하자!

선전원들의 입에서는 미리 준비된 구호들이 마치 과녁을 향해 날아가는 화살처럼 차례를 기다렸다가 적시에 튀어나와 인민들의 열기를 북돋워주고 있었다. 그날, 정숙의 입에 익은 구호들은 10가지가 넘었다. 절약을 강조하고 증산을 강조하며 애국의 길을 합창했다. 공화국이 유엔 및 국제적 경제제재 속에 고립되면서 자력갱생만이 살길임을 끝없이 강조하고 있었다. 경공업의 거세찬 포화로 제국주의자들의 책동을 단호히 죽탕치자고 핏대를 세웠다. 기업소 동무들 역시 도열하여 선전원들의 공화국을 향한 열화와 같은 충성심에 환호를 보냈다. 지도원 동지는 특히 공화국의 열악한 전기사정을 기업소의 동무들에게 주지시켜 전기의 효율적인 사용을 고무해 달라고 당부했다. 공화국이 대외적으로 처한 위기를 극복하기 위해서 자력갱생만이 살길임을 목이 터져라 고아대고 외치고 있었다.

정숙은 선전원들 중에서 지도원 동무의 관심을 가장 많이 받고 있었다. 교원대학 출신으로서 직포공장의 노동자가 되어 모범적으로 일을 하는 것은 물론 무엇보다 목에 핏줄이 드러나 보이도록 열성적으로 외쳐대고 급기야 눈에 실핏줄이 터질 정도로 외쳐댄 것이 지도원의 관심을 사로잡은 것이었다. 이번 선전원들 가운데 특히 뛰어난 선전원들을 선발하여 공화국이 공로메달을 수여한다는 소문이 돌았다. 정숙이 선전원으로서의 직분에 팽팽히 사상의 고삐를 당겨대야 하는 까닭이 바로 거기에 있었다.

하루 전에 밤새 머리를 쥐어짜며 정숙만의 독특한 선전 문구를 만들어 아침 직포공장방직공장 동무들에게 목소리를 높여 선창했다.

　- 산림복구 전투에 전당, 전군, 전민이 떨쳐나서자!

　- 떨쳐나서자!

　- 떨쳐나서자!

정숙이 준비한 독특한 구호는 단연 직포공장 동무들의 이목을 끌었다. 동무들 역시 펄쩍펄쩍 뛸 정도로 호응을 하며 동조했다.

　- 거리, 마을, 고향 산천을 내 집처럼 알뜰히 꾸미자!

　- 알뜰히 꾸미자!

　- 알뜰히 꾸미자!

정숙은 키가 커서 돋보이는 것도 있었지만 무엇보다 아들애 참이를 생각하며 선전원의 직분 완수를 위해 분골노력粉骨勞力 함으로써 사람들의 눈에 단연 돋보였다. 인공기까지 흔들어 동무들의 가슴 속에 숨어 있는 심장의 불기운을 분출시키도록 했다. 직포공장 정문에 가득히 모여 있는 공장 동무들의 공화국에 대한 충성심이 최고조에 달했을 때 정숙이 앞장서서 선전가를 부르기 시작했다.

갈라져 몇 해더냐 헤어져 몇 해더냐 ~

겨레여 나서라 통일의 한길로 조선은 하나다 ~

공화국의 아침은 이렇게 전 인민들의 열기로 뜨거워지기 시작했다. 정숙은 이처럼 표변豹變한 자신의 모습에 내심 낯이 뜨거웠지만 아들을 향한 모성애야말로 공화국의 어떤 어머니들도 마찬가질 것이라고 생각하며 합리화하고 있었다.

반만년 핏줄로 이어온 조선은 한 민족 ~
백두산 정기가 내려 이 땅은 한 조국 ~

노동자들이 기업 선전원들의 구호를 소리 높여 받들었다. 마침 도당 책임비서, 시당 책임비서까지 정숙이 선전원으로서 역할을 다하고 있는 현장에 방문하여 선전원들의 활동을 독려하고 있었다. 노동자들의 호응이 열화와 같고 효과가 나타나자 공화국의 관련 당국에서 감사의 말까지 보내왔다. 그날 저녁 중앙 텔레비전에서는 각지에서 선전원들의 선전선동宣傳煽動장면들을 뉴스에 내보내며 최후의 승리를 위해 70일 전투에서 승리자가 되자고 고무추동鼓撫推動하고 있었다. 또한 김정은 국방위원장이 유리 연합회사, 광산, 협동농장 등을 현지지도하며 인민들의 사기를 북돋워주는 장면을 수시로 내보내고 있었다.

정숙은 하루종일 기업소를 돌며 선전원으로서 역할을 다했다. 목이 쉬어 목소리가 제대로 나오지 않았지만 아들애를 위한 메달을 생각하면 피가 맺히도록 부르짖을 생각이었다. 하루 일과를 마감하고 돌아서는 정숙의 목에서 정말 핏물이 넘어왔다. 목울대가 제대로 떨리지도 못하고 소리가 잠겨들었다. 이런 사정을 모르는 명호가 축 늘어져 들어오는 정숙을 보며 말했다.

— 정숙 동무, 어찌 이렇게 늦었소?

- ~ ~

정숙은 아무런 말을 하지 않았다. 목소리가 제대로 나올 리가 없었기 때문이었다.

- 아니, 참이 어머니, 무슨 언짢은 일이라도 있소?

- ~ ~

정숙은 역시 입을 열어 말을 하는 대신 손사래를 쳤다. 자꾸만 말을 걸어오는 나그네남편가 이날따라 그렇게 무정해 보였다. 정숙의 생각에도 다른 날보다 더욱 끈질기게 말을 시키고야 말겠다는 것인지 다그쳐 물어오는 명호를 보며 속사정을 모르니 당연한 것일지도 모른다고 생각했다.

- 중앙 떼레비 정규 뉴스 듣자니 5호 담당 선전사업이래 부활한다는 거이야.

- ~ ~

정숙은 명호의 말에 번쩍 놀라 정신을 가다듬었다. 그럼에도 도저히 입을 떼어 말을 하기 어려웠던 것이다. 여전히 정숙의 대꾸가 없자

- 거 정숙 동무, 어찌 꿀 먹은 벌치병어리가 됐나. 거 말 쫌 하자야.

- 봄이 아버지~

하고 겨우 정숙이 목을 가다듬어 입을 열었다. 목구멍에서 피가 넘어온 상황이고 보니 목 상태가 말이 아님은 당연한 일이었다.

- 아니 동무 목소리가 어찌 그 모양이니?

- 지금 봄이 아버지 입에서 5호 담당 선전이라 했소?

정숙의 눈이 번쩍거렸다.

- 아니 관절대관절 어찌 된 영문이니? 난데없이 혀에 벌기벌레가 달라붙어 거 듣기 야싸하다딱하다 말이지~

- 5호 담당 선전원을 모집한답니까?

정숙은 선전원이란 말에는 정신이 번쩍 들었다. 어디서든 악착같이 충성을 해서 이번 기회에 메달을 받아낼 생각에 앞뒤 가릴 입장이 아니었다.

- 아니, 정숙 동무래 기업소 노동자인데 5호 담당 선전원이 가당키나 하겠나?

정숙은 목이 아프지만 어금니를 악물었다.

- 문화일토요일하고 일료일에 나가면 될 게 아네요. 봄이 아버지, 정숙이는 5호 담당 선전원에 지원해서 훈장 하나 따낼 거예요.

- 아니 머야? 보니 정숙 동무는 이거 빨간 딱지 들어낼 요량이구나~ 기깟 메달 훈장이 우리에겐 한번은 빛이 되겠지만서도 거 앞길 닦아대지 못한다는 걸 어찌 모르니?

훈장에 매달리는 정숙 동무를 생각하면 명호의 마음은 찢어졌다.

- 그저 이 정숙이는 하겠어요. 우이대한위대한 조선민주주의인민공화국을 위해서 무엇이든 하겠소. 김정은 국방위원장 귀가 찢어지도록 고아댈외칠 수 있소.

정숙은 가슴 속에 불이 타드는 듯한 느낌에 빠져들었다. 5호 담당 선전사업은 김일성이 반세기도 전에 평북 창성의 현지 지도를 통해 공화국 인민들에게 제시한 혁명화의 수단이었다. 특히 농업 노동자들을 혁명화시키고 노동 계급화시키기 위한 수단으로 이용했다. 가정을 단위로 하여 농촌을 혁명화하기 위한 사업체계가 바로 5호 담당 선전사업이었다. 공화국이 국제사회의 강력한 압박으로 인해 고립된 마당에 이런 5호 담당 선전사업을 전 주민들을 대상으로 확대하면 어떤 난관도 극복할 수 있을 것이다. 정숙은 목이 쓰라리고 몸이 삶은 시래기처

럼 휘늘어져도 이번 선전원 일을 적극적으로 수행해 성과를 내리라고
굳게 마음먹었다.

2

　명호는 새벽 일찍 일어나 딸그락거리면서 부엌일을 하는 정숙을 생
각하면 누구보다 마음이 아파왔다. 목이 잠겨 말을 제대로 하지 못하
고 한마디를 하려면 입술을 깨물어야 할 정도로 힘이 들면서도 악착
같이 선전원의 역할을 수행하는 정숙에게 경외감마저 느껴졌다. 이것
이 공화국 어머니들의 모성애란 말인가? 기업소 선전원에다가 끝내 5
호 담당 선전원으로까지 등록하여 날마다 목이 터져라 선전 선동에 열
을 올리는 아내를 생각하면 안타까운 마음뿐이었다. 간번지난번에 5호
담당 선전사업에 대해 심심파적으로 얘기를 했을 뿐인데 정숙이 지나
치게 관심을 갖자 명호는 순간 후회마저 되었다. 이튿날, 새벽 일찍 일
어나 난데없이 골목을 쓸고 거리의 담장에 널려진 마른 넝쿨들을 걷어
내고, 바삐 집안일을 거듬거듬 해치우고 집을 나서는 정숙을 이상히 여
겨 명호는 은밀히 미행을 했었다. 갑자기 달라진 정숙의 태도에다 이
별 수가 있다는 백두장군의 말도 또한 예사롭게 여겨지지 않았기 때문
이었다. 분명 말을 하지 못할 정도로 목이 잠겼다면 기업소에서 무슨
일이 일어난 것이라고 명호는 생각했던 것이다. 특히 박태산 동무와의
관계로부터 비롯한 일일지도 모른다는 생각에 아내를 은밀히 미행했던
것이다.
　그러나 정숙을 미행해서 명호가 보았던 것은 외려 참담함뿐이었다.

신의주시의 직포방직공장 앞에서 한복을 단정하게 차려입고 어깨띠를 두르고 목에 선전원이란 푯말을 걸고 아직 동이 트지 않은 회색빛 하늘에 피울음을 토해내는 정숙이가 선전원들 속에 있다는 것을 알아차린 명호는 명치끝에서 치받아 올라오는 울음을 꾸역꾸역 눌러 담았다. 아내가 선전원이 되어 공화국을 위해 저토록 열혈충성을 하느라 피를 토하고 목이 잠겼다는 생각을 하니 갑자기 울음덩어리 하나가 왈칵 가슴을 적시며 들어왔던 것이다.

— 우이대한 김정은 동지를 목숨으로 사수하자!

— 사수하자!

— 사수하자!

먼동이 트기 시작할 무렵의 노을빛 하늘처럼 선전원들의 목소리가 붉은 빛으로 얼룩이 든 느낌이 들었다. 명호가 자세히 들어보니 모두들 목이 잠겨 있는 목소리였다. 목이 잠긴 채로 위대한 김정은을 사수하자고 외치고 있었다.

— 원쑤들에게는 철추를 휘날립시다!

— 철추를 휘날립시다!

— 철추를 휘날립시다!

녀성들의 입으로 외쳐대는 철추鐵椎:쇠몽둥이의 모습이란 어떤 것일까? 정숙이 저기 선전원 대열에 들어있지 않았다면 비록 운명적이지만 억세고 억센 공화국 녀성들에 대하여 신랄한 비난을 퍼부었을 터이지만 아내가 핏빛 목소리로 목이 터져라 철추를 부르짖고 있는 이상 감미로운 소리라는 생각마저 들었다. 명호는 이토록 민낯한 감정의 기복에 스스로 멋쩍어 했다.

— 인민들이여 사상의 미사일을 더 높이 쏘아 올려라!

- 쏘아 올려라!

- 쏘아 올려라!

후창하는 녀성들도 경쟁하듯 목소리를 높였다.

- 거리, 마을, 고향 산천을 내 집처럼 알뜰히 꾸미자!

- 알뜰히 꾸미자!

- 알뜰히 꾸미자!

아아, 명호는 순간 정숙이 새벽에 일찍 일어나 골목을 쓸고 담장의 넝쿨을 걷어내던 장면을 떠올렸다. 선전원으로서 매사에 솔선하고자 하는 정숙의 모습이었던 것이다. 문화일이나 일요일에도 정숙은 누구보다 먼저 일어나 주민들을 독려했다.

- 동무들, 어서 일일어나시라요!

- 동무들, 어서 잠나라꿈나라에서 일나일어나 마을 앞길부터 쓸자고요!

정숙의 공화국에 대한 이러한 충성심은 아들을 둔 녀성으로서 모성애의 억척스런 발로라고 명호는 생각했다. 아들에 대한 아픈 기억은 정숙을 더욱 강력한 어머니로 만들고 있다는 생각이 들었다. 명호 역시 아들을 생각하면 낳은 정보다 더 큰 가슴으로 낳아 키우며 쌓여진 애틋한 정이라는 것을 모르지 않았다. 어쨌든 봄이 보다 참이를 생각하면 애틋한 마음부터 솟아나지 않을 수가 없었다. 명호는 정숙의 이러한 공화국에 대한 열정이야말로 공화국에 대한 애국심이 아니라 아들애에 대한 진정한 모성애의 끝판이라고 생각했다. 아들애가 아니라면 평소 공화국에 대해 내심한 불만이 목까지 차오르던 정숙이 이토록이나 목에서 피가 넘어올 정도의 열성적인 면모를 보여줄 리가 만무했던 것이다.

　명호는 정숙을 위해, 아니 좀 더 솔직히는 아들을 위해 부모로서 작은 힘이나마 되어주고 싶은 마음뿐이었다. 그래서 정숙을 위해 선전원의 나그네남편라는 이유로 손에 들고 흔들도록 꽃술을 만들어주고 선전 문구도 큼직하게 적은 머리띠도 만들어주었다. 평소에 정숙 동무와 비아냥대던 명중포화, 집중포화, 연속포화 등의 선전문구도 빨간 글씨로 적어 어깨에 둘러매도록 도와주었다. 정숙을 돕는 이러한 자신의 행동들에 어떤 마음이 자리 잡고 있는지 정숙이 모를 리가 없을 것이라고 명호는 생각하고 있었다. 간날지난날에 명호가 사상의 불순함이라는 빌미로 자아비판을 받고 자뿌룩하면자칫하면 교화소에 끌려가 인생을 망칠 뻔한 일이 있었을 때 아버지의 훈장과 메달이 자신을 위해 어떤 위력을 보여주었던 것인지를 또렷이 기억하고 있기 때문이었다.

　공화국 전역이 선전원들의 선동질에 들떠서 인민들도 덩달아 고무되고 있었다. 더욱이 당국에서는 여전히 핵폭탄과 장거리 미사일을 앞세워 인민들을 다잡고 있었다. 인민군 총참모부에서 서울해방작전을 한다고 동해상으로 미사일을 날릴 때마다 인민들 중에는 전쟁을 치르게 될 테니 단단히 준비를 해야 한다는 축들도 있었다. 중앙 텔레비전에서도 이런 분위기를 고조시키려는 모양으로 연일 총정치국장 황병서, 총참모장합참의장 리명수, 인민무력부장국방장관 박영식 등을 연일 보여주고 있었다. 미 제국주의나 남조선 그리고 유엔에 대한 군사정책 등을 중시하는 시점에는 당연히 인민무력부장을 앞에 세웠다. 또한 군사훈련 등을 강조할 시에는 인민무력부장보다 총참모장을 앞장세우고 있었다. 즉 김정은 국방위원장은 자신을 제외한 절대적인 강자, 절대적인 1순위를 인정하지 않으려는 의도가 깔려 있는 것이었다. 총정치국장이나 총참모장, 인민무력부장 등에게 오르락내리락 시소게임을 시키면서 항상 균형 있는 상태를 유지하려는 것이다.

예전 같으면 이들 사이에는 항상 긴장감이 감돌았다. 크고 작은 행사에 너도나도 앞을 다투어 김정은 국방위원장의 옆에 서려고 안달을 한다고 했다. 당 고위급의 장례 절차에도 이름의 나열 순서가 곧 서열의 순서라고 믿었기에 행사장이든 어디든지 인민들 앞에 나타나는 자리는 늘 긴장의 연속이었다. 특히 고급 간부의 장례식에 명단이 올라 있는지, 명단이 올랐으면 그 명단의 순서가 어떻게 되며 본인은 몇 번째에 호명되는 장례위원인지가 이들의 큰 관심거리가 되고 있었다.

이렇게 약삭빠른 김정은 위원장의 정치적 감각은 긴밀하게 작동하고 있었다. 부하들의 사기가 죽지 않도록 은밀히 작전을 세우고 있었다. 특히 서열에 관한 예민한 부분은 은밀히 시소게임을 활용하고 있었다. 여기에서 말하는 시소게임이란 절대적인 우위가 아니라 상대적인 개념의 우위였다. 한 번 내려가면 한 번 올라가는 게임, 한 번 올라가면 한 번 내려가는 게임, 이런 과정이 지속적으로 반복되어 결코 자신의 위치가 낮다고도 높다고도 할 수 없는 상태의 지속, 그럼에도 한편으론 이들에게 바로 이런 순간이 폭풍전야처럼 팽팽한 긴장감이 깔려 있다는 것을 모르는 사람은 없을 것이다.

김정은 위원장은 중요한 자리에 이들을 대동하면서도 이들의 서열에 대한 집착이야말로 공화국의 파멸을 가져올 수 있는 위험한 요소임을 꿰뚫고 있었다. 그래서 가능한 줄을 세우는 행위를 지양止揚하려는 입장을 고수하고 있었다. 고삐를 조이고 풀어줌을 적절히 하면서 자신이 의도한 세계가 공화국 전역에 자리 잡히기를 기대하며 부하들의 힘을 적절히 활용하고 있었다. 지난 시절부터, 부하들 사이에 당겨진 팽팽한 긴장감을 김정은 위원장은 유효적절하게 조절하고 있었다. 팽팽함의

끝은 결국 파열임을 간파하고 있었기에 팽팽한 줄을 잘 조절하여 공화국 경영의 씨줄과 날줄을 질서 있게 엮어서 오히려 자신의 권력의 기반을 공고히 하려는 것이 김정은의 가장 중요한 전략이었다.

그래서 김정은은 대립하고 있는 부하들에게 교묘히 채찍과 당근을 활용함으로써 부하들 간의 지나친 경쟁을 완화시키는 정책을 펼치고 있었다. 지난 속도전 때 아파트 건설의 총책임을 맡았던 최부일 인민보안부장의 경우를 대표적인 사례로 볼 수 있다. 지나친 속도전에 날림공사가 되어 건설 중이던 평양의 아파트가 붕괴 되어버린 사건이 있었다. 당시 인민보안부장인 최부일이 총책임을 맡고 있었는데 붕괴 사건에 대한 질책으로 하루아침에 두 계단이 강등되고 말았다.

최부일 인민보안부장의 계급의 궤도를 살펴보면, 김정은의 부하들을 통솔하는 계략이 얼마나 교묘한지를 파악할 수 있다. 명호는 고등중학 교원실에서 교원들의 이바구질을 무심코 들어 넘길 수가 없었다. 교원들의 말들이 심심파적 삼은 이바구질 만이 아님을 명호 역시 알고 있었다. 비교적 정확한 분석과 상당히 신뢰할만한 소식통을 통해 전파된 소문들이었다. 그들의 말은 비교적 정확하고 믿을만한 것들이었다. 저들의 말에 근거해서 최부일의 계급의 궤적을 보면, 최는 지난 2013년 2월에 인민보안부장우리의 경찰청장으로 아마 당시 계급으로 치자면 중장별 두 개정도의 계급이었을 것이다.

그러다가 불과 사 개월만인 2013년 6월에 상장별셋으로 올라갔고 이어서 대장별넷으로 진급하게 되었다. 그리고 2014년 5월에 평양 아파트 붕괴사고가 발생하게 되고 그에 대한 문책으로 대장에서 상장으로 추락되고2014, 7 급기야 5개월 뒤인 2014년 12월에 상장별 셋에서 소장별 하나으로 추락되고 말았다. 그러나 최부일은 이런 추락이 언제

였냐는 듯 2016년 3월 전후하여 다시 대장의 계급으로 화려하게 부활했다. 물론 현재 공화국의 경우 인민보안부는 국가 안전 보위부에 비하면 턱없이 권력이 약화되어 있었지만 말이다. 보위부의 하급간부 앞에서 인민보안부의 고급 간부가 쩔쩔매는 장면이야말로 보위부와 보안부의 위상을 대변해주는 상징적인 장면이라 할 수 있겠다.

최부일 인민보안부장에게 일어난 계급 부침의 배경에는 최부일이 김정은의 어린 시절 개인 농구 교사였다는 인연이 작용했을 것임을 공화국의 알만한 인민들은 모두 알고 있었다. 회령 출신의 군 체육단 농구 선수 이력을 지닌 최부일 등의 예를 통하여 김정은이 이제 정치적으로 소외받은 간부들에 대해서도 배려함으로써 갈등을 해소하고 화합의 정치라는 자신의 통치신념을 구현하는 데 최선을 다하고 있음을 미루어 짐작할 수 있음이었다. 노동당 창당 70주년을 맞이하여 김정은은 과거의 공신들을 부활시키고 있는 것이었다.

공화국은 연일 전쟁의 분위기를 고조시키면서 인민들을 다잡고 있었다. 중앙통신을 통해 김정은 국방위원장혹은 노동당 제1비서이 방사포를 실전 배치하였다고 보도하고 있었다. 방사포란 여러 개의 로켓 탄두를 일시에 발사할 수 있는 다연발 로켓으로 사격의 정확도를 높이기 위해 개발되었다. 장거리포는 당연히 적중률이 떨어지게 되는데 떨어지는 정확도를 최고로 끌어 올리고 포신砲身이 과열되지 않으며 연속적인 빠른 발사가 가능하도록 개발된 것이었다.

조선 중앙 텔레비전에서는 바늘귀를 꿰듯 정확한 장거리 방사포의 적중률에 대해 극찬을 아끼지 않고 있었다. 공화국의 방사포를 막아낼 재간이 없어 남조선 괴뢰들이 쩔쩔매고 있다는 말도 빠뜨리지 않고 있었다. 함흥 남쪽에서 남쪽의 동해상에 신형 방사포를 시험 발사 하였는데 아주 성공적이었다는 소식도 보도하였다. 이번에 발사한 방사포의 구경은 기존의 240밀리 방사포보다 60밀리가 더 넓어 위력이 월등하다는 것이었다. 인명을 살상하기 위한 것과 건물을 파괴하기 위한 이중 목적탄 등을 모두 발사할 수 있다고 했다. 공화국의 방사포 공격을 막아내려고 남쪽에서는 '구룡K-136'을 배치하고 미제 등의 무기를 구입해 대처하고 있지만 어림없는 짓이라고 했다. 또한 '구룡'의 문제점을 보완하여 남조선에서는 다연장로켓 '천무'까지 개발해 대비하고 있지만 조선인민공화국에서는 남조선의 '구룡' '천무'를 새끼발가락 정도로 얕잡아 본다고 했다.

공화국에서는 남조선의 청와대와 박근혜 대통령을 방사포로 저격하는 영상을 내보내며 공화국 인민들의 사기를 끌어 올리고 있었다. 이런 분위기를 한층 더 고조시키기 위해 각 기업소나 공장, 마을 선전원들까지 선전 선동에 열렬히 나서고 있었다.

명호는 이런 공화국의 일련의 행태들이 어느 정도 허풍으로 포장되어 있다는 것을 짐작하고 있었다. 제7차 노동당 대회를 앞두고 강력한 공화국의 모습을 보여줌으로써 인민들의 흐트러진 사상을 바로잡고 느슨하게 풀린 사상의 고삐를 옥죄어들려는 속구구속셈임을 명호뿐만 아니라 눈치 빠른 인민들 역시 간파하고 있음이었다.

3

참이와 봄이는 동실의 집에 들어가지 못하고 집 앞 공터에서 속을 앓고 있었다. 참이는 여러 날을 동실의 집 앞에서 혼자 외롭게 춤사위를 연습하고 있었다. 동실이야말로 참이에게 정말 중요한 존재임을 동실의 부재를 통해 참이는 알게 되었다. 동실이 곁에 없다는 것은 어떤 춤사위에 빠져들어도 허무한 어지러움뿐이었다.

봄이 역시 동실의 모습이 보이지 않아 마음을 졸이고 있었다. 봄이의 가슴에는 아이돌 춤을 누구보다 잘 춰대는 동실이가 들어앉아 있었다. 봄이는 자라면서 자신의 가슴에 들어 있는 동실의 모습이 그리움이 되어가고 있음을 느끼고 있었다. 동실이의 집안 성분이 내세울 것도 없고 홀어머니 밑에서 가난한 생활을 하고 있을지라도 동실을 향한 봄이의 마음은 깊어만 가고 있었다. 봄이는 동실의 춤 속에 자신이 들어가서 함께 춤을 추는 환상에 빠져들기도 했다. 사람들이 동실의 들창코를 비웃고 동실의 있는 듯 없는 듯한 눈썹의 자취를 비웃어도 봄은 그저 동실을 연분하는 마음이 하염없었다.

참이의 춤사위도 동실과 같이 춤을 출 때처럼 신명이 나지 않았다. 춤이란 혼자만의 움직임이 아니라 동무와의 조화로운 물결 같은 것이로구나, 하고 참은 생각하고 있었다. 그러나 이마에서 흘러내리는 땀도 동실과 함께 하나 됨을 느끼던 끈끈한 땀이 아니라 지치고 낡은 하루에 반항하는 비릿한 물 땀에 지나지 않음이었다. 까닭모를 허기를 채우던 마술 같은 몸부림이 아니라 칠수록 어디론가 추락하는 허수아비의 몸짓에 불과했다.

참은 순간 춤이 이런 것이라면 날라리라 손가락질받는 이따위 춤사위에 절대로 빠져들지 않았을 것이라 생각하고 있었다. 춤이 이토록이나 끝없이 어둠 속으로 추락하는 허수아비 짓 같은 것이라면 머리를 땅바닥에 박고 어깨를 천박스럽게 흔들며 다리의 양쪽 무릎을 꺾는 도깨비짓은 애당초 하지 않았을 것이다.

─ 오라반, 춤을 추는 게 지치나?

─ 아, 아이아니다~힘이 부쳐 그야그냥 쉬는 거지~

참이 춤사위를 멈추고 멀리 뒷녘 하늘을 바라보고 있자 봄이 심심함을 달래려는 듯이 말을 걸어왔다.

─ 가마이가만히 보니 오라반 우는갑지~

─ 봄아, 이게 무슨 소리이니?

봄의 말에 참은 무심결에 고개를 좌우로 흔들었다. 그러나 어둑한 공터에서 저도 모르게 가슴으로 젖어오는 깊은 슬픔을 참은 억제할 수가 없었던 것이다.

─ 흐응, 저게 하늘에 박힌 반달이 울었나?

─ 뭐이 반달이래 어케 우니?

참은 저도 모르게 뒤를 향해 봄을 바라보았다.

─ 반달이 어케 우냐니깐 오라반 울었던 게 맞슴. 오라반, 봄이래 오라반 맘 다 알지~ 저게 반달에다 대구 실컷 울어뿌라~

─ 잘 알문서 그러이그런다. 열없게시리겸연쩍게~

─ 기깟 우는데 열없다이부끄럽다~공화국에선 맘 놓고 울지도 못한단 말이니? 오라반, 고저 우리 함께 울자야~

봄이의 목소리가 끝나기도 전에 참은 봄이 옆에 있다는 것을 의식하지 못하고 깊은 울음을 쏟아내기 시작했다. 처음에는 훌쩍대다가 차츰 울음의 농도가 짙어져서 주체할 수 없이 밑바닥에서 분출된 울음은 꺽, 꺽 소리가 되어 어둑어둑한 공터를 울리기 시작했다. 봄이 마저 곁에 주저앉아 엉, 엉 울고 있었다. 그들의 머리맡에 성큼 다가온 반달이 손짓하면서 남서쪽으로 원을 그리면서 멀어지는 느낌이었다. 주인 잃은 동실의 집 앞 공터에서 마치 동실의 아버지가 죽었을 때처럼 그런 울음소리가 한참동안 멈추지 않았다. 누군가의 놀란 듯한 목 소리에 참이와 봄이는 동시에 울음을 멈추었다.

— 아니 네들 이거 어드런 일이니? 이거 동실 네 상세났대나?

— 아, 아버지~

참이와 봄이는 갑자기 나타나서 버럭 소리를 지르는 아버지의 기세에 압도되어 깜짝 놀라며 울음을 멈추었다.

— 네들이 어찌 여기에서 울어대니? 관절대관절 무슨 영문이나 말이야?

— 작두질장난질 하느라 울었습니다.

— 뭐이 간장 오그라들게 우는 게 작두질을 하느라 울었다구?

봄이의 대답에 아버지는 리해할 수 없다는 표정이었다. 참은 말없이 고개를 숙이며 훌쩍이고 있었다. 봄이는 시늉으로 고개를 끄덕거렸지만 아버지의 시선은 어둠 속에 묻힌 먼 산 너머를 향하고 있었다.

— 오새없는철없는 것들, 동실 네 누구 있더나?

— 아직 안 돌아왔어요.

봄이가 시무룩히 대답했다.

— 허엇, 동실이는 어케 느리광이굼뜬 사람가 되었나 그래~

아버지의 목소리에도 슬픈 기운이 묻어 있었다. 아버지의 시선은 여전히 먼 산 너머에 박혀 있었다.

- 진료소 입원한 거 맞는가 보지요, 아버지~

- 언간본시 은혜를 모르는 놈이지~벌치벙어리두 아닌 넘이 의론도 없이~ 선생님, 어머니 모시고 평양 진료소에 다녀나 오갔시오, 하대문 누구래 뒤떵뒤통수을 치겠나, 고저 동실이 맏게맏아들 노릇 제대로 하는구나, 하면서 날래 등 떠밀지 않았겠느냐 말이야~

동실을 향한 아버지의 하소연이 흐릿한 달밤에 계속 이어지고 있었다. 공터에서 보이는 동실의 집은 주인을 잃은 채로 쓸쓸히 주저앉아 있는 모습이었다. 봄이의 생각에도 아버지의 말이 결코 틀리지 않은 것 같았다. 동실에게 봄이네 가족이 준 따뜻한 마음을 생각하면 아버지의 이런 하소연이 이어지는 것은 당연한 일이었다.

- 즈 아버지 즈 어머니 고저 알칵질자주 앓다할 때마다 우덜이 어찌했냐 말이야. 즈 아버지 장사장례 치루구 보안부에 즈 어머니 쓰러져 있는 걸 느 어머니가 떠메오구~강랭이 죽 끓여오구~고저 우덜 없대믄 끈 떨어진 뒤웅박이란 말이지~

- 아버지 말씀 옳아요. 동실 오라반이래 상철 아버지한테 홀딱 넘어갔시요.

봄이 역시 아버지의 말에 동조하며 동실에 대해 서운함을 토해내고 있었다. 그런데 문득 봄이에게서 상철 아버지에 대한 말이 튀어나올 줄은 예상하지 못했다.

- 동실이가 누구한테 홀딱 넘어갔다는 게야?

- 아, 아냐요. 간데루함부로 나온 소리에요.

하고 봄은 가까스로 난처한 상황을 모면하고 있었다. 왜냐하면 참이의 마음이 당연히 불편할 것이기 때문이었다. 참은 상철의 얘기가 나오면 매우 예민한 태도를 보였다. 특히 상철의 아버지에 관한 얘기에는 병적으로 재장바르게예민하게 반응했다.

― 보라, 쓰잘 데 없는 궁상떨지 말고 참아 우리 한판 춤이나 춰보자.

― 아버지, 좋아요. 봄이는 좋아요. 참이 오라반, 저거 달빛이 좋다야. 저거 달빛을 뒤로 뒤로 밀어내는 춤이 뭐이지? 거 있잖아 문moon머이라 하지?

명호가 듣기에 섬뜩한 말을 봄이는 서슴없이 내뱉고 있었다.

― 문워크moonwalk~봄이 너 동실이 생각하는구나. 나보다 동실이 동무가 문워크 잘 춰대잖니~

춤에 관한 얘기가 나오자 참의 태도 역시 완전히 달라지고 있었다. 춤이라면 어떤 상황에서도 그늘을 걷어 올릴 것처럼 참은 춤에 빠져 있었다.

― 아버지 있는 데서 함 해 보라. 오라반이 춰대면 우리가 따라 춰대면 되잖겠나~

― 아버지도 좋다~ 문워크라는 춤 들어는 보았는데 까짓 춤이야 너들만 춰대라는 법이야 없지~우리 같이 춰대 보자~

봄이가 보기에 이날따라 아버지의 태도가 평소와 달라 보였다. 다른 날 같으면 '문 워크'라는 말을 듣자마자 미제 반동들의 춤사위라며 세뻐더지게매우 화를 돋웠을 것이다. 궁지에 몰린 참의 입장을 걸어 매려는꿰매려는 아버지의 배려였던 것이다.

참이 일어나 몸을 좌우로 흔들면서 긴장된 몸을 풀더니 천천히 움직이기 시작했다. 희미한 달빛 아래서 율동적인 음악 대신 흐느적거리는 달빛을 운율 삼아 발끝으로 곡조를 타기 시작했다. 참의 발걸음은 분명히 앞으로 내딛고 있는데 몸은 자꾸만 뒤로 미끄러지고 있었다. 어둠 속에서 봄은 참의 발을 주의 깊게 바라보고 있었다. 왼쪽 발의 뒤에 놓인 오른쪽 발을 발가락으로 딛고 일어서서 뒤로 미끄러뜨린 다음 왼쪽 발을 뒤로 미끄러뜨리면서 왼쪽 발을 발가락으로 딛고 일어섰다. 이런 방식으로 다시 발을 바꾸어 동작을 반복하고 있었다. 희미한 달빛 아래에서 가족과 이렇게 춤을 추면서 봄이는 가슴속에 쌓여 있는 울적한 응어리를 쏟아내고 있었다. 참이 역시 어떤 것에도 구속받지 않는 지금 이순간이 흡족한 모습이었다.

　― 이거 순 엉터리 춤이구나~

　― 아버지, 이 춤이래 마이클 잭슨 춤이에요. 마이클 잭슨~

다른 때 같으면 화를 낼 만한 일이지만 명호는 애들의 처지가 안타까워 일부러 풀어지는 말을 흘렸다.

　― 마클 잭슨이야 알지~ 마클이야 어찌 이따위 엉터리 춤을 만들어냈나 원~ 발목 부러지겠다야~

　― 하하하~

애들이 동시에 웃었다. 참이는 제법 능청스럽게 아버지의 몸동작을 지적해주고 있었다.

봄이는 제 살을 반쯤 깎아 먹은 반달을 올려다보며 여전히 가슴 한 구석이 허전함을 느끼고 있었다. 동실의 어머니 병이 말짱 시치미를 떼듯 나아오기를 간절히 바라고 있었다. 이렇게 희미한 달밤에 동실의 집 앞 공터에서 가족들과 함께 춤을 추는 순간에도 봄이의 마음속에는 동실이가 자리 잡고 있었다. 뒤가 떠르르하다는 상철의 아버지가 돕는 일이니 모든 것이 잘 되리라 은근히 믿고 싶었다.

반달이 머리 위에서 상당히 멀어졌을 때에 봄이는 아버지와 오빠랑 함께 집에 돌아왔다. 어머니는 선전원이 되고서부터 밤이 늦도록 집에 돌아오지 못했다. 공화국 전역은 선전원들의 열띤 충성심에 인민들의 열기를 더해 마치 기차 화통처럼 뜨겁게 달아오르고 있었다. 이런 분위기 속에서도 동실의 집 앞 공터에서의 추억은 봄이의 가슴속에 아주 오래 오래 남아있을 것이다.

4

동실이 집에 돌아온 것은 집을 비운 뒤로부터 열흘쯤 지나서였다. 동실의 모습을 보고 가장 반가운 사람은 무엇보다 참이었다. 참은 공터에서 동실을 생각하며 열심히 춤사위에 빠져 있었다. 동실이가 없는 동안에도 참은 미친 듯이 밤이 되면 동실의 집 앞 공터에서 춤을 췄다. 밤이라서 다른 사람의 눈에 띄지 않은 까닭도 있었지만 동실이가 바로 곁에 있는 듯한 느낌에 동실네 집 앞에서 춤을 추면 어떤 외로움도 잊을 수가 있었기 때문이다. 세상 그 누구도 함부로 독차지할 수 없는 밤하늘의 달이 이 밤에도 참이의 머리 위에서 교교皎皎하게 빛을 뿜어주며 춤사위를 응원하는 듯했다.

봄이와 같이 며칠 전에 추었던 문 워크, 아버지와 함께 추었기 때문에 참이에겐 또한 남다른 추억으로 가슴에 새겨진 춤이었다. 참은 은밀히 마이클 잭슨의 노래가 담긴 카세트의 소리를 낮게 틀어놓은 다음 춤을 추기 시작했다. 지금 비록 동실은 없지만 여전히 참이에게 춤이란 외로움을 달래주는 최고의 동무였다.

한창 이마빼기에 물 땀이 흘러내리기 시작할 무렵 공터를 향해 강렬한 자동차 불빛이 다가오고 있었다. 참은 눈이 부셔 춤사위를 멈추고 자동차의 불빛을 응시하고 있었다. 그런데 자동차가 동실의 집 앞 공터에서 쓰윽 멈추면서 시동이 꺼졌다. 시동이 꺼진 채로 불빛은 여전히 강렬히 빛나고 있었다. 참은 압도적인 불빛에 공연히 주눅이 들어 한 걸음 뒤로 자세를 낮춰 물러서고 있었다. 어디선가 컹, 컹 개 짖는 소리까지 밤공기를 팽팽히 긴장시키고 있었다. 그런데 자동차 문이 열리더니 눈에 익숙한 모습이 자동차에서 나오는 것이었다. 바로 동실이 동무와 동실의 어머니가 자동차의 뒷자리에서 내려 나오고 있었다. 참은 반가운 마음에 동실에게 빨리 다가갔다.

 - 동실 동무, 이제 오는 거이야?

 - 참이로구나~

하고 동실의 어머니가 먼저 아는 척을 했다. 참이 보기에 동실의 어머니의 모습이 예전과 확연히 달라져 있었다. 목소리도 건강하게 들리고 움직임도 무척 활발해 보였다. 운전석에서 젊은 사내가 내리더니 참을 향해 말했다.

 - 네가 참이로군 그래~

 - 동실아, 어서 들어가자.

동실은 참을 보고서도 아무런 말을 하지 않고 우물쭈물 망설이고 있었다. 운전석에서 내렸던 사내가 동실 어머니한테 정중히 절을 하고 있었다. 동실이 보퉁이 짐을 한 꾸러미 챙겨들고 어머니와 같이 집으로 들어갔다. 참은 여전히 동실 동무를 본 반가운 마음에 동실을 따라 동실네로 들어갔다.

 - 참아, 울어머니래 피곤하다는데 나중에 보자우.

 - 그래 참아, 덕분에 이래 살아왔으니 걱정 말고 내일 보자~

참은 예전과 다른 이상한 분위기를 느끼고 있었다. 오랜만에 만난 동무를 보고 저토록 매정하게 대할 동실이 동무가 결코 아니라고 생각하기 때문이었다. 참은 무엇보다 동실이가 강건한 모습의 어머니와 돌아왔으니 다행이라 여기며 약간 서운한 마음으로 동실의 집에서 나올 수밖에 없었다. 자동차를 후진하며 좁은 공터에서 방향을 바꾸던 사내가 앞쪽 창유리를 내리며 물었다.

– 동무가 리 참이 맞지?

– 아니 뉘신 데 내 성명을 압니까?

참이가 고개를 늘리며 사내를 바라보았다.

– 보위부 지하 감방 생각나지 않나?

사내의 말에 참은 반쯤 생각이 열리다가 다시 막혀버렸다.

– 아니 머이요? 보위부 지하 감방이라면 고저~

– 네 들 심문했던 조사원이야~학생 동무는 박 동질 닮았구만 그래~

이상한 말을 흘리고 자동차는 천천히 멀어지고 있었다. 참은 한참동안 자동차의 꼬리등이 자취 없이 사라질 때까지 바라보다가 멍하니 하늘을 올려다보았다. 동실의 집 앞 공터가 갑자기 무서운 보위부의 지하 감방처럼 참을 억압해 들어왔다. 대체 보위부 조사원이 어떻게 동실의 가족을 태우고 왔으며, 참을 알아보고 되다만 말들을 늘어놓은 것인가? 참은 아버지와의 추억이 담긴 공터에서 박 동질 닮았다는 조사원의 말을 듣던 순간 눈앞이 아득해졌다. 자신 앞에 펼쳐지는 일들이 결코 마음 편히 다가오지 않기 때문이었다. 머리를 땅에 박고 팽이처럼 빙, 빙 도는 춤을 출 때보다 머리가 어지러웠다. 참은 한참동안 공터에서 어지러움에 흔들리며 땅바닥에 주저앉아 있었다. 문득 고개를 쳐들어 보니 동실의 집 불빛 역시 꺼져 있었다. 참은 저도 모르게 흘러내리는 눈물을 의식하지 못하며 터덜터덜 걸어 집으로 돌아오고 있었다.

집에 돌아오니 봄은 쪽마루에서 엎드려 공부를 하고 있었다. 어머니는 여전히 선전원의 직분을 수행하는지 아직도 집에 돌아오지 않았다. 아버지는 책상 앞에서 두툼한 책을 읽고 있었지만 참은 동실의 어머니가 돌아왔다는 말을 아버지에게 하지 못했다. 보위부의 조사원이 동실의 어머니를 태우고 왔다는 말을 들으면 아버지는 잠자리가 거미줄에 걸려 퍼덕이듯 밤새워 놀랄 것이 분명했기 때문이다.

참이는 자신의 앞날에 이상하게 얽혀가는 운명의 실타래가 존재한다는 것을 어렴풋이 느끼면서 한층 더 성숙해 가고 있었다. 그는 더 이상 어린애가 아니라고 생각했다. 어떤 순간에 무슨 말을 해야 하고 무슨 말을 하지 말아야 하며 어떤 행동을 해야 하는지를 머릿속에서 벌써 가늠하고 있었다. 상철의 아버지와 연관된 말들을 지금은 하지 않는 것이 자신을 키워준 아버지에 대한 도리라고 생각하고 있었다.

이튿날, 참은 학교에서도 동실 동무가 예전과는 달라졌음을 느꼈다. 무엇인지 자신을 경계하고 있는 듯한 동실의 태도, 같이 춤을 추지도 않으려 했고 집을 비운 저간의 일들을 입에 올리지도 않았다. 예전 같으면 처음 보았던 평양의 모습을 들떠서 재잘거리고 처음 먹어 보았던 음식들을 주저리 외어대었을 동실이었다. 무엇보다 놀라보게 건강해진 모습으로 나타난 동실 어머니에 대한 애기를 자랑삼아 지껄였을 터이었다. 대체 무슨 일이 있었기에 세상에서 가장 가까운 동무를 멀리한단 말인가? 참이의 촉수로는 동실의 내면에 감춰진 알 수 없는 사연을 가늠하기 어려웠다.

이틀 뒤에서야 동실의 어머니가 평양의 김만유 병원에 입원하여 치료를 받았다는 사실을 알게 되었다. 동실은 어떤 동무들에게도 어머니를 모시고 평양의 진료소에 갔던 얘기를 하지 않으려고 했다. 동실의 태도가 확연히 변한 상황에도 불구하고 참은 저녁 이후 동실네 공터에 가서 혼자 외롭게 춤을 추고 있었다. 먼지를 풀썩이며 예전 동실 동무와 같이 춤을 추던 그대로 머리를 땅바닥에 박고 팽이처럼 돌았고 발뒤꿈치를 밀어 곡예를 부리듯 문 워크를 추고 있었다. 동실은 쪽창으로 참이 동무가 춤을 추고 있는 모습을 은밀히 지켜보고 있었다. 참이가 숨을 헐떡이며 이마의 땀을 들일 때 동실이 공터로 나와 낯선 동무를 처음 만나듯이 머뭇거리며 참이의 곁에 들어서기 시작했다.

– 참이 동무, 혼자서 춤이 춰지나?

– 혼자 추니 거특허문 결핏하면 틀린단 말이야~

이렇게라도 말을 걸어주니 참은 동실이 동무가 무척 고맙게 여겨졌다. 그럼에도 참이도 괜한 어색함에 다시 춤사위를 시작하고 있었다. 동실이가 잠시 뒤에 참의 춤판에 끼어들어 함께 예전처럼 짝을 이루어 열정적으로 춤을 추기 시작했다. 둘의 춤판이 한창 무르익을 무렵 참이 동실에게 넌지시 물었다.

– 어데 다녀왔는데?

– 평양 김만유 병원~

동실의 대답에 참이의 입이 떡 벌어졌다.

– 거게 높은 병원 아니야? 평양 인민 1, 2, 3 병원도 아니고 짜 하대는 간부들 드나드는 병원이래 어케 간 거니?

참이의 호흡이 가빴지만 목소리는 충분히 들렸다.

– 느 아버지~아, 아니 상철이 동무 아버지 덕분 아니니?

– 뭐, 뭐이야?

참이는 순간 화가 났다.

– 미안하구나~ 오랜만에 동물 보니 말이 헛나오는구나~

동실의 호흡 역시 가빠졌고 그래서 춤사위가 약간 느려졌다.

– 그래 네 어머니 검병診察은 잘 받아 봤겠지?

– 치료 잘 받았잖아~ 좋은 약도 받아 왔고~

동실이 어깨를 우쭐대며 대답했다.

– 상세初喪 나는 줄 알았댔는데 천만 다행이구나이야.

– 이따마당가끔 배에 찬 물을 빼내면 당장 일은 당하지 않을 거라 하더라~

동실이 숨을 헐떡거리고 있었다. 참은 춤을 멈춘 다음 카세트 음악을 껐다. 동실의 춤사위가 멈췄음에도 헐떡거리는 숨소리는 여전히 가팔랐다.

– 그럼 진료소에 상시常時 들락거려야 하겠구나.

– 참이 동무, 내래 김만유 병원에서 남조선 사람들 보았댔어~

동실이 고개를 끄덕이면서 불쑥 예민한 말을 꺼냈다.

– 남조선 사람들을 어케 보았단 말이니?

– 듣자니까 남조선 인민들하고 의료협조 사업을 한 대는 게야. 남반부 인민들이 우리한테 선진의술을 배워준다는 데 말이 되는 소리니?

동실의 표정이 갑자기 구겨지는 모습이었다.

– 아랫동네 애들이 이렇게 춤을 잘 추는 걸 보면 맹탕 틀린 말도 아닐지 모르지~ 남쪽 알판 보면 비까번쩍한 데가 남조선 아니더나~

– 김만유 병원은 끝도 안보이드라야. 입원실도 200여 개가 넘는다는데~어마어마하더라~ 이 동실이를 출입문이 알아보는지 알아서 문을 열고 닫고 하질 않나~ 난생 희한한 경험 했다이야~

동실의 표정이 다시 방실방실 밝아졌다.

- 한데 우덜 고문해댄 보위부 조사원이 어떻게 동무를 자동차에 태워 돌아온 거이야? 억기이 막힐 노릇 아니나?

- 평양 갈 땐 두루 상철 아버지 자동차를 탔었어. 고저 병원에서 치료받고 나오는데 조사원이 병원 앞에서 떡 하니 기다리고 있더라~ 조사원이 넙죽 절까지 하면서 어머니 모시러 보위부에서 나왔다더구나~ 병원비 셈평도 죄 치르고 울 어머니 태우고 평양 구경도 하고 평양 대성구역 강계면옥 식당에 가서 언 감자국수도 먹고~

동실이 자랑삼아 말했다.

- 자강도 언감자국수 말이나?

- 그렇다니까 글쎄~언 감자국수뿐이나? 수수부꾸미에 수수단자까지 먹었다~

동실이 혀를 내밀어 입술을 핥았다.

- 콩국에 말아 먹었대나?

참의 혀에 군침이 돌았다. 언제 이렇게 먹고 싶은 음식을 마음대로 먹을 수 있을까? 갑자기 비록 어머니가 아프긴 해도 평양에 가서 이름난 료리를 먹고 왔다는 동실 동무가 순간 참은 매우 부럽다는 생각이 들었다.

- 어데~농마국수도 아니고~양념을 풀어서 만든 시원한 육수에 말아서 먹었대서~

- 자강도 언 감자떡이 있다는데 봤대서?

- 보다 뿐이겠나? 고저 김치하구 양배추 속을 넣어 가지고 살살 녹더라니~지짐 같은 거는 쳐다보지도 않았대서야~

동실이 그날의 기억을 되살리며 연신 숨을 몰아쉬면서도 입맛을 싹,

싹 다시고 있었다. 참은 동실이 춤을 같이 추며 평양에서 있었던 일을 자랑삼아 들려주는 모습에 이제 지난날의 동무로 되돌아 왔다고 생각했다.

그러나 이런 참의 생각은 그저 순진한 생각에 지나지 않았다. 평양에 다녀온 이후 동실은 참이가 생각하는 예전의 동무가 분명 아니었다. 동실에게서 분명 예전과는 다른 무엇인가 느껴지고 있었다. 그것은 학교에서 확연하게 드러나고 있었다. 왜냐하면 동실이 상철의 패들과 어울리기 시작했기 때문이다. 이것은 동실에게 있을 수 없는 일이며 일어나서도 안 되는 일이었다. 상철의 패거리들을 누구보다 경계하고 대적하려 했던 동무가 바로 동실이 동무였기 때문이다.

동실의 변화는 특히 정규시간이 끝난 뒤에 가지는 생활총화 시간에 분명하게 드러났다. 학급반장을 맡은 상철의 배려뿐만 아니라 혹독하게 물어뜯었던 상철 패들의 공격이 완전히 사라진 것이었다. 더구나 동실에 대해 칭찬을 하는 동무까지 나타났다. 쉬는 시간에도 동실은 상철이 패들과 당당하게 어울리고 있었다.

참은 갑자기 모서리대장王따이 되어버린 느낌에 공연히 몸이 떨리고 소름이 돋는 듯했다. 참의 곁에 맥없이 붙어 있는 동무는 상철 패들과 척斥이 되어버린 만룡이 동무뿐이었다. 만룡이 동무는 간번지난번의 돈 줄 그루빠에 관한 고자질 사건 이후 상철 패들과 완전히 적이 되어버렸다. 그럼에도 만룡은 조금도 기가 죽지 않고 당당하다 못해 우쭐대기까지 하였다. 참이가 보기에 머지않아 상철 패들이 만룡이에게 보복을 해대는 날이 다가올 것이라고 생각하였다.

생활총화 시간 이후 집체 복습 뒤에 따르는 시험총화에도 동실은 거뜬히 통과했다. 공부에는 명석하지 못한 동실이 가장 걱정하는 것이 바로 시험총화였다. 시험총화를 통과하지 못해 늦게까지 남아 공부하는 동실 동무를 참은 얼마나 많이 기다렸던가. 그런데 이상하게 동실은 수월하게 통과했다. 참은 이런 모든 상황이 동실이 평양에 다녀온 이후부터임을 알고 이상하다 생각하고 있었다.

그런데 하루는 만룡이 동무가 참을 학교 뒤란으로 불러 이상한 한마디를 불쑥 던지는 것이었다. 이것은 동실의 변해진 태도보다 더욱 참이를 놀라게 했다.

– 참이 동무, 조동실 동무를 조심하라.

– 아니 만룡이 동무, 무슨 소리니?

항상 고삭부리병치레 하는 사람처럼 약해 보이기만 했던 만룡의 태도에 참은 놀랐다. 자원입대를 하겠다고 가장 먼저 수표서명를 하고 상철 패들에 반기를 들던 일을 생각하면 그저 놀랄 뿐이었다.

– 동실 동무래 검정새치한편인척 하며 염탐함란 말이야.

– 뭐이, 검정새치? 동실 동무가?

만룡이 뭔가 깊은 생각에 잠기는 듯한 표정을 하며 고개를 끄덕였다. 평소 만룡에 대해 동무들은 초남태아주 어리석은 같은 동무라고 놀려 먹었다. 어리석고 못난 동무, 행동도 느리고 소견이 좁아 어디에도 어울리지 못하는 깍두기 같은 존재, 어떤 동무들은 은근히 만룡에 대해 깍두기라고 놀리는 축들도 있었다.

– 동실 동무래 만무방막된 행동 하는 사람같은 동무 아니다.

– 구나방막된 말씨 같은 동무도 아니지~ 한데 이거 자뿌룩하문자칫 하면 참이 동무 발목 부러뜨리겠단 말이다.

– 아니 뭐라구? 만룡이 동무래 헤뜬 소리 지껄이지 말라야.

– 헤뜬 소리 아니우다. 이 거 이 거 동실 동무래 여귀제사 못 받은 귀신

가 들어두 단단히 들었다이~

참은 만룡의 말을 얼른 이해하지 못했다. 동실 동무가 자신을 배신한다는 것이 만룡이 동무의 말이었다. 참은 여전히 만룡의 말을 믿을 수가 없었다. 대체 동실이가 참이 동무를 배신할 이유가 뭐란 말인가? 무엇을 가지고 배신을 한단 말인가?

— 만룡이 동무, 뭐 잘못 먹었대나? 헷소리 하지 말라니깐~

— 참이 동무한테만 귀띔해주겠어~ 내 아버지가 판수였대서~

참은 난데없이 귀띔해주겠다는 만룡의 말에 이윽히 쳐다보았다. 뭘 귀띔해주겠다는 말인지 얼른 이해하지 못했다. 더군다나 '판수'라는 말은 만룡이 동무에게 처음 들어보는 말이었다.

— 판수라는 말이 머이가?

— 우리 아버지는 점을 쳐서 먹고사는 소경이었단 말이야~

참은 이제야 만룡의 말을 리해하게 되었다. 앞을 보지 못해 점을 쳐서 먹고 사는 아버지를 부끄럽게 여기지 않고 동무에게 귀띔해주는 만룡이가 참은 순간 고맙다는 생각이 들었다. 그러자 만룡의 말이 전혀 잠꼬대를 하는 것이 아님을 알게 되었다. 참은 자세를 고쳐 잡으며 만룡이 동무를 빤히 바라보았다. 만룡이 말을 계속 했다.

— 내 어머니래 알아주는 점쟁이야, 동무. 판수 아버지에 점쟁이 어머니에 내 피가 어디로 흐르겠느냔 말이야~

— 만룡이 동무가 점을 친단 말이나? 어머니 아버지 피를 물려받아 점을 친단 말이야?

— 맞아~ 실은 사내라서 점쟁이 되기가 싫어 자원입대하려고 했던 것인데 백두신장님이 나를 이래 누르고 있으니 키대가 자라지 않는다

말이지~ 이거 뭐 다 신장님 뜻이지~

만룡의 말을 들으며 참은 만룡이 동무를 이해하게 되었다. 이쪽도 저쪽도 아닌 처지, 이쪽에도 끼지 못하고 저쪽에도 끼지 못한 깍두기 같은 처지를 이제 이해하게 되었다. 처절하게 자신의 운명을 거부하려 해도 어떤 거부할 수 없는 힘에 압도되어 거부하지 못하고 받아들여야만 했다는 신장神將 : 귀신 중 무력을 맡은 장수신의 존재에 대해서도 이해하게 되었다. 아버지가 입에 담았던 반쪽의 성분이란 말도 어떤 면에서 보면 만룡의 처지와 다르지 않음을 깨달았던 것이다.

참은 만룡으로부터 이제껏 접하지 못한 신神의 세계에 대해 많은 얘기를 들었다. 방과 후에도 참은 동실 동무와 어울리는 대신 만룡이와 어울렸다. 만룡이는 정말 진지한 표정으로 동실이 동무의 배신을 주지시켰다. 검정새치라는 말이 귀에 따갑게 앉을 때 참은 모든 것이 명료해지는 것을 느끼기 시작했다. 참에 대해 경계를 하는 듯한 예전 같지 않은 동실의 태도를 참은 주의 깊게 바라보았다. 누구로부터 들었던 것인지 아니면 예지력 때문인지 몰라도 참이가 이미 상철이 동무와 각어미자식이복 형제임을 만룡은 알고 있었던 모양이었다.

참의 생각에 만룡의 세계는 공화국의 흔한 고등중학 학생의 세계가 아니었다. 인민의 시각으로 접근하기 힘든 세계가 만룡의 가슴에 가득 차 있음을 참은 조금이나마 느낄 수가 있었다. 참은 집으로 돌아오는 내내 만룡이 동무가 당부한 말을 가슴에 되새기고 있었다. 동실이는 예전의 동무가 아니다. 동무를 가장한 검정새치, 검정새치에게 절대 빈틈을 보이지 말라. 동실을 믿는 순간 참이의 가족에게 험난한 세계가 다가올 것이다. 만룡의 당부를 부정하려 할수록 더욱 가슴에 새겨지는

까닭은 비록 키대는 작지만 그 눈빛만은 비상하여 대방상대방을 압도
한 데다가 신령스런 기운을 거부하기에는 만룡이 동무의 태도가 너무
위력 있고 당당해 보였기 때문이다.

제18장 검정새치

1

　태산은 보위부 간부로서 허리띠를 조여 매고 있었다. 공화국의 입지가 국제적으로 궁지에 몰리게 되면서 살림살이 또한 말이 아니었다. 공화국 살림이나 형편이 아무리 어려웠었더라도 태산에게 지금처럼 팍팍한 적은 없었다. 인민들이 하루 두 끼니밖에 못 먹었다던 궁핍한 시절에도 태산의 밥상 위에는 기름방울이 동동거리는 국그릇이 올랐었다. 열두 삼천리 벌에 농사를 망쳐 공화국 인민들의 배급량이 하루 600g에서 380g으로 줄고 소금에 절인 하얀 백김치가 알량하게 밥상 위에 오르면서 간식이 되어버린 무에 관한 아련한 기억이 되살아나는 시절이었다.

　싹이 나올 때만을 기다리던 인민들의 궁핍함은 태산에게는 다른 나라 이야기에 불과했었다. 인민들은 저마다 목숨을 걸어놓고 살기 위해 분주히 일을 했다. 나그네_{남편}가 죽고 없는 가정은 더욱 허리가 휘도록 일을 해야 했다. 하루도 쉬지 않고 뼈가 부서지도록 일을 해도 노력공수일의 성과를 매기는 날에는 인민들의 시름이 더욱 깊어지고 있었다. 현금분배를 하던 때에도 일한 인민들에 대한 공화국의 분배는 허기를 메우기에는 어림없는 것이었다.

　하루 내내 작업을 해야 1가동, 야간작업까지 해야 2가동의 노력공수를 하는 판에 가을걷이 끝나고 분배의 결과물을 보면 노력공수는 빈 바구니뿐이었다. 허리를 졸라매고 쏟은 땀의 결실은 텅 빈 광주리나 다름없었다. 각종의 구실을 들어 하나씩 공출해가다 보니 가을걷이 끝에 남은 광주리에는 허탈감뿐이었다. 씨를 뿌릴 때에 흘린 땀에는 막연한 희망이라도 담겨 있었지만 노력공수의 점수는 빛살 좋은 허울에 지나지 않았다. 왕왕기세 좋게 일을 했더니 공화국 인민들에게 돌아오는 것은 한숨뿐이었다. 인민들의 가슴에 자리 잡은 이런 분배의 구조는 착취계급에 대한 분노에 찬 저항심과 반발심을 유발시켰다.

공화국이 형제의 나라로 의지했던 중국의 제재마저 받기 시작하면서 천하에 먹잇감 냄새를 귀신같이 맡아내는 태산이라도 어찌할 수 없는 위기에 몰려 있었다. 얼마 전까지만 하더라도 태산에게 공화국의 생활이란 '의식주'의 순서였지만 이제 '식의주'의 순서였다. 의복보다 목숨을 이어주는 식량이 단연 먼저였던 것이다. 이런 상황에서 공화국 인민들은 살아남기 위해 치열한 경쟁을 해야만 했다.

개인 소유의 땅을 가지지 못한 인민들에게 그나마 숨통이 트이는 것은 공화국이 사용하지 않는 땅에 텃밭을 일구는 일이었다. 빈 땅만 있으면 악착같이 대들어 경작했다. 공화국이 배급을 제대로 충족시켜주지 못한 처지에 인민들이 스스로 일군 텃밭의 경작물까지 통제하지는 못했다.

공화국에서 텃밭은 일종의 개인 소유나 다름없는 것이었다. 그래서 협동농장에서보다 더욱 악착같이 정성껏 작물을 재배했다. 사적인 농작물을 잘 가꾸려고 경작에 필요한 물품들을 몰래 훔치기도 했다. 그래서 협동농장 등에 무장경비까지 두게 되었고 도둑질이 심해지면서 실탄까지 장전한 경비병을 배치했다. 옥수수 하나를 몰래 훔쳐 먹으려던 인민이 총에 맞아 죽는 일도 일어났다.

상황이 이러다 보니 협동농장의 작업반장은 이래저래 곤혹을 치렀다. 흉년이 들어 수확량이 미달 되었다 할지라도 선군정치의 방침에 따라 군량미로 일정한 양을 공출당했기 때문에 수확량이 심하게 줄어들 때는 더욱 고통이 심했다. 또한 종자마저 훔침질 당한 경우도 있었는데 종자를 보존하지 못하면 작업반장이 책임을 지는 상황이 발생하게 되므로 농장에 움막까지 지어 경비를 서고 있었다. 수확량이 줄어들게 되면 당연히 인민들에게 배급되어야 할 식량이 턱없이 부족하게 되어서 이런 모든 책임을 작업반장이 지게 되었다. 이러한 경우에도 작업반장은 억울하게 교화소감옥에 보내지는 것이었다.

공터만 있으면 재바르게 경작을 하는 바람에 개인 소유의 텃밭을 많이 가진 인민들이 늘어나기 시작했다. 텃밭 빈부의 차이가 발생하고 있는 것이었다. 일종의 나라에서 빌려주는 땅이지만 인민들은 이러한 경작권을 사고파는 거래도 이뤄지고 있었다. 가족이 3명이면 최대 30평을 소유할 수가 있었지만 거래를 통해 규모를 키우는 인민들도 늘고 있었다. 급기야 공화국에서 세대당 200평 내지 300평만을 소유하도록 규제를 하기 시작했다. 이렇게 확보한 경지에 인민들은 가장 효율적으로 경작을 해야만 했다. 같은 땅에 보통 7~8가지의 농작물로 3모작 4모작을 하고 있었다. 삼월에 시금치를 심어 어느 정도 자라면 감자를 심었다. 감자를 캐기 전에 옥수수를 심고 사이에 배추와 무를 파종했다. 알이 잘 여문 옥수수를 따면서 배추, 무들 사이에다 다시 시금치를 심었다. 이토록 경작을 허락받은 땅에 치열하게 농사를 지어 생산한 농산물을 장마당에 가지고 나가 거래를 하고 있었다.

공화국의 부서마다 상납금을 만들어내느라 안달을 하고 있었다. 태산은 관내에서 의주로 빠져나가는 길목 초소들 때문에 잔뜩 신경을 곤두세우고 있었다. 태산이 속한 신의주시의 인근 압록강은 수심이 깊고 강폭이 넓어 국경을 몰래 빠져나가기란 여간 어려운 일이었다. 반면에 의주 쪽 압록강은 수심이 얕고 강폭도 좁아서 국경을 넘어나가는데 안

성맞춤이었다. 따라서 신의주시에서 의주로 향하는 길목에는 초소들이 마치 도열하듯이 배수의 진을 치고 있었다.

그럴 것이 힘깨나 있다는 공화국 부서들이 일제히 그 길목에 초소들을 설치한 것이었다. 보위부는 물론 인민보안부, 국경경비대 그리고 보위사령부까지 네 개의 부서가 그 길목 초소에 눈독을 들이고 있었다. 검열초소를 왕래하는 인민들이나 차량 통행자들이 여행증명서는 물론 소지품까지 검열을 받아야 하기 때문에 초소 관리자들에게 꾹돈뇌물이 생길 가장 유리한 조건을 갖추고 있었다. 또한 도강渡江을 시도하려는 인민들은 은밀히 상당한 액수의 꾹돈을 찔러주었다. 이런 연유로 초소 관리 부서들 간의 대립이 첨예한 것은 당연한 일이었다.

10여 년 전에 인민보안성 보안원이 공무를 보러 가는 길에 급한 나머지 미등록 번호판인 오토바이를 타고 초소를 지나는데 보안원 신분임을 밝혔는데도 초소에서 제지를 했다. 보위부, 보안부, 국경경비대는 무사히 통과했지만 보위사령부 초소에서 초소원들이 위세를 부린 것이다. 당시 보위사령부 초소원들은 공화국 내의 상당한 실력자들의 자식들로 구성되었는데 이들이 위세를 부리며 안에서 주패카드 도박을 하면서 보안원의 통행을 막고 있었다. 이에 보안원이 항의를 하자 3명의 초소원병사이 그 보안원을 집단 구타하는 사건이 발생했었다. 공무가 급해 다급히 상황 설명을 하던 보안원의 사정 따위는 안중에도 없었던 것이다. 결국 그 보안원이 공무를 마치고 돌아오던 길에 그 초소에 들러 총질을 해버린 사건이 발생했던 것이다.

이 사건은 상납금을 확보하려는 공화국 각 부서의 치열한 경쟁상황을 나타내고 있었다. 태산에게도 역시 보위사령부의 존재가 마뜩찮은 상대가 되고 있었다. 되도록 마찰하지 않고 부딪치지 말아야 상책이었다. 왜냐하면 보위부_{우리의 국정원}보다 보위사령부_{우리의 국군 기무사령부}의 힘이 더 셌기 때문이다.

태산은 부하들을 모아놓고 특히 보위사령부 부원들과 마찰을 빚지 말라고 당부를 늘어놓았다. 이러한 어려운 시국을 헤쳐나가기 위해 태산의 일원이 생각해 낸 것은 소조원 제도였다. 보위부의 소조원 제도란 사실 이미 한물간 구시대적 제도에 불과했다. 지난 80년 전후 일시적으로 활발했던 제도가 바로 이 제도였다. 이미 자취를 감춘 제도를 태산은 은밀히 활용할 생각을 하고 있었다. 왜냐하면 나름대로 활용방안을 만들어서 부하들을 교육시켜 활용해 본 결과 상당한 효과가 나타났기 때문이다.

– 이 보, 책임지도원 동지, 부과장 동지 아직 안 왔대서?

회의 때 으레 보이지 않은 부과장 동지를 향해 똑같은 방식으로 물었다.

– 위, 위생실_{화장실}에 들렀습네다.

– 거 이런 엉세판에 뭘 퍼묵어 댔간데 그저 한두 번도 아니고~거 책임지도원 들으라.

– 예 박 과장 동지~

언제나처럼 책임지도원은 허리를 깊게 숙였다.

– 구류장 계호원 넘들 말이지~

– 보위소대원들 말입죠?

책임지도원의 입에서 기다리고 있었던 듯한 말이 튀어나왔다.

– 거 잠자코 들으라. 지도원 동무도 거 아무 때고 들이대는 게 문제란 말이야~듣자니 계호원 놈들 씀씀이가 쏠쏠하다는 데~

태산의 눈동자가 빠르게 좌우로 흔들렸다. 태산의 말에 책임지도원은 이제 끼어들지 말지를 망설이며 태산의 입술을 뚜렷이 쳐다보았다.
태산이 뜸을 한참 들인 다음 탁, 탁 서류뭉치로 책상을 가볍게 치면서
말을 이었다. 태산은 회의 시에 항상 권총집 얘기를 꺼내곤 했다.

　- 동무들 권총집이 누구의 은총이니?

태산이 부하들을 닦달할 생각인지 역시 권총집 얘기를 꺼내 들었다.

　- 김정은 위원장 은총입니다.

　- 고 알면서 그런다. 개성공단 폐쇄되고 호박^{행운} 잡은 놈들 누구
니?

부과장이 아직 모습을 보이지 않은 탓에 서서히 시동을 걸었다.

　- 고저 화교들이라 생각합네다.

　- 옳지~옳지~

부하의 대답에 태산의 표정이 기다렸다는 듯이 밝아지는 느낌이었
다. 개성공단 폐쇄 이후 공화국에서 활개를 치는 집단은 중국의 화교
집단이라는 말이 돌았다. 개성공단에서 생산한 제품은 공화국에서 최
고의 품질을 자랑했다. 인민들 사이에 품질이 좋고 값도 눅어서 한창
공단제품들이 인기를 누리고 있는 마당에 난데없는 공단 폐쇄라는 극
단조치는 상황을 완전히 바꿔버리고 말았다. 공단제품의 품귀현상을
예상하고 잽싸게 공수하기 시작한 것이 바로 화교들의 제품이었다. 중
국 화교들은 공화국 전역을 마음 놓고 다니면서 볼품없는 싸구려 물건
을 가지고 배짱 장사를 하고 있었다. 공단제품의 공급이 단절되자 화
교의 값싼 제품들이 장마당을 주름잡기 시작했던 것이다.

　- 화교넘들 주머니 불리는 거 이거 어찌 생각하니?

　- 인민들한텐 좋겠지만서두 우리에겐 파이야요.

구류장의 계호원이 말했다. 바로 이때, 위생실에 들렀다던 부과장

동지가 들어왔다.

— 부과장 동진 고저 뭘 퍼묵었대간 이케 위생실에 들락거리니? 고 한두 번 이러는 게 아니잖아~

— 배탈이 좀 났습니다.

부과장이 아랫배를 쓰다듬으며 허리를 굽혔다.

— 고 작작 퍼먹으라. 이런 엉세판에 위생실 들락거릴 시간 어데 있나? 중국 화교 놈들이래 어찌 볶아대야 할지 부과장 동지 생각 좀 해 보았나?

— 관내 화교넘들 통행제한 철저히 해야 하지 않겠습니까? 지깟넘들이 통행 제한하면 안 내놓고 배기겠소?

부과장의 머릿속에는 이미 화교들로부터 어떻게 뜯어낼 수 있는지 재치 있는 방법이 작용하고 있었다.

— 말인즉슨 그렇습네다. 하지만 근본적으로 관내 들어오는 화교 놈들을 관리해야 합니다. 화교 명단을 우리 말고 누가 가지고 있느냔 말입니다.

계호 책임자 소위가 말했다.

— 바루 그거이야. 어째 딴 놈들보다 월등한 지위에 있는 우리가 기걸 활용하지 못하냔 말이냐. 거 날래 계획 세워 보고하라.

— 예, 알겠습니다.

소위는 화교의 명단을 미끼로 근본적이며 장기적 관리에 들어가자는 제안을 하고 있었다.

— 안전 소조원 문젠 어찌 됐나? 이거 어찌 시일이 이래 길어지누 말이니?

— 안전 소조원 문젠 두루 박 과장 동지 지시한대로 관내 확보 됐습

네다.

부과장 동지가 서류철을 내밀며 너볏한 태도로 말했다. 태산이 서류
철을 넘겨받아 살펴보며 마음에 들었다는지 옳지, 옳지, 하는 소리를
거푸 매달았다.

태산을 중심으로 계속되는 논의에서 경제적으로 옹색한 현 시국에
어떻게 하든 재원을 조달할 수 있는지에 대한 다양한 방법이 제기되었
다. 탈북자 가족에 대한 지침, 화교로부터의 자원 조달 방식, 보위사령
부 부원들과의 마찰 방지 및 초소원들과의 마찰 회피 방법, 안전 소조
원의 효과적 활용 등에 대하여 구체적으로 논의했다.

— 부과장 동지, 여기 조선민주주의인민공화국 맞지?

— 어이쿠 박 과장 동지~

당연한 물음에 튀어나올 말들을 짐작하기에 부과장이 소스라치게
놀랐다.

— 공화국에서 유일사상 체계라는 게 뭐이니 한번 외 보라~

— 고저 1개의 지시봉에서 찍으면 고 밑에까지 도달하는 지시봉이 똑
같아야 하는 거이지요.

김정은 위원장이 공화국 인민들에게 가장 강조한 말이었다.

— 잘 알고 있구만 그래~유일적 지도체계라는 게 바로 1개의 지시봉
이 가리키는 곳이 같아야 한 대는 거이야. 각 부서로 돌아들 가서 맡은
바 임무에 충실하라. 우리가 지금 전시 상황이야요.

태산은 예의 그랬던 것처럼 부과장 동지를 남겨두고 부하들을 내보
냈다. 태산은 품속에서 뽀디담배를 꺼내 부과장 동지와 맞담배를 피웠
다. 담배의 끝에서 피어나는 구름 송이 같은 연기들이 천장으로 푸슬
푸슬 머리를 풀고 흩어져 올라가고 있었다. 태산은 입술을 홈쳐서 후,

후 담배 연기를 반복적으로 날려 보내고 있었다. 계획한 것들이 일사천리로 진행되지 않고 담배 연기처럼 뜸 들이며 꼬이는 모습을 연상이라도 하는 듯 한참 동안 태산의 이런 동작은 계속되었다.

— 부과장 동지, 요즘 우리 사이에 내부 감시자가 있다는 풍문이야~

— 아니 머라굽쇼?

부과장이 다시 한번 새파랗게 놀랐다.

— 고 어찌 다 알면서 시치밀 떼니~

— 아, 아니~ 어찌 한솥밥 먹는 식구끼리~

두 사람은 민망한 낯빛으로 호상 얼굴을 쳐다보았다.

— 그야 시국이 각박해지니 당연한 일 아니니~고저 몸조심 하라야.

— 예, 박 과장 동지~

시국이 어렵고 각박해지면서 보위부의 상급에서 하급에 대한 감시체계가 치밀하게 작동되고 있었다. 상급 보위부에서 하급 보위부 담당자들에게 은밀히 호상상호 감시하도록 압력을 넣고 있었다. 특히 여태 끊임없이 상납되었던 꾹돈뇌물이 가뭄에 콩 나듯이 줄어들자 자구책으로 내놓은 시책이 바로 식구에 대한 감시였던 것이다. 보위원이 권총을 가지고 강도짓을 하던 일도 예전 같으면 묻어졌을 사건이지만 보위원의 내부 감시자 고발에 의해 낱낱이 밝혀져 어쩔 수 없이 처형에 처해진 사건도 최근에 일어났음이었다.

— 이 보, 부과장 동지! 김덕순 동무하구 고 아들 동실 동무 말이야~

— 예 박과장 동지~

하며 부 과장 동지가 태산의 말을 받아 적으면서 바짝 다가앉았다.

— 내 아니래도 동무가 알아서 좀 챙기라. 병원 진료도 해줬구 즈 나그네남편 묘비도 세워줬고, 슬슬 과업을 줘보란 말이지~

- 알겠습네다.

부과장의 허리가 연신 굽혀졌다.

- 내래 은근슬쩍 타일렀는데 고저 뜨듯 미지근하더란 말이야. 거 기백이 동무 안까이(아내의 낮춤말)만 아니면 한바탕 족치면 되겠지만서도~

- 어이쿠, 박 과장 동지 체면에~

- 글치, 그렇다니깐~ 거 부과장 동지래 내 맘 알겠지? 내가 누굴 잡아야 한다고?

태산의 머릿속에 박힌 사명은 바로 이것이었다.

- 군인 가족 리명호 동무라 하잖았습니까?

- 옳지 옳지~시간이 없다, 날래 수행하라, 어찌 이리 더디냔 말이니~ 날래 하라 날래~

태산의 호흡이 가빠지고 있었다. 부과장 동지는 허리를 굽실대며 연신 알겠시오, 를 연발하고 있었다. 태산은 덕순 동무와 동실이를 안전 소조원으로 포섭하려는 계획을 은밀히 추진하고 있었다. 보위부 요원들이 자기 수하의 소조원들을 늘리기 시작했다. 소조원들을 많이 확보하여 주민들의 감시체계를 그물망처럼 하려는 것이었다. 따라서 고발과 감시 사건을 많이 확보하여 상부에 보고함으로써 능력을 인정받는 것이었다. 결국 안전 소조원을 늘릴수록 주민들의 상호감시 체계를 늘리는 셈이었다.

그런 방안 중의 하나로 태산은 심중에 들어 있는 덕순 동무와 동실이를 특별한 임무를 맡기기 위한 안전 소조원 조직으로 낙점한 것이었다. 리명호 동무를 잡고 참을 자신의 아들애로 등록하고 정숙 동무를 자신의 아내로 만든다는 것이 박태산의 은밀한 계획이었다. 태산은 이런 자신의 계획을 완수하기 위해 덕순과 동실을 이용하는 것이야말로 확실한 방법이 되리라 확신했던 것이다.

2

　명호는 아침부터 마음이 불안하기 짝이 없어 공연히 자전거를 타고 혼자 운동장을 여러 바퀴 돌고 있었다. 입술이 불어 터질 정도로 선전원 일을 하느라 새벽부터 밤이 늦도록 악을 쓰고 다니는 정숙을 생각하면 가슴이 저려왔다. 자정이 넘어 들어오는 정숙에게 명호는 미리 준비한 명태의 껍질을 벗겨 부르튼 입술에 발라주었다. 공화국에는 약이 아주 부족하기 때문에 어지간한 상처 따윈 그저 민간요법으로 치료를 하는 것이 훨씬 빨랐다.

　입술이 부르터서 며칠 동안 낫지 않은 상처에도 명태의 껍질을 벗겨 부르터진 상처 부위에 물을 묻혀 바른 다음 하룻밤을 자고 나면 다음 날 아침에는 상처 부위가 거짓말처럼 말끔하게 나아 있었다. 명태껍질을 이용하면 약을 바를 때보다 상처가 빨리 아문다는 말이 인민들 사이에 퍼져 있었다. 간밤에 정숙의 입술에 발라준 명태껍질의 위력을 명호는 아침에 정말 실감했다. 정숙의 부르튼 입술이 거짓말처럼 상처가 아물어서 붉은 봉숭아 물이 든 것처럼 신선해 보였다.

　수업이 없는 낮뒤오후에도 명호는 까닭모를 불안감에 자리에 앉아 있을 수가 없어 공연히 운동장에서 자전거를 타고 있었다. 운동장에서 이렇게 까닭없이 자전거를 탔던 적이 명호의 경험에는 아직까지 없었다. 까닭모를 이 불안함이란 대체 무엇이지~명호는 운동장을 여러 바퀴 돌면서 이런저런 생각으로 머릿속이 어지러웠다. 머리에서 흐르는 땀은 등허리를 따라 흘러 속옷까지 후줄근하게 적시고 있었다. 그럼에도 명호는 페달을 멈추지 않고 마치 머릿속에 은밀히 세뇌되어 있는 자동장치처럼 계속 운동장을 돌았다. 학생들의 눈에도 난데없는 자전거 놀음에 빠진 명호의 모습이 이상하게 비쳐졌던 모양이었다.

  - 저거 력사 생코선생 아니니?

  - 력사 생코 맞다. 우짠 일루 낮뒤 내내 저래 자전거를 타시지~

학생들이 창문 너머 운동장에서 시선을 떼지 않고 있었다. 명호는 학생들의 이런 관심조차 의식하지 못할 정도로 열심히 페달을 밟고 있었다.

  - 력사 선생, 무슨 일이 있대나?

  - 아, 아닙니다. 부교장 선생님.

부교장이 마침내 교원실에서 운동장으로 나와 리명호를 향해 묻고 있었다. 부교장의 물음에도 명호는 대수롭지 않게 흘려넘기며 계속해서 운동장을 돌고 있었다. 명호의 이런 엉뚱한 자전거 놀음은 해가 길게 그림자를 늘릴 때까지 계속되었다. 명호의 속옷이 후줄근히 젖어 비틀어 짜면 땀내를 머금은 물줄기가 떨어질 것만 같았다.

명호의 자전거 놀음이 멈춘 것은 몽당치마미니스커트를 입고 가슴이 불룩하게 도드라져 보이는 양복을 걸친 화려한 입성의 녀성이 땀을 후줄근히 흘리며 자전거를 타고 있는 명호를 향해 바짝 걸어왔을 때였다.

  - 선생님, 어찌 이래 열심히 자전거를 타십네까?

  - 아니 춘희 아니니?

명호는 제자 리춘희의 등장에 깜짝 놀라고 있었다. 그렇잖아도 춘희의 근황이 궁금했던 것은 탈북해서 남쪽에 자리 잡은 가족의 반동질에 공화국이 춘희에게 어떤 벌칙을 내렸을지 자못 걱정됐기 때문이었다. 더욱이 보위부에서 춘희를 데려다가 하루 나절 심문할 거라는 얘기를 춘희에게 직접 들었던 까닭이다. 명호는 춘희가 정말 이런 시간에 학교에 다시 나타나게 되리라곤 전혀 예상하지 못했던 일이었다.

　－선생님 하구 론의_{의논}할 일이 있어 왔습니다.

　－춘희 고저 무사했댔구나?

　명호는 춘희의 모습을 이렇게 다시 볼 수 있다는 자체로 안심이 되었다. 실은 간번_{지난번}에 다녀가고 나서 은근히 춘희 걱정을 했던 것이 사실이다. 악명 높은 보위부의 심문을 연약한 녀성의 몸으로 어찌 견뎌낼 수 있을지 생각조차 하기 싫었다. 그런데 이렇게 멀쩡히 더욱이 몽당치마까지 입고 나타난 춘희를 대하니 일순 마음이 놓였다. 춘희의 모습은 누가 보더라도 근황이 좋아 보였다. 탈북자 가족의 불안한 모습도 보이지 않고 어떤 내일날_{미래}에 대한 두려움 같은 모습도 찾아볼 수가 없었다. 명호의 말에 춘희는 대답 대신에 살포시 볼웃음을 지어 보였다. 명호는 춘희에게 궁금한 것이 많았다. 무엇보다 궁금한 것은 보위부에 관한 것과 제대의 여부, 남쪽 가족에 대한 안부 그리고 연분_{사랑}하던 청년과의 관계에 관한 것이었다.

　명호는 흥건히 젖은 옷을 입은 채로 자전거를 제자리에 받혀두고 학교 뒤란의 나무 그늘 아래로 춘희를 데리고 가서 앉았다. 가까이에서 바라보니 춘희의 입성이 군복을 입었던 간번_{지난번}과는 확연히 달라져 있었다. 진단장을 곱게 한 것도 그렇고 맵시 있게 의복을 입은 것도 놀라울 정도였다. 특히 공화국에서 단속할 정도의 무릎이 훤히 들여다보이는 몽당치마는 명호의 시선을 어디에 둘지 망설이게 했을 정도다.

　－춘희 고저 이케 진단장_{짙은 화장두} 하구~그간 제멜 했대나?

- 제대명령서 들이대는데 벨 수 있겠습니까? 고저 동무들 말새질_말을 지어 소문 퍼뜨림에 명령서에 단단히 수표_{서명}하구 나왔습니다.

- 언간~그리 되었구나 그래. 연분_{사랑}하던 동무와는 어찌 되었나?

춘희가 제대를 했다는 말에 명호는 그다지 놀라지는 않았다. 가족이 도강을 해서 남쪽에 들어갔다는 사실은 남은 공화국의 가족에겐 목숨을 저당 잡히는 사건이었기 때문이다.

- 헤어졌답니다. 그저 이게 춘희에 운명이구나 여겼댔시오.

- 어 그래~

명호는 힘없이 고개를 끄덕여주었다. 춘희에게 무슨 위로를 해주어야 할지 얼른 생각나지 않았다. 명호는 춘희의 대꾸가 없자 한참 뒤에 입에 담기 거북한 말을 꺼냈다. 실은 가장 궁금했던 말이기도 했지만 섣불리 꺼내기조차 두려운 말이기도 했기 때문이다.

- 보위부 심문은 받았나?

- 아, 그 그게~

명호의 물음에 순간적으로 춘희의 눈동자가 흔들렸다. 춘희는 이상하게 명호를 똑바로 쳐다보지 못하고 시선을 비껴서고 있었다. 보위부의 심문을 받았냐는 직접적인 물음에 쭈뼛거리는 춘희의 태도를 보고 명호는 아득할 뿐이었다. 날아가는 직승기_{헬리콥터}도 떨어뜨린다는 보위부에 관한 말을 입에 담지 말았어야 했나, 하고 순간 명호는 후회했다.

- 이 생코_{선생}, 우리의 쌤가 공연한 말을 지껄였구나. 그래 남쪽 오마니 소식은~

- 남쪽 가족이야 잘 있답니다. 한데 선생님, 공화국에서 살아갈 자신이 없다 말입니다.

명호는 춘희의 말에 응대를 하지 못하고 묵묵히 고개만을 끄덕거리고 있었다. 바로 그때, 상학수업시간 종료를 알리는 벨소리가 들렸다. 교실에서 학생들이 밖으로 뛰어나오는 소리, 잡담하는 소리들이 한꺼번에 엉겨 교내가 소란스러웠다. 명호에게는 오히려 이렇듯 주위의 소란스러움이 마음을 편하게 만들어주었다. 민감한 말을 조용한 공간에서 흘리는 일은 자칫 자신의 발목을 옭아매는 족쇄가 될 수도 있었다.

– 제대두 했음 뭔가 해얄 텐데~남조선에 있는 가족이 걸리는구나~

– 선생님, 이 춘희 국경 넘을랍니다.

– 아니 뭐, 머이가?

명호는 춘희와 이처럼 은밀한 대화를 나눈다는 것이 부담이 되었지만 제자를 위해 스승으로서 무엇이든 도움이 되어야 한다고 생각했다.

– 공화국에서 살아갈 희망이 어데 있습네까?

– 여게나 저게나 반쪽 성분인데 어찌하면 좋단 말이니?

명호는 섣불리 춘희에게 이래라저래라하지 않았다. 공화국 인민에게 어떤 선택이든지 자신의 몫이어야 한다고 생각했다. 남쪽의 형님과 얘기를 나누면서도 명호는 그런 생각을 했다. 누구의 말도 믿을 수가 없는 세상이요 지금 명호는 그런 처지에 놓여 있음을 모르지 않았다. 자신이 보고 경험하지 않은 세계를 주입하고 강요하는 것은 세뇌의 다른 이름일 뿐이었다. 그래서 명호는 춘희에게 내뱉는 한마디의 말이라도 신중할 수밖에 없었다.

– 남조선이 살만한데 맞지요? 공화국에 희망은 없는 게지요?

– 그래, 춘희야. 사람 사는 덴 두루 어디인들 희망이야 없겠니? 남조선이든 북조선이든 사람이 산다면 그야~

제자 앞에서 사상의 나약성을 보여주고 있다는 게 믿기지 않았지만 지금은 이런 말로밖에 춘희를 위로해 줄 수 있을 뿐이었다.

  ― 아네요, 선생님. 공화국은 희망 없습네다. 춘희 국경 넘는데 그저 도와주십시오.

  ― 춘희야, 너답지 않게 어찌 허둥대니? 국경 넘는다는 거 이거 만만찮은 일 아니겠니?

  명호는 공연히 허둥대는 춘희의 행동에 당황하면서도 가슴속에 의식의 심지를 강력히 붙잡고 있었다. 난데없이 명호 앞에 나타나 두 번씩 사상의 끈을 풀어헤치는 춘희의 행동이 쉬이 이해되지 않은 것이었다. 한 번은 그렇다 쳐도 두 번씩 찾아와서 예민한 사상의 알맹이를 들춰내려는 제자의 행동은 불피코 사개가 어긋나는 행동이었다.

  ― 여게 비하면 남쪽은 천국이랍니다. 선생님, 압록강 건너 탈북 하갔시오. 제발 춘희가 압록강 건너도록 도와주십시오.

  ― 춘희야, 요새 경계가 삼엄해서 국경 넘기가 여간 어렵다는데~고저 붙들리는 날엔 재깍 정치범수용소로 보내져서 한뉘_{한평생} 일만 하다 죽어 나간다는구나~

  명호는 어떤 도움도 줄 수가 없기에 안타까울 뿐이었다.

  ― 신의주만 벗어나면 괜찮습니다. 의주 가는 길목까지만 당도하면 해 볼만 하답니다. 선생님, 차단소_{검문소}만 무탈하게 지나도록 날 도와주시라요.

  춘희는 제법 구체적인 계획까지 세워둔 모양이었다. 춘희의 말처럼 가장 큰 문제는 신의주를 벗어나는 일이라고 생각했다. 명호는 남쪽 형님과의 손전화_{휴대폰} 통화 이후 탈북자들에 대한 인민들의 얘기를 주의 깊게 귀담아들었다. 예전 같으면 한쪽 귀로 듣고 흘러버렸을 얘기들도 좀 더 관심을 가지고 들었다. 3만여 명이나 되는 탈북자들이 남쪽에 가서 자리 잡고 산다는 말은 명호에게 여전히 다른 세상의 이야기처럼 여겨졌다. 국경을 넘는 일은 목숨을 내놓는 일, 삼엄한 경비를 뚫고 칠흑의 밤을 건너야 하는 저승길, 삭풍을 거스르며 두만강의 도포된 얼음의 두께에 운명을 담보하고 까마득한 미지의 세계를 향해 모험을 해야 하는 일이었다.

— 차단소가 어데 한두 군데이니? 신의주에서 의주까지 고저 4 개소는 지나쳐야 하잖겠어?

— 하니까 선생님한테 도움을 청하는 거예요. 선생님, 내게 달러가 조금 있단 말입니다.

명호는 춘희의 얼굴을 찬찬히 바라보았다. 춘희는 정말 탈북을 결심한 모양이었다. 달러까지 준비해두고 자신을 찾아온 사실에 명호는 상황이 생각보다 급박하다는 것을 알았다. 남쪽의 형님네로부터 달러를 받은 경험이 있는 명호에게 달러를 지니고 있다는 춘희의 말이 당혹스럽지는 않았다. 남쪽에 있는 가족이 북남연락책이란 사람들을 통해 춘희에게 보냈을 것이 분명한 일이었다.

— 달러를 가지고 있음 고저 꾹돈_{뇌물}을 먹여야 할 거인데 이거 어데다 찔러대야 할지 관절_{대관절} 알 수가 있나~

— 듣자니 군인가족들이래 남쪽 가족들하구 국경 너머에서 이따마당_{이따금씩} 만난다는데 그네들끼리 통기_{通奇}하는 연락책이 있답니다.

명호는 춘희의 말에 깜짝 놀랐다. 군인가족들이 남쪽 가족들과 국경 너머에서 자주 만난다는 말은 명호를 당황하게 했다. 군인가족으로 살아왔지만 연락책을 통해 손전화를 하고 편지를 주고받고 달러를 전해 받은 적은 있지만 만난 사실은 없었기 때문이다.

— 춘희 너 누구에게 기딴 소리 들었니?

　명호는 춘희로부터 군인가족에 대한 얘기를 들은 자체부터 불쾌하기 짝이 없었다. 마치 춘희가 자신의 행적에 대해 알고 있지나 않을지 까닭모를 불안감이 엄습했기 때문이다. 명호는 공연히 자신이 재장바른 예민한 탓에 말공부공염불에 다름 아닐 거라고 생각하며 콩닥거리는 가슴을 추스렸다.

　― 선생님, 어째 놀라십네까? 공화국에 남은 탈북 가족들은 부나하게떠들썩하게 아는 얘기에요.

　― 춘희야, 아무리 그렇더라두 기딴 소리 함부로 지껄이는 거 아니야. 보위부에서 알게 되면 당장 심문감이에요~

　명호의 목소리는 떨리고 있었다. 학교 뒤란에서 탈북자 가족인 춘희와 이렇게 앉아 불량한 얘기를 나눈다는 것으로도 사상의 불온을 지적받을 반동짓거리에 다름 아닐 것이다.

　― 알고 있습니다. 하지만 선생님, 춘희는 급합니다. 날래 손 좀 써 달라요. 선생님 말씀처럼 여게나 저게나 반쪽 성분이라면 오마니 쪽을 택하겠습니다.

　― 에구~이 일을 어쩐다~

　벼룩도 낯짝이 있고 빈대도 콧등이 있다는 말이 있는데 춘희의 뻔뻔스러움을 두고 이르는 말이라 생각되었다. 공교롭게 벼락 치는 날 바가지를 뒤집어쓰는 꼴이 되지 않을지 내심 염려되었지만 파랗게 긴장하며 도와달라고 간절히 청하는 제자를 스승으로서 모른 척하기란 또한 결코 쉬운 일이 아니라고 생각했다.

　명호는 심중에 강한 철심을 박는다는 심정으로 단단히 각오를 다지며 남쪽 형님의 편지를 전달했던 연락책을 떠올리고 있었다. 당장 그 연락책이 아니면 누구한테 춘희의 딱한 사정을 부탁할 수가 있단 말인

가. 공화국 인민들의 인심이 아무리 각박하더라도 벼룩의 등에 육간대
청을 지을 정도로 어리석은 사람들은 아니었다. 명호 역시 제자 춘희
를 위해 스승의 도리를 다하기로 마음먹었다.

춘희를 위한 일이니 결국 위기에 빠진 인민을 위한 일이나 매한가지
라 여겨졌다. 스승과 제자의 운명이라는 멍에야말로 죽어서도 걷어낼
수가 없는 것이 아니고 뭐란 말인가. 명호는 운명에 순응할 수밖에 없
는 처지임을 순간적으로 깨달았다.

― 춘희야, 이 생코(선생의 별호)가 한번 손을 써 볼 테니 며칠 만 기다려
보라.

― 선생님, 불피코 살아서 은혜 갚겠습니다.

춘희의 말을 듣고 명호는 남쪽 형님과 통화하도록 도와주었던 연락
책을 떠올렸다.

― 언 기끈(겨우) 한 대는 소리 보라. 장차 남쪽에 있을 춘희가 내게 어
드렇게 은혜를 갚는단 말이니?

― 통일이 되면 선생님 만날 수 있겠지요.

춘희의 목소리가 촉촉이 젖어 있었다.

― 통일이 머 누구 이름이니? 춘희가 무사히 남쪽 가족 품에 안긴다
면 이 생코 그저 아습찮을(고마울) 따름이지~

명호의 심정은 정말 그랬다. 춘희가 탈 없이 남쪽 가족의 품에 안기
기를 진심으로 바랐다. 춘희는 헤어지면서 연신 눈물을 흘리고 있었
다. 명호 역시 춘희의 눈물을 보면서 마음이 애잔해짐을 느끼고 있었
다. 남쪽 가족에 대한 그리움 때문에 목숨을 걸고 탈북을 하는 춘희의
마음, 재혼한 아버지를 두고 남쪽으로 향하려는 춘희의 날들은 하루하
루가 지옥 같은 날들일지도 모른다. 명호는 가능한 빨리 연락책을 연

결하여 춘희의 탈북을 돕는 데 작은 힘이나마 보태고자 하는 마음이었다.

명호는 연락책이 남겨준 연락책과의 연결 방법에 대한 메모를 찾아 연락책에게 춘희 일의 내막을 간단히 알렸다. 다행히 연락책은 국경 부근에서 활동하고 있었다. 명호는 연락책과 만날 시간과 장소를 정한 다음 탈북에 대한 정보를 구하기 시작했다. 춘희의 탈북이 아니더라도 명호는 평소 탈북에 관한 얘기에 아주 관심이 많았다. 사람의 운명이란 알 수 없는 법, 춘희를 탈북하도록 돕는 일도 역시 명호에게 업보처럼 찾아온 운명인지 모른다고 생각했다. 살면서 피치 못하게 맞닥뜨리는 일이란 사람에게 운명이란 이름으로 다가서는지도 모른다는 생각이 들었다. 주위에서 일어나는 피치 못 할 일에 대해 명호는 되도록 긍정적으로 생각하려고 했다.

탈북이란 공화국에서 국경을 넘는 일을 말하는 것이다. 국경 경비 상황을 주의 깊게 살펴서 주로 밤을 이용하여 국경을 넘는다. 겨울철에는 강물이 얼어 있으므로 압록강이나 두만강 전역에서 국경을 넘을 수가 있지만 여름에는 수량이 많기 때문에 많은 제약이 따르는 것이다. 국경을 넘는 일은 전문 브로커의 도움이 반드시 필요하다. 브로커는 돈으로 국경 수비대나 경비대를 매수하여 탈북에 따른 위험한 순간이 닥치더라도 나름대로 모면하는 방법이 있는 것이다.

연락책의 얘기에 의하면, 두만강 유역에는 일정한 간격으로 경비병들이 지키고 있는데 경계가 철저하지는 않다고 했다. 상류 쪽에는 강폭이 좁고 수심이 얕기 때문에 탈북이 가장 용이하다고 했다. 강폭이 좁은 데는 양쪽 주민들이 서로 마주 보고 얘기를 나눌 정도라고 하니 다섯 살짜리 아이도 쉽게 강을 건너 탈북이 가능하다는 얘기였다. 반면에 백두산에 가까울수록 경비가 삼엄하다는 것이었다. 두만강의 하류는 강폭이 30 내지 100미터 내외이며 홍수철을 제외하면 수심도 낮고 물살도 느려서 노약자들마저 탈북을 시도할 수 있다는 것이었다.

반면 압록강 유역은 일단 탈북 자체가 힘든데, 수심이 깊고 강폭이 넓어서 강물이 꽁꽁 얼어붙은 월동기가 아니면 어렵다는 것이다. 그럼에도 경비는 삼엄해서 엄두를 내지 못한다는 것인데 상류 쪽으로 갈수록 상황이 두만강과 비슷해서 탈북을 시도하는 인민들이 점점 늘고 있다는 것이다. 하지만 두만강 유역에는 조선족이 있는 반면 압록강 유역 건너에는 도강渡江을 하더라도 조선족이 없어서 의사소통을 하기가 어렵고 따라서 은신처를 마련하는 데도 어려움이 따른다는 것이다.

탈북의 발생 빈도가 가장 많은 지역은 단연 백두산 유역이다. 강이 아닌 산악 지형이기 때문에 탈북을 하기 가장 용이하고 또한 지형적 어려움 역시 장점으로 작용한다는 것이다. 따라서 북측 당국의 경계는 이곳이 어디보다 삼엄하다는 것이다. 조선족의 거주가 인근에 많은 데다 중국 공안의 접근이 어렵기 때문에 무엇보다 은신처를 쉽게 확보할 수 있다는 것이 장점이라 할 수 있다. 탈북자들에게 있어서 탈북 후 은신 생활을 가장 용이하게 할 수 있는 조건인 것이다.

탈북자란 현재 공화국에서 이탈하여 중국 등에 거주하는 인민들을 말함인데 탈북자의 90%는 중국 현지에서 생활하는 것을 선호하고 있으며, 10% 정도는 돈을 벌어 공화국으로 귀환하고 있는 실정이라고 한다. 특히 중국에서 생활하다 남쪽으로 내려가는 경우 공화국에 남겨진 가족에 대한 처벌이 두려워서 여의치 못하다는 것이다. 탈북을 하는 대다수의 공화국 인민들은 정치적 신념 때문이 아니라 경제적인 어려움 때문에 탈북을 택한다고 한다. 2000년 전후로 공화국으로 돌아간 탈북자들의 수가 급격히 줄어들면서 중국에 체류하는 탈북자들이 늘어나고 체류 역시 장기화 되고 있다고 한다.

현재 중국에는 공화국을 이탈한 주민들, 즉 탈북자들 수십만 명이 은밀히 북쪽에 남은 가족을 위해 돈을 벌어 송금을 하고 그러다가 심경의 변화를 일으킨 탈북자들은 남쪽행을 택하는 일도 있으나, 현재는 남쪽행을 택한 탈북자들 역시 남쪽에서의 삶이 자유롭지만 힘겹게 살아가고들 있다는 사실이 알려지면서 예전과는 달리 남쪽으로 내려가는 경우는 많이 줄어들었다는 것이다.

3

참이는 동실이가 집으로 찾아왔을 때 만룡의 당부를 잊고 있었다. 아니, 만룡의 당부가 잠깐 머릿속을 스쳐 지나갔지만 금세 잊어버린 것이다. 동실이가 평양에 다녀온 이후 잠깐 서먹했었는데 예전처럼 웃으면서 집에 놀러 온 순간 만룡의 진지한 태도로부터 나온 당부의 말은 금세 천 리 밖으로 달아나버렸다. 귀에 딱지가 앉도록 들었던 검정새치라는 말은 이미 까마귀밥이 되어버렸던 것이다. 사람의 마음이 아무리 흔들비쭉이라 할지라도 만룡의 간절한 당부를 주견 없이 모른 척 해버린 것은 참이로서는 두고두고 후회할 일이 되어버렸다. 아무 생각 없이 참은 동실과 같이 몸을 흔들며 춤을 춘다는 것에 흠뻑 빠져 있었다.

그런데 동실이가 보여준 춤사위는 참의 눈에는 예전과 다른 모습이었다. 동실의 춤 솜씨는 누가 봐도 참이 보다 뛰어났지만 그날은 아니었다. 동실의 춤사위는 까닭 없이 경중거렸을 뿐으로 예전 같은 열정이 묻어 있지 않았다. 몸은 움직이면서 마음은 춤에 녹아있지 않은 모습이었다. 몸 따로 생각 따로인 듯했다.

춤이란 몸을 따라 마음이 움직이고 마음을 따라 몸이 움직이며 나타내는 몸짓인 것이다. 그래서 하나의 세계를 표현하기 위해 함께 춤을 추는 동무들끼리 일심동체가 되어야 한다. 춤을 추는 동무들이 많을수록 더욱 일치된 마음과 조화로운 동작이 요구되는 것이다.

그러나 오늘따라 동실은 몸과 마음이 따로 놀았다. 간단한 동작마저 틀리는가 하면 간혹 헛다리도 짚었다. 동실이 가장 자신 있다던 문워크를 출 때도 발걸음을 앞으로 내딛는 데에서 뒤로 미끄러져야 할 몸이 같이 앞으로 나아갔다. 거기에다가 왼쪽 발가락으로 딛고 일어서는 동작에서 동실은 앞으로 비틀거리며 넘어지기까지 하였다. 동실의 춤 솜씨에 반해서 동실의 들창코를 탓하지 않고 은근히 연분을 하고 있던 봄이 마저 바로 그 대목에서는 비웃음을 치며 돌아서버렸다.

춤이란 반드시 무대가 있는 것도 아니고 반드시 관객이 있는 것도 아니지만 언제 어떤 공간이든 무대가 되고 하늘에 박힌 무수한 별들과 새침한 달빛마저 관객이 될 수 있다. 유일한 관객을 자처하던 봄이의 실소失笑를 동실의 어이없는 실수 때문으로 여기는 데는 무리가 없는 것이었다.

― 동실아, 오늘 어째 이러니?

― 뭐가 어째서?

동실은 자신의 잘못을 인정하지 않으려는 듯이 되물었다.

― 동실 동무래 춤을 추다 고꾸라지는 게 무슨 까닭이냔 말이야?

― 거 다리에 힘이 패여서빠져서 그러는 게지 뭐~

- 뭐? 평양 가서 수수부꾸미에 수수단자까지 먹었다고 자랑질하지 않았니? 자강도 언 감자떡은 입에 살살 녹는다고 했대서 안했대서?

참은 동실의 다리에 힘이 빠졌다는 소리에 공연히 비아냥을 던지고 싶었다. 한마디 말도 없이 평양에 갔다가 오랜만에 나타나서 자랑질을 늘어놓던 동실이가 당시 참이로서는 못마땅했던 것이다.

- 했대서~

동실이 겨우 들릴락 말락 대답을 흘렸다. 봄이 마저 춤사위를 구경하다 코웃음을 치며 시큰둥하게 돌아서버리자 동실도 힘이 빠지는 모양이었다.

- 한데 어째 힘이 패인다는 말이니?

- 깟 거 그딴 음식이 며칠이나 가겠나? 이틀 지나면 그저 심힘 떨어지는 거는 매한가지 아니니~

동실의 대답에 참은 이해는 하겠다는 듯 천천히 고개를 끄덕여주었다. 그러나 다시 몸과 마음을 가다듬어 춤을 춰댔지만 동실의 춤은 역시나였다. 평양에 다녀온 이후 확실히 동실에게 무슨 변화가 있다는 생각이 들었다. 지난날에 동실이 그토록 춤사위를 만들어내느라 땀을 흘리고 열정적으로 춤을 춰대던 일을 생각하면 관절대관절 있을 수 없는 일이었다. 동실이가 계속해서 실수를 연발하자 참은 어이가 없어 말이 나오지 않았다. 이번에는 참이의 속내를 들여다보는 듯이 동실이 제풀에 먼저 말을 흘리고 나왔다.

- 젬병이구나이야~

- 동실 동무, 집에 무슨 일이 있니?

참의 말에 동실은 나무호박절구 밑바닥에 달라붙은 방앗공이처럼 땅바닥에 주질러 앉아 움직이지 않았다. 참이는 대답을 하지 않고 묵묵히 하늘을 쳐다보는 동실의 모습을 이윽히 바라보았다. 동실의 들창코가 벌렁벌렁 움직이는 모습을 보면 동실 역시 춤을 허투루 춰대지는 않은 모양이었다. 기관차 화통에서 뿜어져 나오는 연기처럼 동실의 숨통에서도 자맥질을 하는 듯했다. 한참 숨을 고른 다음에야 동실이 입을 열었다.

— 참이 동무, 춤동작이 엉킨다고 숙보지(업신여기)지 말라야.

— 원숭이도 나무에서 떨어진다 하지 않았니~

— 오늘 이상하게시리 까리까리(알쏭달쏭)하단 말이야. 이 동실이 춤이야 원숭이 똥구멍 같이 빨갛잖니~

— 글쎄~동실 동무가 오늘 아무래도 띠브레(2%부족) 하구만이~

동실의 말에 참은 여느 때처럼 맑게 웃었다. 문득 만룡의 말을 떠올려보았다. 이런 동실 동무가 '검정새치'라는 말은 아무리 생각해도 동이 닿지 않는 말이었다. 참은 숨을 고른 다음 잠시 기운을 북돋아 다시 춤을 추고 싶었지만 동실이 이상한 제안을 하는 것이었다.

— 참이 동무, 춤은 나중에 추자. 우리 력사 생코(선생님) 방에서 알판 CD이나 보면 어떻겠나?

동실의 느닷없는 제안에도 당혹스러웠지만 어느 순간부터 말끝마다 '네 아버지'라는 말 대신 '력사 생코'라고 호칭을 바꾼 사실에 참은 은근히 화가 났다. 아버지라는 사실을 인정하지 않겠다는 속내가 동실의 호칭 속에 숨어 있음을 알아챘기 때문이다.

— 뭐이? 남쪽 드라말 보잔 말이니 지금?

참은 동실의 제안에 놀라 힘껏 고개를 저었다. 공화국에서 남쪽의 황색바람을 차단하기 위해 더욱 날카로운 칼날을 들이밀고 있는 시기였다. 인민들 누구든 남쪽의 드라마나 가요, 영화 등이 담긴 알판을 몇 번씩 봤던 경험이 있지만 강력하게 칼날을 번득이는 독재 권력의 감시 앞에서 담력이 세다던 인민들조차 엄두를 내지 못했다. 꿈밖에뜻밖에 황색바람을 쏘이고 싶다는 동실의 제안에 참은 저도 모르게 물레걸음뒷걸음질을 하고 있었다. 동실이 예전과 다른 참의 태도에 오히려 놀라며 입을 달싹거렸다.

－ 어찌 그리 놀라니?

－ 어망결에얼떨결에 해본 소리 아니니?

동실의 귓속말도 아니고 발딱코를 움찔할 정도로 당당한 태도에 오히려 참이 놀랐다.

－ 어방치지어림짐작 말라야. 내래 간절한 소원이야～

－ 보위부 된맛 잊었나? 어찌 초상집 앞에서 춤추는 짓을 하겠단 말이니? 동무래 아무 데고 흔적 남기는 풀 먹이 동물초식동물 되고 싶니?

－ 코빵맞게무안하게시리～우리가 마라초궐련 피울 나이야. 조꼬맹이꼬맹이 아니란 말이지～날래 들어가자.

동실은 이상하게 다른 때와는 달리 서두르는 기색이 역력했다. 보위부에서 그렇게 당하고도 알판CD을 또 보자는 소리가 나온다는 것이 얼른 이해되지 않았다. 하지만 동실의 이런 다그침에 참은 금방 동화되어버렸다. 동실과 같이 지냈던 수많은 날들의 친숙함은 참이로 하여금 동실의 제안을 거부하지 못하도록 만들었다. 덧대구무턱대고 거절하기에는 둘의 지난날들의 동무로서의 정이 너무도 깊었기 때문이다.

아버지의 부재不在를 알았던 까닭인지 동실은 방에 거리낌 없이 들어가더니 여기저기 샅샅이 살폈다. 책상 위에 놓인 두꺼운 책들을 들춰보며 책장을 넘겨보기도 하고 컴퓨터를 켜더니 제법 주인처럼 익숙하게 살피는 것이었다. 참이 보기에 동실의 행동은 역시 예전과는 확연히 달랐다. 그저 알판이나 하나 끼워서 소리죽여 코를 박고 들여다보면 그만일 텐데 알판이나 보자 했던 말이 무색하게 두리번거리며 허둥대고 있었다.

　- 동실 동무, 오나칙오늘 아침에 뭐를 잘못 먹었대나?

　- 강능오사리강냉이 죽에 오이짠디오이지 고저 잘못 먹을 게 뭐 있나~

　동실이 슬며시 참을 향해 가르보기흘겨보기를 하면서 여전히 방의 여기저기를 살펴보고 있었다.

　- 울 아버지래 알판 같은 거 없을 게야. 동실 동무 집에 가서 보자우.

　- 력사 생코 비밀 알판이나 USB 같은 거 있을 게야. 우리 학교 생코치고 색깔 영화음란물 안 보는 생코 어디 있겠니?

　- 뭐이? 지금 색깔 영화라 했니? 남쪽 드라마 본대더니 색깔 영화라구?

　참은 동실의 입에서 이런 말이 튀어나오는 순간 머리가 어질했다. 동무들로부터 색깔 영화에 대해 들었던 적이 있었다. 남쪽에서 유행했던 야동이나 일본에서 몰래 들어온 색깔 영화가 장마당 같은 데서 은밀히 거래되고 있다는 소문을 들었지만 막상 동실에게 이런 말을 들으니 호기심이 머리 꼭뒤를 세차게 찔러대는 것이었다. 공화국에서 색깔 영화란 남쪽의 드라마를 몰래 보는 것보다 더욱 강력한 단속의 대상이었고 적발되면 호된 처벌을 받았다. 그럼에도 공화국의 전역에서 은밀히 중국산 녹화기를 구입해 놓고 가정마다 음란물 한두 장씩 소유하고 있다는 것이었다.

　- 참아, 내래 평양 김만유 병원에서 한번 얻어 봤대는데 죽이더마~

　- 동실 동무래 정말 한번 봤대서?

　- 봤지~남자하구 녀자하구 함께 골프라는 것을 쳐대면서~

동실은 여전히 아버지의 방을 여기저기 살피고 있었다. 참이 보기에 동실이의 움직임이 색깔 영화의 복사물을 찾으려는 행동으로 보였다. 남녀가 붙들고 낑낑댄다는 색깔 영화를 봤다는 동실이 정말 부러웠다. 참은 정말 부러운 눈으로 동실의 달싹거리는 입술을 바라보았다. 흐느적거리는 야릇한 말들이 동실의 입에서 쏟아지기를 바랐을 것이다.

– 남녀 동무가 함께 골프를 쳐대더란 말이니?

– 홀구멍에 볼을 쳐대는데~고저 10미터짜리의 구멍 안으로 쑥 들어가더란 말이지~

난데없는 골프 얘기에 참이는 어안이 벙벙했다.

– 뭐라? 대체 무슨 헤뜬 소리니? 난데없는 골프질이 관절대관절 무슨 말이야?

– 참이 동무, 거 머리 잠 굴리라야. 골프 오르가즘이란 게 뭐겠니? 10미터짜리 거리를 지나 쑤욱 구멍 안으로 들어갈 땐 두루 기분이 어쩌겠느냐 말이지~

– 그야 뿅 가겠지 않니, 한데 웬 골프이니~

참이는 정말 동실이 동무의 숨은 말의 의미를 몰랐다.

– 에이 이런~죄 알면서 가이손뜨지시치미 떼지말라야.

동실의 이상한 말을 참은 정말 리해하지 못했다. 색깔 영화에 대한 말을 하면서 난데없이 골프가 튀어나오다니~그런데 색깔 영화 따위 당장 떡판에 처박아버릴 일이 일어났다. 적어도 참은 당장 머리가 뻣뻣이 일어서는 느낌을 받았다. 동실이 여기저기 책상이며 방안 구석 구석을 살핀 다음 난데없이 바람벽을 툭, 툭 쳐대기 시작했다.

– 동실 동무, 어째 그러니? 어째 죄 없는 벽을 두드려대는 거이니?

– 벽을 치며 장단을 잡으면 춤이 엄청스레 늘어난다는 말이 있더누

나, 평양 김만유 병원에서 평양 예술학원 다니는 동무래 만났는데 그 동무래 벽을 치면서 장단을 익혔다누나~

동실의 말에 참은 고개를 끄덕이며 동실과 같이 바람벽을 두들기기 시작했다. 동실이 두드리고 있는 벽의 건너편 바람벽을 두드리던 참은 깜짝 놀라고 말았다. 바람벽에서 난데없이 북 치는 소리가 울려나왔던 것이다. 참이 보다 놀란 것은 동실이었다. 동실은 둥, 둥 소리가 참이 두드리는 벽 쪽에서 새어나오자 동작을 멈추고 참이 있는 데로 다가왔다. 그러더니 바람벽을 툭, 툭 진지하게 두드려보았다. 툭, 툭 노크를 하는 듯했는데 벽에서 들려오는 소리는 둥, 둥 하고 들렸다. 대체 어째서 이런 소리가 나온단 말이지~참은 이상야릇한 기분이 되어 머리가 혼란스러운데 동실은 마치 먹잇감을 잡은 승냥이처럼 벌떡코를 벌름거리며 둥, 둥 소리가 나는 그 주위를 섬세히 두들겨보고 있었다.

그리고 잠시 후에 엄청난 일이 벌어졌다. 동실이 둥, 둥 소리가 나는 바람벽에서 학갑_{벽장}을 발견한 것이다. 참은 아버지의 방에 이런 학갑_{벽장}이 은밀히 숨겨져 있다는 사실을 여태 몰랐다. 동실은 학갑 안으로 머리를 쑤욱 들이밀어 안을 살피고 있었다. 참은 동실의 이런 태도를 목도하면서도 만룡이 남긴 '검정새치'라는 말을 떠올리지 못했다. 아예 생각이 거기에 미치지도 못하고 있었다. 하지만 동실이 품속에서 손전등_{플래시}을 꺼내 학갑 안을 살피는 순간 참은 번뜩 만룡의 당부가 떠올랐다. 동실 동무가 여귀_{귀신}가 들어서 검정새치가 되었으니 조심하라는 당부, 빈틈을 보일 때 참의 가족에게 험난한 세계가 기다린다는 만룡의 말이 당시에는 헤뜬 소리로밖에 들리지 않았었다. 그러나 결코 헤뜬 소리가 아님을 참은 이제 알게 되었다. 난데없이 동실이 손전화를 꺼내 학갑_{벽장} 속을 향해 찰칵, 찰칵 사진을 찍어대는 것이었다. 참은 동실이 손전화를 지닌 것을 알아채는 순간 놀랐을 뿐만 아니라 찰칵찰칵 사진을 찍어대던 순간에는 만룡의 당부가 완전히 피부로 느껴지는 것이었다. 참은 당황하며 동실을 대배지도록_{넘어지도록} 밀쳐내며 노려보았다.

— 동무 보라. 지금 뭐 하는 작두질_{장난질}이니?

— 뭐, 뭐이~

동실은 뻔히 노출된 자신의 행태에도 시치미를 떼는 듯했다. 참은 학갑 안을 들여다보았다. 어둠 속에 하얀 보자기와 검정 보자기에 싸인 상자들과 두툼한 책들이 보였다. 두툼한 책들 중의 하나를 꺼내 살펴보면서 참은 그제야 동실이가 검정새치라고 한 만룡 동무의 말이 실감났던 것이다. 두툼한 책들은 남조선에서 보낸 불온한 책들이었기 때문이다. 참은 학갑 문을 닫고 뒤를 돌아 동실을 바라보았다.

— 동실 동무 '검정새치'이니? 보라, 누구 지시받고 이런 작두질을 하는 거니?

— 참이 동무래 무슨 이바구를 하는지 나는 모르겠다~ 고저 춤 장단 잡다 땅굴 같은 학갑이 바람벽 속에 숨어 있는 게 신기해서 이런 게 아니니~

동실은 단칼에 시치미를 뗐다.

— 동실 동무, 손전화 이리 달라. 고저 박은 사진은 지워야 하겠다~

— 그렇게는 못 하지~ 참이 동무래 어찌 이 동실이에 사생활을 간섭하는 거야. 내가 어떤 사진을 박든 무슨 소용이냔 말이야~

손전화를 힘껏 움켜쥔 동실의 손이 부르르 떨렸다.

— 날래 손전화 달라~

— 못 주겠어, 이 손전화는 내 목숨 같은 거란 말이야~

하면서 동실이 후다닥 뛰어나갔다. 참은 동실을 뒤쫓아 달려나갔다.
동실의 걸음이 그토록 빠른 것을 참이는 본 적이 없는 것 같았다. 소금
쟁이가 수면 위를 날아다니는 듯한 빠른 걸음으로 헐레벌떡 동실을 뒤
쫓기 시작했다. 마침 골목에서 외출했다 귀가하는 아버지를 만났지만
경황없이 지나치며 동실을 뒤쫓았다.

― 참아, 네들 무슨 일이니? 동실은 어찌 생코선생를 보고서도 저래
본체만체 달리는 거이구~

― 아버지, 나중에~

참은 엉덩이 덴 소가 날뛰듯이 동실네를 향해 달려갔다. 마치 생벼
락을 얻어맞은 듯이 황당한 기분이었다. 이제야 만룡의 당부가 확연히
모습을 드러냈다. 동실네에 당도하여 막 집을 나서려는 동실을 붙잡
았다. 이쯤 되면 동실의 속내가 참의 눈에 훤히 비치는 것은 당연한 일
이었다. 참은 동실이 손전화 속에 담아간 아버지의 불온서적의 흔적을
지우는 일이 가장 급선무라 생각하고 있었다.

― 동실 동무, 날래 손전화 넘겨 달라. 동무 짓이 울 아버지 목숨 따
는 짓이라는 거 어찌 모르니? 날래 손전화 넘겨 달라.

― 참이 동무, 이거 네 아버지 위하는 일이다~ 네 아버지 박태산 보
위부 과장님 위하는 일이란 말이지~

동실이 또박또박 말을 잇고 있었다. 참은 동실의 말에 화가 머리끝
까지 치받아 오르는 것을 느끼고 있었다. 감히 입에 담지 못할 말을 하
다니~참은 마치 혼쭐 나간 사람처럼 동실을 향해 덤벼들며 주먹을 휘
둘렀다. 도저히 이대로 화를 참을 재간이 없었기 때문이다. 참의 공격

에 동실 역시 마치 황소가 뜸베질을 하듯 마구 참을 향해 머리를 들이박았다. 둘은 순식간에 동실의 마당에서 엎치락 뒤치락 몸싸움을 하였다. 참의 코에서 뭉텅 피가 흘렀고 동실의 눈두덩은 벌써 파랗게 돋아 올랐다. 둘은 급기야 제풀에 지쳐서 땅바닥에 벌러덩 드러누운 채로 숨을 헐떡거리고 있었다.

　- 상철이 아버지 짓이구나. 네 어머니 평양 병원에 데려가더니 그 대가로 이딴 짓을 시키더냐? 이게 공화국 인민이 할 짓이냔 말이야~

　- 참아, 나도 력사 생코 입장 알지만 울 오마니 살려내야 한단 말이지~ 오새없는철없는 짓인 줄 어찌 모르겠니~ 하지만 내래 공화국을 위해서 생코처럼 훈장도 받고 인민답게 한번 살아보고 싶단 말이야.

　동실이 하소연하듯 목소리를 높였다.

　- 언 뚝바우 같은 동무 보라~기깟 훈장 받는다고 머가 달라지나~ 상철 아버지 고런 악질분자 앞잡이가 돼서 대체 뭐를 얻겠단 말이니 응?

　참이가 가쁜 숨을 몰아쉬었다.

　- 동무, 말조심하라. 상철 아버지가 누군지 모르나? 참이 동무 아버지란 말이야. 내래 보위부 지하실서 심문받던 날 깜짝 놀랐어야. 한편으론 고저 참이 동무가 무한정 부러웠단 말이지~울 아버지한텐 미안하지만 내래 저런 보위부 아버지가 있음 참 좋겠구나, 상상하기도 했대서~

　하며 동실이 다시 흐느끼기 시작했다. 참이 역시 동실을 따라 같이 흐느끼기 시작했다. 동실의 가슴 속에 담긴 말을 듣게 되니 참은 동실의 손전화를 빼앗고자 하는 마음이 순간 달아나버렸다. 하지만 참은 순간 또한 이런 자신의 모습이 옳지 못하다는 것을 깨닫고 있었다. 만룡의 당부를 떠올리면 갑자기 소름이 돋는 듯했다. 이런 감상적인 순간이야말로 만룡의 당부대로라면 빈틈을 보이는 일이 아니고 뭐란 말인가. 빈틈을 보일 때 겪게 되는 가족의 고통, 참은 몸을 일으켜 세워 동실을 바라보았다.

– 동실 동무, 이 참이래 괜찮지만 울 봄인 어찌 하겠니? 동실 너 손전화에 박힌 울 아버지 불온서적 사진이 보위부에 넘어가는 순간에는 울 봄인 어찌 되겠느냔 말이다~동실 동무, 뭐라 했더나~ 울 봄이 연분한다고 하지 않았니?

– 연분하구 말구~하지만 상철이 아버지가 베푼 은혤 어찌 밀어내겠느냐 말이다. 울 아버지 뫼등에 비석을 세워주고 죽어가는 울 어머니 평양 진료소 데리고 가서 살려내고~내래 어찌해야 한단 말이니~

동실의 울음소리가 더욱 깊은 데서 울려 나왔다. 참은 동실을 일으켜 세워 동실의 어깨를 슬며시 끌어안았다. 동실의 몸이 땀에 젖어 있었다. 둘은 한참동안 부둥켜안은 채로 눈물을 흘리며 흐느끼고 있었다. 참은 동실에게 굳이 손전화를 건네받아 찍힌 학갑 속의 사진을 지울 생각을 거두었다. 그리고 이제 모든 판단은 동실 동무의 몫이라고 생각했다.

마침 참이와 동실이 어정쩡한 상태로 마당 가운데 서 있을 때 동실의 어머니가 돌아오고 있었다. 동실의 어머니는 건강이 예전보다 몰라보게 좋아 보였다. 둘의 모습이 이상해 보였던지 흘깃흘깃 쳐다보다가 되

마루에 올라서는 것을 보고 참은 묵묵히 동실의 집을 빠져나왔다. 참
이는 가슴 속에 있는 모든 내용물이 한꺼번에 빠져나가 버린 듯이 허허
롭게 여겨졌다. 아버지를 보면 무슨 말을 해야 하지? 내달리고 쫓던 아
까의 상황을 어떻게 설명하지? 참이의 머릿속이 아득해지고 있었다.

다음권에 계속